教養としての
アメリカ短篇小説

都甲幸治

NHK出版

教養としてのアメリカ短篇小説

目次　教養としてのアメリカ短篇小説

［編集部より］
各講で扱う短篇小説の底本は扉ページに示しました。特に出典の表記がない場合、引用はそれぞれの底本に拠ります。
また、本文中には今日の人権意識に照らして不適切な差別的呼称を使用している箇所がありますが、作品が執筆された時代背景に鑑み、底本通りの表記を採用しています。

イントロダクション

この本を手に取ってくださっているみなさんは、アメリカ合衆国にどのようなイメージをお持ちでしょうか。世界中にある二〇〇近い国の中でも、韓国と並んでとても親しみのある国。アメリカで作られた映画やテレビドラマを見たり、あるいは音楽を聴いたりして、幼いころからアメリカの文化に接してきた人は多いでしょう。

「アメリカ文学」はどうでしょうか。「私はアメリカ文学を読んできた」という意識を特に持っていない方でも、たとえば児童文学として『トム・ソーヤーの冒険』という物語に触れたことがあったり、マーク・トウェインという名前に聞き覚えがあったりするのではないでしょうか。

ふだんテレビを見ていても、たとえばトランプ大統領（当時）とバイデン氏が争った二〇二〇年のアメリカ大統領選挙について、頻繁に報道されたことがご記憶にある方も多いでしょう。このように、特に「アメリカについて知りたい」と意識しなくても、アメリカの文化や社会のことについて見聞きする機会は非常に多いのが、現代の日本だと思います。

「アメリカについて考える」際には、どうしてもここが落とし穴になってきます。知らないはずの国なのに、なんだかたいていのことは知っているつもりになってしまうんですよね。たとえば飛行機に乗って実際にニューヨークやロサンゼルスに行ったことのある人でも、現代の都市という点では東京とそんなに変わらないのかなと思うかもしれません。ですけれども、文学作品を実際に読み進めていくと、すんなりとは理解できない、分かりにくい部分につきあたる。そういう理由もあって、アメリカ文学に興味はあるけれども、ある程度以上は読書が進んでいかないという方は多いようです。

この本では、十九世紀から二十一世紀までのアメリカ文学の、いろいろな作品、短篇小説を読んでいきます。アメリカで生まれ育ったアメリカ国籍の人だけではなく、中国で生まれて移民してきた人とか、男性の作家、女性の作家、いろいろな人がいて、アメリカ文学には魅力的な作品がたくさんあるということに気づいていただけるとよいかなと思います。

まずはイントロダクションということで、個別の作品を読む前に、アメリカの歴史や社会について考えるとき、押さえておきたいことをざっとお話ししていきたいと思います。すでにご存じのことも多いかもしれませんが、お付き合いください。

なぜ歴史や社会について見ておきたいかというと、文学作品には、歴史のなかから、実際の社会のなかから生まれてくる部分があるからです。アメリカ文学は、もちろん、ただ読むだけでも面白いし、共感できるし、ある程度理解できる。しかし、日本とはまったく違うアメリカの歴史、文化、社会を知ることで、理解できる範囲がすごく広がっていくんですね。ですから、そうした背景知識のようなお話は、具体的な作品を読む際にも少しずつ入れていこうと思っています。

広大な国土、多民族の国

アメリカという国の特徴はいろいろありますが、最初に思いつくのは、とにかく広いということではないでしょうか。とにかく広いとか言うとちょっと間抜けな感じがしますけれど、北アメリカ大陸のほぼ半分はアメリカ合衆国で、面積でいうと日本の約二十六倍ある。

国土が広いとはどういうことかというと、自然も社会も多様なものがひとつの国の中に存在するということです。砂漠もあるし、ものすごく寒いところもある。大平原もあれば森林地帯もある。しかも、総人口は日本の三倍くらいなので、全体でならすと人口密度はすごく低い。東京や大阪のように人が密集している都市部もあれば、ほとんど人が住んでいない場所もある。

また、イギリスの植民地だったところ、フランスの植民地だったところ、スペインの植民地だったところ、その後メキシコと戦争して獲得したところなど、かつて使われていた言語もアメリカ合衆国に加わった経緯も場所によって大きく違っている。

ここから何が言えるのでしょうか。「アメリカ合衆国」というとき、われわれの頭の中にはなんとなく「アメリカ」という一つの塊があって、映画やドラマのイメージや、「ドナルド・トランプが……」とか「ホワイト・ハウスが……」という報道に触れたとき、その塊ぜんぶについて伝えてくれているというふうに思ってしまう部分がある。しかし実際には、自然環境も住んでいる人たちの背景も歴史的経緯も大きく違うので、「アメリカ」についてちょっと分かったつもりになっても、常に分からない部分が出てくることになる。このことを押さえておきたいですね。

こうした状況が文学にどのように影響していくか。たとえばラテンアメリカ文学の特徴について語る際に使われるマジックリアリズムという言葉があります。ヨーロッパからやってきた人たちが、ヨーロッパの自然とはまったく違う、中南米の雄大な自然や独自な文化に接したとき、それまでの文学の言葉ではこの状況を表現できないということで、新たに、幻想的なものを取り入れた文学をつくっていったという過程がある。

実は、北米の文学、本書で扱っていくアメリカ文学にも同様の特徴があります。アメリカの広大な自然、極端さ、多様さ。そうしたものを表現するために、ヨーロッパの文学とは少し違う歴史をたどる。それを象徴する言葉が、「ノヴェル」と「ロマンス」です。

ヨーロッパで、特に十九世紀に発展したのが「ノヴェル」です。ブルジョア・リアリズムと呼んだりもするのですが、近代的な社会が完成して、そこに暮らすある程度均質な人たちのあいだで、交流が行われる。時間は均等に流れ、大きな質的変化もない、淡々とした日常が描かれる。

たとえば、一七一九年に刊行され、イギリス近代小説の祖となったダニエル・デフォーの『ロビンソン・クルーソー』では、主人公はたった一人である孤島に流れつきます。そこで船から運んだ少しの道具をもとに家を作り、畑を耕し、着々と自分なりの生活を築き上げるのです。途中からはフライデーという召使いも加わり、そこで充実した暮らしを、なんと二十八年間も送ります。この作品はチリ沖の孤島で五年間暮らしたアレクサンダー・セルカークという船乗りの体験をもとに書かれています。ですが、舞台は南アメリカ大陸付近の島であれ、それ以前の冒険物語のように魔物も出てこず、幻想シーンもありません。ただ日々淡々と工夫し、少しずつ生活を向上させていくクルーソーがいるだけです。言い換えれば、ヨーロッパから遠い世界を描きながらも、勤勉で平凡なイギリス市民が地道に淡々と暮らすさまが描写されています。

しかし、アメリカは十九世紀になっても二十世紀になっても、さまざまな不均等が存在して、社会が安定しきらない。均質な社会や価値観を前提とする「ノヴェル」が発展しにくいのですね。大衆向けであったり、波瀾万丈ですごく面白かったり、幻想的だったり、象徴的だったりする、いわゆる物語性の強い文学が展開していくことになる。これが「ロマンス」です。アメリカではナサニエル・ホーソーンという作家が、『七破風の屋敷』という作品の序文でこの「ロマンス」という形式の自由さについて、人間の心の真実から逸脱しなければ「大部分が作家自身の選択と創造にもとづいている環境のもとで描きあげるという、明白な権利をもっている」と書いています。そして、この「ロマンス」の末裔が現代アメリカ文学になっている。こうした違いがあるので、ヨーロッパの文学、あるいはそこから強い影響を受けた日本の近代文学を読み慣れた人は、アメリカ文学を読むとちょっと違和感をおぼえるかもしれません。

「とにかく広い」という特徴の影響はほかにもあります。人口密度が低いという話をしましたが、そのことによって生じる問題として、労働力を確保するのが難しいんですね。その不足した労働力を補うために奴隷制がはじまり、西アフリカから黒人が連れて来られる。また、世界中から多様な人たちが集まるので、「移民国家」とも呼ばれるアメリカ合衆国に繋がっていく。多様な自然があるというお話をしましたが、住む人も実に多様であるということです。

さらには、広大な領土を移動する文化。ヨーロッパや日本の小説では、ロンドンとかパリとか東京とか、ひとつの場所に住んでいる人が、ずっと仲間うちというか、似たような背景をもつ人どうしで話していて、深く心の奥まで降りていく、といった作品が多い。対して、アメリカ合衆国の文学では、何かあるととにかく広大な土地を移動していく。あるいは、ちょっと都合が悪かったり、自分の思いどおりにならないと、登場人物が急に暴力を振るったりする。人間関係が縦に深まっていくのではなく、どんどん水平に移動していくようなイメージがあります。作品に登場する人間の行動原理にも、こうしたことの影響があると考えられます。

理念先行の国家とその現実

二つめの特徴として、歴史の短さということが挙げられます。歴史が短いと言っても、南北アメリカ大陸には一万年以上前から先住民が暮らしていました。しかし、その先住民のほんの一部分、たとえばメキシコやペルーあたりの人たちしか文字を発明しなかったので、いまアメリカ合衆国になっている地域は無文字文化だったんですね。だから、彼らの歴史は遺跡として残っているだけなんです。文字に書かれる歴史は、コロンブスがアメリカ大陸を「発見」し、十七世紀初頭、ニューイングランドやヴァージニアで植民地が恒久的につくられるようになって以降のものになります。ですから、長めにとっても数百年、特に一七七六年の独立宣言によるアメリカ合衆国建国からと考えれば二百五十年くらいですね。その短い期間に、フランス領やスペイン領をどんどん飲み込んで、最初は大西洋側のほんの一地域だったものが、太平洋岸まで貫く巨大な国家に膨張していくわけなので、変化が非常に激しい。このことを摑んでいただけるとよいかなと思います。

そして、アメリカ合衆国建国というお話をしましたが、この国が理念先行の国家であることも押さえておきたいところです。理念先行とはどういうことか。先ほど触れた独立宣言の、中心となる文章は次のようなものです。

すべての人間は生まれながらにして平等であり、創造主によって一定の奪いがたい権利を与えられ、そのなかには生命、自由、および幸福の追求が含まれていることを、われわれは自明の真理であると信じる。

ここに書かれている平等とか自由や幸福を求める基本的な人権といったような思想——イギリスのジョン・ロックの思想に由来するものです——に納得し、忠誠を誓う人は、この土地に住んで、経済活動などに参加することができる。アメリカ合衆国という国は、建前としてはこの理念に納得した人が集まって作った国家ということになっている。それが理念先行ということです。日本の場合と比べてみれば違いが分かると思います。経済的な理由や政治的な理由で日本に移り住んだ人はいると思いますが、「自分は理念に納得したから日本にいるのだ」という人はいないですよね。しかし、アメリカ合衆国は、「すべての人間はこのようにあるべきだ」というある種の人権思想が書き込まれた、アメリカ独立宣言がもとになってつくられている。人間には神から与えられた人権があって、誰もがいきいきと、暴力や不正から逃れて生きていく権利があるのだと主張している。

そのように言われると、非常に素晴らしい国だと思う。僕もいいなと思うのですが、実はここにひとつトリックがある。それは、どんな高邁な理念も、実際の人間の社会でそのまま実現するのはまず不可能だということなんです。アメリカ合衆国が実際にどのような国であるかといえば、およそこうした理念とは程遠い。たとえば、これはほかの国も同じですが、女性に参政権がない時代が長く続いたこと。それから、もともとアメリカ大陸に暮らしていた先住民が、領土内に住んでいてもアメリカ国民の外に置かれていたこと。彼らは税金を納めなくていいけれども、アメリカ人でないから軍隊にも入れないし、人権も認められていなかった。あるいは、奴隷身分の黒人の場合は、そもそも人間でありながら人間でない存在というカテゴリーで扱われていた。

自由とか平等という人権を持つ存在として想定されているのは、このように「白人」の「男性」であり、その権利を守るために、あるいは女性が、あるいは先住民が、あるいは黒人奴隷が、「人間未満」のカテゴリーに押し込められてきた。ですから、アメリカの歴史のなかで、このあと、たとえば女性が地位の向上を求めて立ち上がったり、先住民が権利を主張したり、黒人が「自分たちは人間だ」と宣言したりといった運動が展開されていくことになる。近年話題に挙がっているＢＬＭ（ブラック・ライヴズ・マター）の運動なども、こうした歴史的経緯のなかで、今でも黒人が自分たちの権利を求めて闘っているものだということが分かると思います。

奴隷制と南北戦争

アメリカ合衆国の理念と現実のずれのなかでも、アメリカ合衆国の文学や歴史を理解するうえで非常に重要なのが奴隷制の問題です。アメリカ合衆国の奴隷制は、先ほども触れたように、労働力としてアフリカから数十万人の人々が連れて来られたことに始まる。その後、十九世紀になるとその子孫が数百万人規模になっていきます。これだけの人々を、なぜ遠いアフリカから連れて来たのか。

アメリカ大陸にはもともと先住民が暮らしていて、いくつかの説がありますが、数百万人から数千万人いた可能性があると言われています。しかし、この先住民は、ヨーロッパの人々がアメリカ大陸に入ってくると激減してしまうのですね。

激減の理由は虐殺などいろいろとあるのですが、いちばん大きな理由は疫病です。南北アメリカ大陸の先住民の人たち（ネイティヴ・アメリカン）は、ヨーロッパから来た人たちが持ってきた、たとえばはしかのような疫病に対する免疫をまったく持っていなかったんですね。ですから、スペインやイギリスからやってきた人たちが持ち込んだ病原体が、あっという間に広い範囲の先住民に感染していって、短期間のうちに、九十パーセント以上とも言われる人たちが亡くなってしまうんです。ヨーロッパから来た人たちは、生き残った先住民も追い出して土地を奪ったりしていくので、先住民の力を労働力として利用できなかった。また、たとえばイギリスからは年季奉公人と呼ばれる、渡航費等を借金する代わりに一定期間の労働を義務付けられる人たちが大量にアメリカ大陸にやってきた時期もあります。しかし、彼らの奉公は期限付きなので、年季が明けると自由になります。恒常的な労働力にはなりえなかった。以上を踏まえてどうするかというときに、西アフリカ諸国から奴隷を連れて来ようという発想になるんですね。

奴隷制というのは急に現れた制度ではなくて、それまでのヨーロッパの歴史のなかにずっと存在していた。ローマの時代にも奴隷はいましたし、その後、キリスト教が社会秩序の根幹になると、キリスト教徒以外の異教徒は人間ではないので、奴隷にしてもいい、という考え方が生じる。その考え方は長く保たれ、アメリカに持ちこまれることになります。アメリカの白人たちは、宗教の違いではなく、「肌の色が違えば奴隷にしてもいい」という考え方をつくっていく。そして、ヨーロッパ、アメリカ・西インド諸島、西アフリカを船でぐるぐると巡回しながら、あるときは砂糖が、あるときは酒が、あるときは奴隷が取引される（三角貿易）というかたちで、どんどん奴隷がアメリカに連れて来られることになります。アフリカの労働力や富が、ヨーロッパとアメリカに搾取されるという構造が、この頃からできているわけです。

アメリカ合衆国を成り立たせてきた「暴力」というのは奴隷制以外にもたくさんあります。たとえば野生動物に対する暴力です。十九世紀半ばに大陸横断鉄道が開通しますが、その当時、鉄道線路にバッファローの群れが押し寄せて、電柱が全部倒れちゃうという事故が頻発する。「だったらバッファローは全部殺してしまえばいい」ということで、手あたり次第に射殺する。これによって、一三〇〇万頭いるとも言われていたバッファローの数は五〇〇頭くらいになってしまうんですね。もうめちゃくちゃです。

ほかにも先住民の土地を奪うという「暴力」は、「アメリカ合衆国をどんどん西に拡大していくことは、神によって白人に課された明白な使命、すなわち『マニフェスト・デスティニー』である」という考え方のもとで正当化されます。アメリカ大陸の土地はフリーランド、すなわち自由で無料の土地であるとして進出していく。こういった領土拡張を正当化する一種の神学は十九世紀に活発に唱えられるのですが、誰もいない土地、無料の土地などというものは、本当はないのです。もともと先住民が狩猟採集などで利用していた土地や、生産性の高い土地から先住民を追い出し、生活に適さない、貧しい土地に追いやってしまう。奪った土地を農民に分けたりしながら、白人の居住する場所を増やしていったという歴史があります。

このように略奪してきた広大な土地で、黒人奴隷を使って綿花などの農産物を栽培する農場を運営していたのが、アメリカ南部の州でした。これに対して、北部の州は、五大湖の沿岸を中心に、鉄鉱石・石炭等の豊富な資源を利用して徐々に工業化していく。そして、ヨーロッパから入ってくる工業製品に対抗するために、保護関税政策を主張するようになります。関税率を上げれば、アメリカ北部の工業製品が保護されるので、自国の産業を守ることができるわけですね。しかし、南部は農産物を外国に輸出しているので、自由な貿易ができなくなると困る。北部と南部は、ことごとく経済的に対立します。

そして、産業構造的に奴隷を必要とする南部と、人道主義の立場から奴隷制に反対する人が増えてきた北部という構図で、政治的にも対立を深めていく。こうした緊張関係が十九世紀の半ばに臨界点に達し、一八六一年、南部が分離してアメリカ連合国をつくったことで、南北戦争が勃発する。南北戦争での死者は六十二万人と言われますが、この数字はこのあとアメリカ合衆国が戦ったどんな戦争の死者数よりも大きい。形式上は南軍が降伏し、アメリカ合衆国は再統一されるのですが、北部と南部の間には感情的なしこりが残った。

たとえば北部や西部の州は、南部を人種差別主義者の領域だというふうに、若干見下している。

そして南部の州は、古き良き共同体の雰囲気のようなものが、南北戦争によってことごとく破壊されたというふうに思っている部分がある。たしかに奴隷制はよくなかったかもしれないけれども、南部独自の文化や、あるいは農村共同体に基づいたコミュニティの感覚というか、信頼感のある人々の関係に基づいた、一つの場所の文化や歴史を、よその地域から来た連中が蹂躙してよかったはずがないと、恨みに思っているのですね。

この対立は、現在でも、民主党と共和党が争ったり、実際の大統領選挙などのときに可視化されます。たとえば、例外はあるものの、中西部や南部は保守的な共和党の支持基盤が強く、工業化・都市化が進んだ大西洋岸や太平洋岸の地域はリベラルな民主党支持層が多いというように、投票行動の傾向がまったく違う。こうしたことも、南北戦争の遺産といえるかもしれません。

先ほどお話ししましたブラック・ライヴズ・マターの運動でも、大きな焦点になっているのは何かというと、たとえば南部で、南北戦争のときの南軍の将軍の像とか、南軍に関わった人たちの記念碑のようなものを、撤去するのか、そのまま歴史的モニュメントとして保存するのかという部分だったりする。

内と外、両面に向けられる暴力

また南北戦争の途中、一八六二年にリンカーンが出した奴隷解放宣言によって、制度としての奴隷制は保てなくなります。黒人に対する差別は実際にはさまざまにかたちを変えて、陰になり日向になり、その後百年以上残り続けるのですが、ともかくも奴隷制自体はなくなる。このことがどういう影響を与えるのかというと、それまで奴隷に頼っていた労働力の補塡が必要になって、十九世紀半ばから後半にかけて、アメリカ合衆国がどんどん移民国家になっていくのですね。

もともとイギリスからやってきた人たちが中心になってつくった国家なので、初期はアイルランドや、北欧や西欧出身の移民が多かったわけですが、東欧、南欧、そしてアジアと、どんどん出身地域が広がっていく。もともとのイギリス系の人たちとは、見た目も文化も宗教も違う人たちが増えていく。そうした人々を統合するのにはコストがかかるし、全体としての仲間意識を醸成していくのは非常に難しい。そのときに使われたのが、皮肉なことに奴隷制の構造なのですね。アメリカ合衆国において、黒人を「差別される存在」としておくことで、白人を「黒人ではない存在」と定義する。そのことによって、特にヨーロッパあたりから来た人たちが、移住して何代か経つうちに、「白人」として一体化していく。こうした構造があり、多くの人々が「黒人ではない存在」と定義されることで利益を得ているので、黒人差別はなかなかなくならないのです。

差別という暴力は、ある意味では国内の、人種間の秩序のようなものをつくっている。アメリカ合衆国は、他国に対しても、暴力によって関係性を構築しているという面があります。たとえば十九世紀末から、独立国だったハワイを州として併合したり、フィリピンやキューバを植民地にしたりする。「マニフェスト・デスティニー」を応用して国外にもどんどん膨張していく。そのように大きくなったアメリカの安全のためという名目で、さまざまな戦争に参加していくことになります。第一次世界大戦、第二次世界大戦、朝鮮戦争、ヴェトナム戦争、湾岸戦争、テロとの戦争……。絶え間なく戦争が続いていくことによって、アメリカ合衆国は内部にも外部にも常に暴力が存在し続ける。暴力を振るわれた、あるいは暴力を振るったという記憶を持つ人が生まれ続けることになるわけです。

したがって、アメリカ文学には、戦争に参加した人、戦争で家族を失った人、戦争から帰ってきた人……と、戦争に関係する人が常に登場する。はっきりと出てきたり、あるいはこっそりと暗示されたり、表出の仕方はいろいろあるのですが、すべてのアメリカ文学において人種の問題が重要なように、すべてのアメリカ文学において戦争という主題が重要になっていきます。

以上、大づかみですが、ひととおりアメリカの歴史、文化、社会の流れを見てきました。ここからは、ひとつひとつの作品を具体的に読みながら、戦争や、暴力、あるいは人種の問題がどのように小説のなかにあらわれてくるのかを考えていきたいと思います。

[読書リスト]

コードウェル／玉井茂・深井龍雄・山本昭夫訳『ロマンスとリアリズム』（法政大学出版局、一九七七）

猿谷要『物語アメリカの歴史』（中公新書、一九九一）

ホーソーン／大橋健三郎訳『七破風の屋敷』（『筑摩世界文学大系35　ホーソーン　マーク・トウェイン』所収、筑摩書房、一九七三）

バース／志村正雄訳『金曜日の本』（筑摩書房、一九八九）

第1講

暴力と不安の連鎖

——ポー「黒猫」

エドガー・アラン・ポー／金原瑞人訳『モルグ街の殺人事件』（岩波少年文庫、二〇〇二）

小学生なら夢中の物語

最初に読むのは、エドガー・アラン・ポーの「黒猫」です。ポーは日本でもかなり親しまれている作家ではないでしょうか。多くの人が、少年少女向けの翻訳で「黄金虫」や「モルグ街の殺人事件」といった作品に触れた経験があるのではないかと思います。シャーロック・ホームズのシリーズや『怪盗紳士ルパン』のような推理小説と並んで、読むのがちょっとうしろめたいような、残酷で、でも面白くてドキドキする物語。

僕も幼いころからポーを読んでいて、とても好きな作家です。しかし大人になってあらためて読みなおすと、面白いだけでなく、その作品にさまざまなアメリカ的特徴が表れていると気づくようになりました。そうした部分も含めて、この短篇の魅力に迫っていきたいと思います。

まずは「黒猫」のあらすじです。主人公は心の優しい男性で、動物を愛しています。「動物の主人に対する忠実さと愛情は、人間のうわべだけの友情やうすっぺらい誠実さを思い知らされた者にとって、心をうつものがある」、つまり人間は裏切るけど動物は裏切らない、と言ったりしている。若くして結婚し、「さいわい妻も同じような性格だった」ため、夫婦でいろいろな動物をペットとして飼って、のどかに暮らしていた。その様子が主人公自身によって語られる。

そのままほのぼのとした雰囲気で進むかと思いきや、一気に転換する。その原因が、酒です。「わたしは酒という悪魔にとりつかれ、告白するのもはずかしいが、気持ちも性格も激しくすさんでいった」。酒量が増えるにつれて、人格が変容してくる。酔うと動物に暴力を振るい、妻に暴力を振るうようになる。アルコール依存症の人の状態を思わせますよね。酔いが醒めるとさめざめと泣いて反省するけれども、また酒を飲んでしまう。そして同じことを繰り返す。結局、どんどん酒量が増えていくことを、自分ではコントロールできない……という状況だったのではないか。

　ここで焦点が当たるのがプルートという名の黒猫です。主人公はペットのなかでもこの黒猫を特にかわいがっていて、猫のほうもよくなついていた。暴力を振るうようになってからも、プルートにだけは手を出さなかった。しかしあるとき、酒に酔った主人公はちょっとした仕草にイラっとして、ついにプルートにも暴力を振るってしまう。片目をえぐり取るというひどい虐待です。プルートは当然、主人公から逃げ回るようになる。すると主人公は、自分が悪いのに、「寂しい」「裏切られた」という気分になり、また暴力を振るう。こうした状況がエスカレートして、ついに主人公はプルートの首に縄をくくり付けて、木から吊るして殺す。

　その夜、事件が起こります。主人公の家が原因不明の火事で燃えてしまう。夫妻はなんとか脱出しますが、家はほぼ全焼。翌日、一枚だけ燃え残った壁に見物人が群がってざわついている。

> わたしは気になって、そちらにいってみると、白い壁の上に大きな猫の影ができていた。それも異様なほどくっきりと浮かびあがっていて、首にまいた縄まではっきりみてとれた。

燃え残った漆喰の壁に、首をくくられたままのプルートの姿がまざまざと現れる。怪奇ですよね。そんなことあるのか、という。主人公は、おそらく木に吊るされていた猫を誰かが放り込んで、それが壁に密着して、その跡がついたのだ、と自分を納得させようとする。読んでいても「そんなわけないよ」と思うようなかなり苦しい説明です。そこで、「ああ、こんなことをして自分はひどいやつ」とうしろめたく思うのですが、酒浸りの生活が改まるわけではない。

酒場通いを続けていた主人公は、ある日そこでプルートにそっくりの猫（プルート二世と呼ぶことにします）を見つける。よせばいいのに、主人公はわざわざプルート二世を家に連れて帰る。妻はたいへん喜んでこのプルート二世をかわいがります。

しかし、主人公はプルート二世のことがだんだん嫌になってくる。連れ帰った翌朝、よく見るとその猫が片目であると気づいたことがその理由です。以前プルートの目をえぐった虐待のことを思い出してしまう。片目であることまで同じなのに、唯一違うのは、プルート二世の胸には白い毛があって、何かの模様のように見えることです。不思議なことに、この白い模様がなぜかだんだんと姿を変えていき、主人公には最終的に、くっきりと絞首台のかたちに見えてくる。これもリアリズムでは考えられないような展開ですが、心理的なリアリティは感じられますよね。イントロダクションで言及した、ノヴェルとロマンスでいうとロマンス寄りというアメリカ文学の特徴が、非常によく表れている部分ではないかと思います。

あるとき、主人公は用事があって妻と一緒に地下室に下りようとする。ついてきたプルート二世のせいで足を取られて転げ落ちそうになった主人公は、猫を斧で殺そうとします。妻が身を挺してそれを止めると、逆上した主人公はなんと妻の頭をその斧でかち割って殺してしまう。

主人公は死体をどうしようかと考えます。いろいろと手段を検討するなかで、中世の僧侶が殺した者を壁に塗りこめていたという話を思い出す。この地下室には漆喰を塗りなおしたばかりで乾ききっていない壁があるから、そこに隠してしまおうと思いつくわけです。いったんレンガをはずして妻の死体を奥の壁に立てかけて、レンガを積みなおしてまた漆喰を塗る。なかなかきれいに塗れて、主人公はその仕上がりに満足します。

ところが、ハッと気づくと、猫がどこにも居ない。見つけたら殺そうとまで思っているのですが、主人公はプルート二世の存在に嫌気がさしているので、怯えて逃げたのだとしてもいなくなってくれたのであればまあいいか、ということでしばらくは心安らかに過ごす。

とはいえ、人が一人突然いなくなっているわけなので、警察が嗅ぎつけて、何かあったのではないかと何回も調査に来る。ところが死体は全然発見されない。主人公は、これだけうまく隠しているのだから大丈夫だろう、と思う。そうすると、気持ちよくなってきちゃうんでしょうね。必要のないことまでぺらぺらとしゃべるようになる。何も発見できずに帰ろうとする警官たちに向かって、この壁はよく塗れているでしょう、頑丈なんですよ、私も頑張りました。などと言いながら、持っている杖で壁をバコーンと叩くんです。すると、「ニャーッ」という声が聞こえてきて、これはなんだということになる。戻ってきた警察官たちが壁を崩すと、立ったまま腐乱した妻の死体が出てきて、その頭の上にはプルート二世が乗っている。真っ赤な口を開いて「ニャーッ」と鳴いているんです。

だから、本当にもう、「小学生なら夢中」みたいなストーリーですよね。しかし、面白いお話だというだけではない部分もある。そのことを考えていきたいと思います。

ポーの人生と経歴

エドガー・アラン・ポーは、日本では短篇小説作家という印象が強くあると思いますが、実は彼は、何よりもまず詩人です。特にフランスでは、ボードレールをはじめ、マラルメやヴァレリーといった十九世紀の象徴派を代表する詩人に高く評価されていた。たとえばヴァレリーは手紙のなかで「ポーは唯一の完璧な作家であり、誤ることがなかった」と評しています。フランス象徴派の詩人に影響を与えたということは、ヨーロッパ近現代詩の源流だということですね。

ポーを特徴づけるのは不思議な理屈っぽさではないかと思います。読者からすると、単に幻想とか怪奇で書いている感じがしないでもないのですが、自身では理屈に基づいて、詩も効果を計算しながら書いていたと主張したりします（ポー「構成の原理」）。この理屈っぽさがプラスに働いて、ＳＦや推理小説を発明した――このように言われる作家は何人かいますが、ポーはその代表だと思います――作家です。推理小説では「モルグ街の殺人事件」などが有名ですね。

生きた年代を見ると、ポーというのはけっこう昔の人だということがわかります。生まれたのは一八〇九年、北部のマサチューセッツ州ボストンで、両親は旅役者でした。父親は失踪してしまい、母親も体が弱いところに無理をして、ポーが二歳の時に亡くなる。物心つく前に孤児になり、南部のヴァージニア州リッチモンドに住む裕福な商人ジョン・アランに引き取られる。それで「アラン」というミドルネームをもらってエドガー・アラン・ポーになるわけですね。リッチモンドはヴァージニア州の州都で、奴隷売買の中心地でした。ポーがアメリカ南部の文化のなかで育ったことを押さえておきましょう。養父母の仕事の都合で六歳のときイギリスに渡って、五年間、ラテン語やギリシャ語などヨーロッパの古典的な教育を受けます。その後、アメリカ合衆国に戻ってきて、ヴァージニア大学に入る。

このあたりからのポーは私生活にはいろいろ問題があったことがわかっています。まず賭け事がもとで大学を退学になる。その後軍務に就き、軍人としては優秀でウェスト・ポイントという士官学校に行くことになる。しかし、「詩人になりたいのに、このままでは本当に軍人になってしまう」と考えたポーは、わざと授業をサボったりして、放校処分になるように持っていく。詩人になろうとして自費出版などもするのですが、なかなかうまくいかない。雑誌のような見通しの立たない商売を始めては投げ出すとか、あるいは飲酒癖が止まらないといった問題も出てきます。そのようななかでも、懸賞小説が評価されたりして少しずつ文名が上がっていく。

ポーの生涯で有名なのは、十三歳のいとこヴァージニアと結婚したことですね。なかなか衝撃的なエピソードですけれども、十九世紀は日本でいえば江戸時代のことなので、まあ、そういうこともあるのかなと思います。この妻は二十六歳のとき、肺結核でポーより先に亡くなります。ポー本人は多くの作品を残しましたが、亡くなったのは四十歳なのでまだ非常に若いときのことですね。ボルチモアの投票所近くの路上で倒れているところを発見され、病院に運ばれるも意識を取り戻すことなくそのまま亡くなったようです。死因はわかっておらず、当時は選挙運動でお酒をふるまわれる習慣があったので、飲みすぎたのではないかとか、急に心臓発作になったのではないかとか、いまだに議論されています。

「アッシャー家の崩壊」「ウィリアム・ウィルソン」「黒猫」「盗まれた手紙」などが代表作でしょうか。ひとつひとつ解説していくと無限大になってしまうのですが、ひとまずどれもとても面白い作品だということは言っておきたいと思います。

動物を通して見る「自然」と「人種問題」

ここからは「黒猫」という作品を具体的に読み解いていきます。まずは背景知識として、動物との関係をどう考えるかという部分を見ていきましょう。

イントロダクションでご説明したように、アメリカ文学の大きな特徴として自然描写がありまず。ここで「自然」というのは、単純に大きな砂漠とか高い山とか広い平原とか大森林とかだけではなく、動物とのかかわりについて語ることも含まれる。

たとえばジャック・ロンドンに『野性の呼び声』という作品があります。これは主人公である犬の視点からすべてが語られる小説です。この作品は当時、動物を勝手に擬人化して語らせているのではないかと批判されるのですが、ジャック・ロンドンは「いや、むしろ擬人化しないように気をつけて書いている」と反論しています。ジャック・ロンドンにはほかにも『白い牙』のような有名な作品があります。

動物について書くと、さまざまな動物が暮らしている、北米のバリエーション豊かな自然が見えてきますよね。「黒猫」も、家の中の飼い猫ではあるけれども、人間の力の及ばない存在という意味では、アメリカの大きな自然とつながっているということが言えると思います。そのことによって、作品の最後で復讐というか、回帰していくことになるわけです。主人公にとって黒猫は単なるペットであり、コントロール可能な存在に思えています。だからこそ彼は猫を平気で虐待したりする。精神的には辛いと言っていますが、やはり彼は猫を自分より弱い存在だとしか見ていない。しかしながら、自然は人間が支配できない巨大なものであり、その一端を担う黒猫もまた主人公を大いに超えてきます。だからこそ生まれ変わり、そして一度姿を消しても、思わぬ形で彼の前に再び姿を現す。そうやって主人公の傲慢さが挫かれるわけです。

そして動物が登場する作品でもう一つ考えてみたいことは、アメリカにおいては黒人奴隷が動物扱い、家畜扱いされていたという歴史です。誰が人間として認められる権利を持ち、誰が人間ではないのか。この問題はアメリカの社会だけでなく、文学のなかでも常にテーマであり続けています。この「黒猫」という作品では、人間に暴力を振るわれた猫が、まるで意思を持っているかのように主人公を追い詰めていく。人間は動物と違って理性をもつ存在と考えられるわけですが、酒に狂わされて理性を失ってしまうと、本能、すなわち自然に基づいて動いている猫のほうが攻撃力が高くなって、人間が敗れていくという展開になる。これは動物と人間の境界がゆらぐ話というか、ある種の上下関係が転覆される話という見方もできるのではないかと思います。このことは後ほど詳しく見ていきます。

アメリカ文学と飲酒の問題

人間の理性を失わせるものとして登場する酒の問題についても考えてみましょう。イントロダクションでネイティヴ・アメリカンが疫病と暴力によって迫害されたことについてお話ししましたが、実はもう一つの武器として使われたのが酒でした。アルコール依存症になるまで飲ませて、心身を破壊していったという歴史があります。そんなふうにも使われた酒ですが、ネイティヴ・アメリカンだけではなく、アメリカ合衆国の労働者や、もっと上の階級の人たちもたくさん飲んでいる。文学にも、「黒猫」に限らず、本当によく酒を飲む人物が出てきます。

一方で酒は人間をダメにするものだという認識も強く、禁酒運動が盛んであるということも知っておいたほうがいいかもしれません。アメリカはキリスト教系の社会改良運動が力を持っていて、酒を飲まない国にしようということから「禁酒法」が成立します。ポーの時代よりは少し後のことなのですが、一九二〇年から一九三三年に施行された法律です。

この禁酒法には実際どのような効果があったのか。禁止されたことで酒がより魅力的なものになり、なんとアメリカ合衆国における酒の消費量は増大する。結局アルコール依存症の人が増えてしまったという研究もあります。しかも、ギャングが酒を密造するようになったので、裏社会というか、裏経済に膨大な金が流れる。それを資金として、武装したギャングが軍事的にも政治的にも強い力を持つようになる。アル・カポネもこのような流れの中で力をつけた人物です。社会にとっていい効果はひとつもなかったわけですね。

アメリカ文学には酒で理性を失う人、身を滅ぼす人がたくさん出てきます。僕の好きな作品にレイモンド・カーヴァーの「ぼくが電話をかけている場所」という短篇があります。酒を断って更生させる施設の話です。その施設の所長が訓話をする、次のような場面があります。

ジャック・ロンドンは昔、あの谷の向こうに広い土地を持っていた。君らの見ている緑の丘のちょうど向こう側だよ。でも彼はアルコールのおかげで死んだ。それを教訓にしなさい。彼は我々のうちの誰よりも優れた人間だった。しかし彼もまた酒を統御することができなかったんだよ（村上春樹訳『Carver's Dozen レイモンド・カーヴァー傑作選』、中公文庫）

衝撃的ですよね。あの偉大なジャック・ロンドンでさえ最後はお酒に負けた。だとしたら、君たちのような一般人がお酒に勝てるわけがない、と言っているわけです。カーヴァーは笑わせに来ているのかなとも思うんですが、とにかく酒というのはそのくらい手ごわいドラッグだという実感が出ているシーンだと思います。

この「ぼくが電話をかけている場所」は、作者のレイモンド・カーヴァー自身の経験を下敷きにして書かれた作品だと言われています。背景にはアルコホーリクス・アノニマスという禁酒運動が存在します。アルコール依存症の人たちが集まって、自分たちの苦しみをシェアしながら支え合うコミュニティのなかで、少しずつ飲酒をやめられる期間が長くなっていくという活動です。アメリカ合衆国で発明されたものは電球とか、ラジオとか、レコードもそうで、ほかにもたくさんあると思うんですが、僕は最も偉大な発明はこのアルコホーリクス・アノニマスだと考えています。アメリカ文学と酒の問題については、このあとフィッツジェラルド「バビロン再訪」を読む際にもう一度触れたいと思います。

「天邪鬼の精神」と無意識の領域

「黒猫」では、主人公の人格が酒によって崩壊していく過程は次のように語られます。

日ごとに無愛想に、不機嫌になり、他人の気持ちなどどうでもよくなり、妻にもどなりつけ、そのうちなぐったりけったりするようになった。ペットもわたしの変わりように気がついていた。わたしはペットにかまわなくなっただけでなく、虐待するようになったのだ。

この主人公は自分が悪いことをしていると理解しているし、もうこんなことをしてはいけないと思う。しかし、「してはいけない」と強く思うがゆえに、虐待がエスカレートしていく。なぜそのようなことになるのか。主人公は言います。

してはいけないという、ただそれだけの理由で、あくどいことをしたり、愚かなことをしてしまうというのは、驚くほどよくあることではないだろうか。人間には、決まりだからというだけの理由で、正しい判断力を持っていながら、それを破ってしまう傾向がないだろうか。そういう気持ちが、わたしをとことん破滅させてしまったのだ。

ポーはこうした心理状態のことを、他のエッセイや作品のなかで「天邪鬼の精神」と呼んでいます。たとえば「アモンティリァードの樽」という短篇では、主人公が自分の敵を屋敷の地下室に誘い込んで殺そうと画策する。召使いに目撃されたくないと考えた主人公は、次のように言います。「わたしは出がけに、明日の朝まではもどってこないから、屋敷から一歩も外に出ないようにときびしくいっておいた。そういっておけば、わたしが背を向けると同時に、ひとり残らず屋敷を飛びだすことが、わかっていたのだ」。絶対に遊びに行っちゃいけないぞと言えば、全員遊びに行くことは分かっていたというわけです。

ポーの作品の登場人物は、必ず人に言われたことと反対の行動をする。思春期というか、ずっと反抗期みたいな人たちですが、人間には確かにそういう部分もあると思います。「天邪鬼の精神」というのは、精神分析の創始者であるフロイトが十九世紀末から二十世紀の初頭にかけて発見する「無意識」――人間の理性や意識ではコントロールできない部分――に先行する知見とも言えるのではないでしょうか。

色のイメージと人種問題

「天邪鬼の精神」にしたがった結果、人はどう破滅するのか。ポーの作品では、その破滅の様子も具体的に書かれる。「黒猫」においては、プルートを殺してしまう場面がそれにあたります。

ある朝、わたしは残虐な気持ちに襲われ、プルートの首になわをかけて、木の枝からつるした。涙が流れ、心は後悔できりきり痛んだ。わたしがプルートをつるしたのは、プルートがわたしを愛していたことを知っていたからであり、プルートがわたしを怒らせるようなことは何もしていないことを知っていたからだった。プルートをつるしたのは、自分が罪を犯しているのを知っていたからだった。それも、不死の魂を――そんなものがあるとすればだが――慈悲深い神の限りない慈悲の手さえ届かないところに追放してしまうような罪を。

「プルートは何も悪いことをしていない。ああ、こんなに心の清いプルートを殺してごめんね」と、涙を流しながら殺す。完全にイカれちゃってますよね。しかしながら、このシーンは重要な意味を持っています。それは、「縄で首を縛って、何も罪を犯していない者を殺す」というモチーフが、この当時、アメリカ南部の白人たちが黒人をリンチしていたことを連想させるからです。たとえば、黒人の体にタールを塗って鳥の羽をくっつけ、縄で首をくくって木から吊るす。あるいは橋から吊るす。白人に逆らったらこうなるぞという恐怖感を黒人たちに植え付ける目的もありますが、それだけではなく、十九世紀には黒人をリンチすること自体が白人にとって楽しいイベントだった。リンチ現場の写真が出回ったり、記念の絵葉書が作られたりもしていました。つまり、プルートはまさに黒人を殺すのと同じ方法で殺されている。黒人は吊るされ、黒猫も吊るされる――。これは、特にアメリカの読者であれば連想が働くと思います。

この二つを結びつけるのは、それほど遠い連想ではありません。ノーベル文学賞を受賞したトニ・モリスンという女性作家が、『白さと想像力』という評論集で次のようなことを書いています。

明示的だろうが暗示的だろうが、アフリカニストの存在は、強引に避けようもないやり方で、アメリカ文学のテクスチュアに生命を吹きこんでいる。それは、暗い永続的な存在だ。また、目に見える媒介力であり、見えない媒介力でもあって、文学的想像力の働く場となる。アメリカ文学のテクストがアフリカニストの存在や、登場人物や、語り《ナラティヴ》や、慣用句に「ついて」書かれたものでない場合でさえ、とくにその場合は、言外の意味や、兆候や、境界線の上に、アフリカニストの影が漂っている。（大社淑子訳『白さと想像力』、朝日選書）

ここで主張されているのは、アメリカ合衆国の文学というのは、表面上は黒人がまったく出てこない、人種問題とは関係ないように見える作品でも、黒いものや闇や影といったさまざまなかたちで、色のイメージが人種のほのめかしになっているということです。『白さと想像力』のなかには、ポーの『アーサー・ゴードン・ピム』という長篇における色のイメージの使われ方について具体的に言及している部分もあります。こういった主張は「絶対違う」とも「本当にそのとおりだ」とも言えないものではありますが、作品を読み解く際の手掛かりにはなると思います。「黒猫」に戻って考えると、登場するのは基本的に主人公の白人男性と、その妻と、猫くらいのものです。だから人種は関係ないのかというと、モリスンの考えによれば、そうではない。イントロダクションで見たように、白人というアイデンティティ自体が「黒人でない存在」というところからできているとすれば、次のように考えることができます。黒人たちに「劣ったもの」「暗い」「闇」「不自由」といったネガティヴな属性が貼り付けられているとき、黒人ではない白人は「優れたもの」「明るい」「光」「自由」を備えた存在で、それこそが人間だ——。そして主人公は、か弱きものとしての妻や、虐げられる存在としての猫に対して暴力を行使することによって、自分こそが力によって他人を支配することのできる存在、つまり「人間」だということを証しだてる。このような部分に、白人男性の驕りのようなものが表現されていると読むこともできるのではないかと思います。

復讐されることへの不安

ポーの作品が面白いのは、女性や動物のような「か弱きもの」を虐げている人間が必ず復讐を受けるところです。「黒猫」で主人公に何が起こったかを振り返ってみましょう。

まずは初代のプルートを殺した夜、家が原因不明の火事で燃えてしまう。「猫をいじめると家が燃える」とはどういう因果関係なのかよく分かりませんが、燃え残った壁に猫の姿が浮かび上がるのは、物語上の効果としては主人公に対しての「お前のしたことを覚えているぞ、見ているぞ」というメッセージですよね。

しかも、その後プルート二世、いわば「回帰したプルート」が現れて、この黒猫のために主人公は妻を殺してしまう。そして、事件を隠滅すべく塗りこめた壁の向こう側に、主人公の妻とプルートの連合軍が立っている場面で短篇が終わる。この「立っている」というのがすごい。

キリスト教的な文脈からは、「ヨハネによる福音書」のラザロという人のエピソードが連想されます。ラザロという、数日前に死んですでに埋葬されていた人物が、イエス・キリストの「ラザロ、出てきなさい」いう言葉で生き返る。あるいは、イエス自身も十字架に磔の刑で亡くなった後、復活するわけですよね。亡くなった人が立って現れるという最後の場面には、非常に強い宗教的なイメージが重ねられているように思います。

「黒猫」に即していうと、抑圧されたもの――動物と女性の合体した存在――が回帰して、主人公の罪を告発するために声を上げる。

最初はとぎれとぎれのくぐもった声で。子どものすすり泣きのようだった。それが急に高くなって、異様な、人間のものとは思われない長い叫び声に変わった。それは吠え声のようでもあり、怖がっているような、勝ち誇ったようなわめき声のようでもあった。地獄におちてもだえ苦しむ者たちの声と、それをみて喜ぶ悪魔たちの声が、いっしょに地獄からわきあがってくるかのようだった。

最初に、人間のものか動物のものか分からない声が聞こえてくる。確かに、猫の鳴き声は人の声、あるいは赤ちゃんが泣いている声に聞こえることがありますよね。こういった描写においても、人間と動物の境界がぼやけている。ぼやけたまま、ある種の復讐の炎が燃え上がって、主人公の罪を告発する。

「黒猫」は、主人公の罪が発覚し、処刑される前日に書かれた手記という形式になっています。物語のなかで起こることはすべて回想です。自分が理不尽な暴力を振るった記憶についての短篇小説だということができます。

　これをアメリカ合衆国全体の話と関連させるなら、白人男性は先住民や黒人たち、あるいは女性たちのような存在を、暴力によって制圧した。しかし、自分が理不尽な暴力を行使したその記憶は薄れない。その罪悪感のために、いつか復讐されるのではないか、そして支配―被支配の関係が転覆されるのではないかと、常に不安を抱いている。そういった暴力と不安の連鎖が、アメリカの歴史を貫く、アメリカ文学にも頻出するひとつのイメージを形成しているのではないか。

　アメリカ本土の安全を意味する「ホームランド・セキュリティ」という言葉があります。「安全」が守られているというセキュリティの感覚、すなわち「安心」のために常に暴力に頼る。銃規制が進まない、人種間の対立が和らがない、「テロとの戦争」を行う――。アメリカで見られるこうした現象の要因は、このセキュリティの感覚です。自分たちが過去に行使した理不尽な暴力に対して復讐されるのではないかという不安のために、さらに暴力を振るう。アメリカ合衆国の根底を流れる暴力と不安の連鎖が、この「黒猫」という作品を通じて見えてきます。

〔読書リスト〕

八木敏雄・巽孝之編『エドガー・アラン・ポーの世紀』（研究社、二〇〇九）
カーヴァー／村上春樹訳『Carver's Dozen レイモンド・カーヴァー傑作選』（中公文庫、一九九七）
モリスン／大社淑子訳『白さと想像力』（朝日選書、一九九四）

第2講

屹立する剝き出しの身体

――メルヴィル「書記バートルビー
――ウォール街の物語」

ハーマン・メルヴィル／牧野有通訳『書記バートルビー／漂流船』（光文社古典新訳文庫、二〇一五）

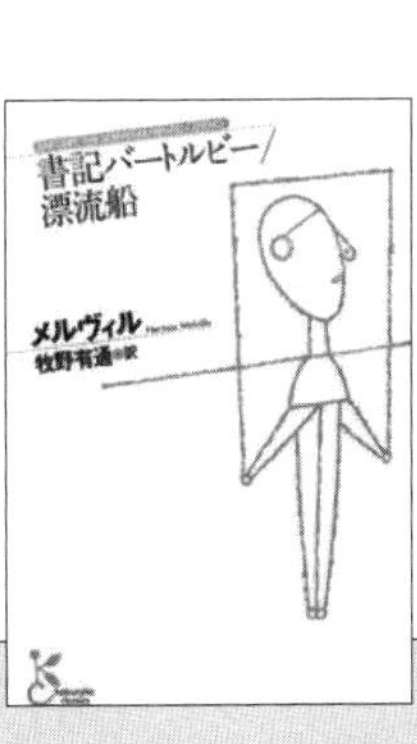

ああ、人間の生よ！

ハーマン・メルヴィルの「書記バートルビー――ウォール街の物語」はこの本で扱うほかの短篇小説と比較すると少々長く、中篇といってもいいボリュームですが、ものすごく面白いので、読んだことのある方は最後まで楽しめたのではないでしょうか。

まずはストーリーを概観しましょう。舞台は十九世紀半ば、ニューヨークのウォール街にある法律事務所。物語は、この事務所を構えている年配の弁護士によって語られます。弁護士といっても「正義を貫く」とか、そのために闘う、いわゆる法廷弁護士ではないようです。「心地よい隠れ家《が》の落ち着いた静けさの中に引っ込んで、お金持ちの方々の債権証書や抵当証券、または不動産権利証書なんかに囲まれて、気分よく仕事をする方を好む人間」と自称している、何も個性がないことを逆に誇りにしているような感じの人物です。

ある時、この法律事務所が突然とても忙しくなる。「ニューヨーク州衡平法裁判所主事」という、不動産取引に関する公平性を審査する仕事がまわってきて、この手続きが非常に煩雑なものであることがその理由です。まだ技術革新が進んでおらず、コピー機やプリンターといったものは影も形もない時代ですから、法律の文書を作ると、関係者のぶんを手書きで写さなければならなかった。それで、書記とか筆耕人と呼ばれる、文書の写しを作成するスタッフが必要になってくる。もともとこの事務所には書記が二人と見習いの少年が一人、あわせて三人のスタッフがいたのですが、もう一人増やそうということで、求人広告を出します。

そこに、バートルビーという名前の青年が応募してくる。彼は最初に登場した時からけっこう変わった人物として描かれます。「青白いほどこざっぱりして、哀れなほど礼儀正しく、救いがたいほど孤独な姿」をしており、物静かな男。後述しますが、既にいる二人の書記が、それぞれ「狂おしい性質」「激しい気性」の持ち主で手を焼いていた語り手は、「静かな物腰」の彼が良い影響を及ぼすと期待して雇うことにする。注目すべきはその仕事ぶりです。「まるで、書き写すのに長い間飢えていたかのようで、私の書類を貪り食っているように見えました。その上まるで消化のために休むこともないという様子です」。めちゃくちゃ仕事してくれる。語り手は、これでもう少し楽しそうにしてくれたら最高、と思うんですが、「彼はひたすら物静かに、青白い顔で、機械的に筆写していました」。

そして最初の印象にたがわず、だんだんバートルビーの奇行が目に付くようになってくる。たとえば、昼になっても、どこにも食事に行かない。注意深く観察していると、ジンジャーナット、安価なしょうが入りのクッキーのことですが、どうやらこれを何枚か食べているだけらしい。ほかにも、ある日曜日、教会に行こうとした語り手が、近くまで来たからということで事務所に寄ってみると、思いがけないことに、中からだらしない格好をしたバートルビーが出てくる。語り手が入ろうとすると、「今とても取り込んでいるので私の用事が済むまでそのへんをぶらぶらしてきてください」などと言う。どうやら勝手に事務所に住み着いているということが分かる。もう、この時点で追い出したほうがいいと思うんですけれども、語り手は、まあ何か事情があるのなら仕方がないか、という感じで言われた通りにしてしまう。

さらに困ったことに、バートルビーはだんだん仕事をしなくなる。最初のうちは書類の確認のための読み合わせや、誰かを呼びに行くようなちょっとしたお使いなどを頼むと、「わたくしはしない方がいいと思います」と断られることが続く。なぜしない方がいいと思うのか訊ねても、「わたくしはしない方がいいと思います」、英語だと“I would prefer not to.”とか“I prefer not to.”と繰り返すだけで、理由を説明してくれない。バートルビーが「しない方がいい」と思うことの範囲はだんだん広くなっていき、ついに、もう筆写はしないことに決めました、と言って書類を写すこともやめてしまう。これは本来の業務ですから、さすがの語り手も厳しく理由を問いただすのですが、バートルビーは「あなたはその理由をご自分でおわかりにならないのですか」、つまりは、本当は自分でわかっているのでしょう？　と言い返してくる。全然分からない。

仕事をしないバートルビーが何をしているかというと、窓から見えるほかの建物の壁をぼーっと眺めているか、あるいはただ事務所の自席に座っている。雇っている側からすれば働かないのではクビにするしかないので、語り手は説得を試みますが、彼は辞めないし、出て行ってもくれない。

業を煮やした語り手がどうするかというと、事務所を引っ越します。これもすごい発想の転換ですが、使用人が出て行かないなら仕方ないといって、主人である語り手のほうが出て行く。バートルビーはもとの建物に取り憑いた亡霊のように、階段とか玄関ホールとか、建物全体をうろつくようになって、次に入った事務所の人たちが困ってしまう。やがて警察が呼ばれて、バートルビーは浮浪者として「墓場」、すなわちニューヨーク市の刑務所に連れて行かれます。

語り手は、バートルビーをよく知る人物として刑務所に出向き、彼に面会します。バートルビーは語り手のことを覚えていたものの、「あなたには何も言いたくはありません」と拒絶する。そしてどうやら、ずっと「私の体に合わないと思います。まともな食事には慣れていないのです」などと言って、刑務所でも普通の食事を一切していないようなのです。

取りつく島がないので語り手は帰りますが、やはり気になる。数日後、どうしたかなともう一度見に行ってみると、バートルビーが刑務所の中庭の芝生の上で目を開けたまま倒れているのを発見する。寝ているのかと思ったら、なんと死んでいた。結局、「今日は食事をしない方がいいと思います」などと言いながらずっと何も食べず、そのまま死んでしまったんですね。

これが物語の結末ですが、そのあとに説明がつく。語り手の事務所で働きはじめる以前、バートルビーはどうやら配達不能郵便物局というところで働いていたらしい。配達先が見つからないとか、もう宛名の人物がいなくなってしまったとかで届けられない郵便物がたまっていく場所。たとえば指輪とか紙幣のような、受け取った人の役に立つようなものが入っている場合でも、配達もできないし、差出人に戻すこともできない。そうした郵便物を燃やすために仕分けする、なんの希望もない仕事。そんな仕事あるの？　と思うんですが、バートルビーはずっとその仕事をしていたよう。配達不能郵便物、英語だとDead Lettersという言い方なのですが、これってDead menの一人になってしまったバートルビーにすごく似ていますよね、という説明です。郵便物は宛先に届くことはなく、バートルビーは周囲と壁で隔てられたようにコミュニケーションが取れない。「ああ、バートルビー！　ああ、人間の生よ！」と言ってこの短篇は終わります。

もう、本当に謎だらけの話です。それでも、ぐっと引きつけられるような細部が多いので、何度も読んでしまう。読むと、分からない部分が気になって、また読みたくなる。そういう魅力を持った作品だと思います。

忘れられた巨人

ここで著者のハーマン・メルヴィルについて見ていきましょう。メルヴィルは、アメリカ文学を研究する人たちにとっては、いちばん「偉い」文学者といってもいい存在です。もちろん偉いアメリカ文学の作家は何人もいるでしょう。けれどもヨーロッパの文学から離れ、アメリカ独自の文学を確立した十九世紀半ばのアメリカン・ルネサンスの作家として、メルヴィルはナサニエル・ホーソーンと並び卓越した地位を占めています。しかも航海や鯨に関する膨大な知識を詰め込み、世俗的な面白さを持つ物語から高尚な神学的議論まで、まさに世界の海を背景とした『白鯨』を書いたメルヴィルは、その後のアメリカ文学の展開を決定的に方向づけた重要な存在だと言えるでしょう。しかしながらそれゆえに、一般的な日本文学とあまりにスケール感もテーマ設定も異なるという点で、日本人の読者にはいささかとっつきにくい存在になっているのではないでしょうか。

最も有名な作品の『白鯨』にしても、日本で誰もが普通に読んでいるかというと、そうでもない。映画で観たとか、児童文学的な文脈で部分的に読まれた方のほうが多いかもしれません。

メルヴィルは一八一九年、十九世紀初頭のニューヨーク市に生まれます。父親が膨大な借金を抱えて亡くなってしまったので、十二歳で学校をやめて、親族の伝手で銀行に勤めたり、資格をとって小学校の教員をしたりしてなんとか暮らしていました。文章も書きはじめていたようです。しかし、そういう生活に耐えられなくなって、一八三九年に船乗りになる。ここが決定的に重要なところです。『白鯨』は十八か月間捕鯨船に乗っていた経験を生かして書かれた作品ですし、「バートルビー」にも「しかし彼は一人ぼっち、全宇宙で完全なまでに一人ぼっちに見えました。まるで大西洋のど真ん中で難破した船のひとかけらです」という描写があるように、メルヴィルには海にちなんだ作品がとても多い。アメリカ海軍の水夫になったりもしています。

船上の暮らしから逃亡し、南太平洋の島でしばらく過ごしたこともあった。そんな自分の体験を踏まえて書いた、半ば旅行記で半ば冒険物語のような『タイピー』や『オムー』といった作品で、メルヴィルはデビューしてからしばらくの間、たいへんな人気作家になります。実際、これらの作品も非常に面白いです。

しかし、本人はそういうものに飽き足らず、ホーソーンと親交を結んで、その影響を受けた作品を書くようになります。先述したようにホーソーンは「ロマンス」の自由さについて語った文学者で、『緋文字』などの重要な作品を残しています。リアリズムに基づくというよりも、象徴の力を作品の推進力にしているのが彼の作品の特徴といえます。

そして『白鯨』こそホーソーンの影響を受けて書いた作品で、これはアメリカ文学史上で最も重要な作品の一つでもあります。あまりに重要なので少しだけ触れておきますと、ほとんど狂気の存在であるエイハブ船長という人が、かつて自分の片脚を食いちぎった巨大な白い鯨を追いかける物語です。モビー・ディックと呼ばれるその白鯨は巨大な怪物のような存在で、世界の海をめぐりながらエイハブ船長と死闘を繰り広げる——と、一応はまとめることができます。しかし、『白鯨』の面白いところは、本筋とは関係のなさそうなちょっとしたコミカルな場面や、鯨に関する書物からの長々とした引用、あるいは、神が作ったはずの世界になぜ悪が存在するのか、もしかしたら神はいないのではないか、というような哲学的な問いとそれにまつわる思考の断片といった、さまざまな要素が混合されたものとして長篇小説が構成されているところです。英雄的な人物と怪物的な存在の死闘、と一言で説明してしまうと、いろいろなものがこぼれ落ちてしまうような、非常に独特な読書体験ができる作品です。

『白鯨』が出版されたのは一八五一年で、その少し後、一八五三年に「バートルビー」も書かれました。短篇もたくさん書いていて、ひどい雷雨のなかで避雷針を売りに来る男の話や、未婚の女性だけが働く工場の話が有名ですが、『白鯨』と同じように、「要するにこういう話」と言ってしまうとちょっとズレてしまうような、不思議な手触りのある作品が多い印象です。

『白鯨』の後に書いた長篇は『ピエール』という作品なのですが、これもわりとややこしい作品で、はじめは流行作家だったメルヴィルもだんだん人気が衰え、世間から忘れられていくことになります。しかたなく一八六六年から二十年間、ニューヨーク市の税関吏を務めました。安定した収入の得られる役人をやっていたということですね。ちなみにホーソーンも税関の役人をやっていました。

メルヴィルは十九世紀末、年号で言うと一八九一年に亡くなって、その頃には忘れ去られた作家になっていた。一九二〇年代に入って、やっと非常に偉大な作家だったという見直しが起こって、そこからアメリカ文学史が書き替えられていくという流れがあります。

資本主義の象徴、ウォール街

「書記バートルビー」に戻りましょう。背景となるのは十九世紀半ばのニューヨーク、ウォール街です。この舞台が重要なポイントのひとつです。ウォール街はマンハッタン島の南にあるエリアで、もともとはオランダ領ニューアムステルダムと呼ばれていました。最初はオランダの植民地だったので、ネイティヴ・アメリカンやイギリス人の侵攻から共同体を守るために砦を作った。実際に壁があったので「ウォール」街と呼ばれるようになった。この砦は使われないまま十七世紀末に壊されてしまうのですが、「ウォール街」という名前だけが残った。

そうした歴史的背景ばかりではなく、「書記バートルビー」には壁や壁状のものの描写がやたらと出てきます。まずは事務所の周囲の環境です。「一方の端の窓からは、大きな吹き抜けの側面にあたる白い壁が眺められました」と書かれていて、「もう一方の端からの眺めは（中略）長い年月にわたってずっと日陰になっていたことによって黒ずんだ、そびえ立つようなレンガの壁だったのです」とあるので、建物の両側が壁であると分かります。さらに事務所のフロアに「すりガラスのはまった折りたたみ戸」を設置して弁護士と書記のスペースを分割している。そしてバートルビーの机の近くにある小さな窓については、「以前はその窓を通して、眼下に汚れた裏庭やレンガ造りの一部などを眺めることができたのですが、新しいビルが建てられたため、その頃になると何も見えず、いくらか光が入ってくるだけでした。その窓から三フィートもないところに壁が迫ってきており、光ははるか上の、非常に高い二つの建物の間から差し込んできていたので、まるでドーム型の天井のとても小さな窓から光が届くような具合でした」とも書かれている。物理的な壁の描写ですが、人と人の間に「壁」があることの象徴的表現にもなっています。

ニューヨークはもともと東海岸の商業の中心地でしたが、その役割が強化されていくのは、物語の舞台になっている十九世紀初頭です。このことには地理的な背景があります。カナダとアメリカ合衆国の間に、五大湖と呼ばれる、大きな湖がつながっているエリアがあります。この五大湖エリアと東海岸をつなぐエリー運河が開通したのがこの頃なんです。

エリー運河からは、ハドソン川を通って大西洋に出られる。大きな船を使って、五大湖まで直接行けるようになる。当時は陸路と海路であれば、海路が圧倒的に安い。すると、ハドソン川の出口にあたる場所であるニューヨーク、特にマンハッタン島やウォール街のあたりが、アメリカ合衆国の商業的な中心になっていく。最初のうちはこのエリアにも住宅地区と商業地区の両方が存在していたようですが、住宅地区は北のほうに全部移動してしまって、南側はほんとうに商業地区だけになります。ウォール街は、そのど真ん中なわけです。勃興するアメリカ、十九世紀資本主義の中心ですね。日本で言ったら大手町やかつての日本橋兜町といった感じでしょうか。

そういう場所に、完全に何もしないし、ほとんどものも食べないバートルビーが現れて、ただじっと窓の外を眺めている。そんなふうにイメージしていただくと、少しずつ分かってくるのではないでしょうか。

強烈な個性をもつ登場人物

「書記バートルビー」の細部を見ていきます。まず登場人物が強烈です。あらすじのところで見たように、たしかにバートルビーは奇妙な人物です。しかし、語り手の法律事務所に最初からいる他の書記たちも、十分にヘンな人たちだということが言えます。

最初に出てくるのはターキー（「七面鳥」）というイギリス人。語り手と同世代で、けっこう年配の人です。この人は、午前中は「健康的で血色が良い」と見える顔色で、大量の仕事を素早く堅実にこなしてくれる。しかし、だんだん日が高く昇ってくるにつれて、その顔は「燃え盛る石炭のような光を放つ」ように、つまり、どんどん赤くなっていく。その輝きが正午に頂点に達すると、落ち着きがなくなり、仕事のミスが増え、さらには攻撃的な人格になる。「そんなときの彼の行動は、異様で、凶暴で、混乱して、軽率なうえ、無鉄砲さまでが顔を出しました」。午後になるともう普通に仕事ができない。でもターキー自身は、自分は常にきちんと仕事ができていると思い込んでいる。語り手は、ターキーに「君ももうだいぶ年だし、午後はちょっと休んだほうがいいんじゃないの？」という意味のことを言ってみたりしますが、「私が居なかったらこの事務所の仕事はまわらない」というふうに反論され、押し切られてしまう。こうしたターキーとのやり取りは、後のバートルビーとのやり取りの前触れになっているとも言えます。

もう一人がニッパーズ（「鉄線切断鋏」）です。この人は二十代で、わりと若い書記なのですが、午前中いつも消化不良でイライラしていて、「さらに仕事のまっ最中に、不必要な怒声を、言葉というより、シューシューという異様な音とともに発したりするのです」。変な音を出すだけでなく、暴れるし、あるいは背中を楽にするとかいって、ずっと机の角度をいろいろいじったりする。最終的に「オランダ風の家の急勾配の屋根」という表現が出てくるんですが、めちゃくちゃにそそり立った感じに机の角度を変えて、自分でそうしているのにもかかわらず「これじゃ腕に血が回らなくなる」とか言って怒りまくっている。しかしニッパーズの消化不良は午後には収まり、比較的穏やかになってしっかり仕事をしてくれるようになる。

総合すると、ターキーとニッパーズが交互に大暴れしている。まあ、午前も午後もどちらか一人はしっかり働いてくれるわけですが、それでも大人二人ぶんの効率には及ばないのではないかと思います。でも、語り手は、この二人にはなじみがあるし、前から働いてもらっているから、などと言いながら、両者の奇行をなんとなくずっと受け容れて長いことやっているわけですね。

そう考えると、バートルビーも二人の書記も変わった人なのは間違いないんですが、その変な人たちに押し切られるようなかたちでずっと受け容れ続けて、奇妙な人たちに居場所を提供しているように見える語り手が、実はいちばん変わった人なのではないかとも思えてきます。この語り手のおかげで、読者である我々はバートルビーという人物に出会うことができる。

この、いつも誰かしら大騒ぎしている事務所に、新たな書記バートルビーが登場する。バートルビーは、静かで、青白い顔をして、受け身な人物として現れる。しかも、仕事を命じられると、異常な量をこなしてしまう。思い出していただきたいのは、食べる比喩を使って仕事の様子が描写される部分です。「書類を貪り食っている」とか、「消化のために休むこともないという様子」と書かれていましたよね。僕は何度もこの作品を読んでいるので、後にバートルビーがものを食べなくなることを知っています。その観点から考えてみると、書類を「貪り食っている」ときは過食の状態、その後、一切筆写をしなくなる部分は拒食の状態なのではないかと思えてきます。バートルビーは仕事という部分においても、ある種の摂食障害的なイメージをまとっていると言えるのではないか。このことは最後にあらためて触れます。

I would prefer not to.

バートルビーが繰り返し口にする「しない方がいいと思います」という言葉も重要なポイントになります。原文では"I would prefer not to."とか"I prefer not to."という表現なのですが、これは英語でもそれほど使うとは思えない、わりと奇妙な言葉遣いです。上司に命令されたことについて、「する」と「しない」を比較して「しない」方がいいと言うのであれば、普通は理由を述べます。しかし、バートルビーは絶対に理由を言ってくれない。

語り手である上司はイライラしているけれども、寛容な上司でありたいという気持ちもあるので、命令した仕事をやらなければいけない理由を諄々と言って聞かせる。そういう場面がありまず。これは通常の慣習だとか、君がやらないとほかの人に迷惑がかかるとか、好き嫌いとかを言っていてはだめだとか、そもそも仕事なんだから上司のいうことは聞かなければいけないとか、およそ常識的な人が思いつきそうな理由すべてを述べる。

対して、バートルビーは反抗するわけではない。あるいは、上司が言ったことを否定もしない。

むしろ、「あなたの意見は正しい」とも言う。しかし、「しない方がいいと思います」という返事は変わらず、全然仕事をしてくれない。

とはいえ彼に話している間、彼は私の言ったことを注意深く考え、その意味も完全に理解し、その抗いがたい結論に異議を唱えることができないことは了解しつつも、同時に、何か至高の考えが彼の中で働いて、彼を説き伏せ、あのように言わせたのではないか、という風に思えました。

バートルビーの顔を見ていると、説明をひとつひとつ聞いて、納得していることが分かる。にもかかわらず、上司の命令よりさらに強い強制力をもつ「何か」なのか、それとも上司の命令とは質が異なる理由なのかはよく分からないけれども、「至高の考え」によって、バートルビーは何もしないのではないか、という気がしてきたということですね。

「書記バートルビー」を読んでいると、この「至高の考え」とは何かを考えさせられます。われわれは通常、理性に基づいて、自分の意思で能力や身体をコントロールしている。問題なくできているときはそのことを意識しなくてよいのですが、病気になったり、あるいは鬱《うつ》状態になったりしたとき、急に身体が抵抗するようになって、普段は自分が身体をコントロールしていたんだ、ということに気づく。あるいは、「黒猫」で話題にしたアルコール依存症もその一例ですが、理性的に、自分自身に対して「飲んではいけない」と言って抑えようとする力が強くなればなるほど、抵抗も強くなってアルコールの誘惑に負けてしまう。先ほど摂食障害のイメージという話をしましたが、この作品を読んでいると、バートルビーのなかにも自分ではコントロールできない、名づけることもできない何物かがあり、それがだんだん大きくなっていくのを感じるように思います。

さて、仕事をさせたい上司と「しない方がいいと思うのです」というバートルビーのせめぎ合いの結果何が起こるかというと、バートルビーが説得されて働きはじめるのではなく、事務所内のほかの人たちがバートルビーに近づいていく。具体的には、「しない方がいいと思います」とか「何とかしない方がいいのですが」という言葉遣いがどんどん伝染していく。ターキーもニッパーズも語り手も、全員が無意識のうちに使いはじめる。会話の相手が使うと気づくのですが、言った本人は気づかないし、自分がそんな言葉遣いをするわけがないと思い込んでいる、という状況になります。“I would prefer not to”とか“Prefer to”といった言葉遣いが蔓延し、全員が共感しながら洗脳されていく。

> どうしたものか、近頃私はこの言葉、「方がいいと思う」という言葉を、厳密に言えば、使うのがふさわしくない時でも、無意識に使うのが癖になってしまいました。ですから、この書記と付き合っていることがすでに深刻なほど精神面に影響を与えていると思うと、身震いするほどでした。

そして、日曜日に事務所に入ろうとした語り手は、どうやら住み着いているらしいバートルビーに「今はあなたを入れない方がいいと思うのですが」と言われると、なんか引いちゃう。この時点で、命令を出すのはバートルビーで、上司であるはずの語り手がそれに従うという、上下関係の転倒が起こっているわけですね。これは資本主義的な価値観のもとではまずい状況です。指揮命令系統がきっちり機能すればこそ、初めて生産性が上がり、お金も儲けられる。事務所の全員が、何も仕事をしない人に近づいていくうえに、そんな人の言うことに従ってしまったら、もうどうにもならない。

そんなことは語り手も理屈では分かっているはずなんです。しかし、なぜか分からないけれども、バートルビーの受け身の姿勢に魅入られてしまうと、バートルビーのある種の魅力というか、力に抵抗できなくなる。バートルビーがこの場所を離れたくないというのなら、それを受け容れて、致し方なく事務所を移転する。

語り手はどこかの時点でバートルビーを命令に従わせることをあきらめ、全面的に屈服しています。あらすじで見たように、バートルビーは浮浪者として刑務所に連れていかれる。語り手が面会に行くと、「わたくしはあなたを知っています」、でも「あなたには何も言いたくはありません」ときっぱり拒絶されてしまう。もはや「しない方がいいと思います」という丁寧な言い方すらしない。そしてバートルビーは、死んだ手紙のように、誰ともコミュニケーションを取らないままに死んでいく。

「何もしなさ」と摂食障害の文学

何度か「ウォール街は資本主義の中心」という話をしてきましたが、この作品はやはり場所が重要な意味を持っています。副題にある「ウォール街の物語」というのが実によく効いている。

この作品の舞台である十九世紀半ばであれば、アメリカ合衆国には、農村共同体のようなほとんどお金を使わずに暮らせる場所も、極度に資本主義化された都会もある。この作品の舞台は、その中でも、最も先鋭的に資本主義的な場所といえる。生産的に、効率的に働かなければ、生きている価値がない、意味がない、この街に居る理由がない。そんな場所に、何もしない、何も生産しないバートルビーが現れ、なおかつ、何も食べない。周囲の生産性の高さと、バートルビーの何もしなさ。このコントラストによって、果たして我々の社会において、何もしない、何も生み出さない、ただ剝き出しの身体として生きている人間には、存在意義がないのだろうか――。そんなことが問いかけられているように思うのです。

そしてバートルビーの描写に特徴的な摂食障害のイメージ。文学と摂食障害という組み合わせで連想されるのが、フランツ・カフカの「断食芸人」です。この世には「美味いと思う食べ物が見つからなかった」という理由で食べることを拒否した芸人が断食を続けてどんどんやせ細っていき、サーカスの動物小屋に行く通路にある檻の藁の中で死んでいる。そんな作品です。

あるいは、ハン・ガンという韓国の作家が書いた『菜食主義者』という作品。タイトルにある菜食主義者とは、この物語に出てくるヨンへという女性のことで、彼女は非常につらい出来事を経験します。そして肉食は動物の命を奪う暴力的な行為だという理由で、まず肉を食うことを拒否して菜食主義者になる。精神病院で過ごすうち、やがて「わたし、もう食べなくてもいいの」と言い、自分は植物だと考えるようになり、最終的には水しか飲まなくなって、おそらくは死んでいく。そういう物語です。

弱肉強食という言葉が暗示しているように、食べるというのは一種の暴力でもあります。私たちの社会は、いかに文明化したといっても暴力を内包している。生産できないものには「死ね」と宣告するような、不寛容さに満ちている。摂食障害文学の登場人物たちは、このような世界を拒否して死んでいく。彼らは愚かなのか。むしろ、彼らの姿を見ることで、我々は、ふだん見ないようにしている自分の醜さや狡さといったものへのまなざしを取り戻すことができるのではないか。「書記バートルビー」の物語から「摂食障害文学の系譜」を考えてみてもよいかもしれません。

〔読書リスト〕

ロンドン／深町眞理子訳『野性の呼び声』（光文社古典新訳文庫、二〇〇七）

カフカ／山下肇・山下萬里訳『変身・断食芸人』（岩波文庫、二〇〇四）

ハン・ガン／きむ ふなる訳『菜食主義者』（クオン、二〇一一）

第3講

英雄の物語ではない戦争
――トウェイン「失敗に終わった行軍の個人史」

マーク・トウェイン／柴田元幸訳『ジム・スマイリーの跳び蛙――マーク・トウェイン傑作選』（新潮文庫、二〇一四）

戦争のリアルとは何か

今回は「失敗に終わった行軍の個人史」という短篇についてお話しします。マーク・トウェインの作品では『トム・ソーヤーの冒険』や『ハックルベリー・フィンの冒険』などの長篇が有名で、幼少時に読んだことがある方も多いのではないでしょうか。一般にアメリカ文学を代表する作家といえばマーク・トウェインかヘミングウェイか、というくらい知名度があり、長篇だけではなく、魅力的な短篇から雑文のようなものまで、ありとあらゆる作品を膨大に書いた人です。

「失敗に終わった行軍の個人史」は、南北戦争時代のアメリカ、ミズーリ州ハンニバル付近を舞台にしています。一八六一年から一八六五年に起こった南北戦争は、アメリカ合衆国の歴史を考えるうえで重要な内戦なので、このあと少し詳しく見ることにしましょう。ミズーリ州はアメリカ中西部の州です。ハンニバル付近というのは作者マーク・トウェインの出身地であり、自分の郷里のあたりに住んでいる若者の、だらだらした雰囲気を描いている短篇になります。

まずはストーリーを概観しておきます。戦争が起こったと聞いた若者たちが、どういう大義によって、なんの理由で戦われているのかもよく分からないまま、参加することを決めるところからこの短篇は始まります。

大いなる騒乱の最初の何か月か、西部の人々の心中には相当の迷いが広がっていた。決心の定まらぬこと甚だしく、こっちに傾いたかと思えば次はあっちに傾き、それからまた反対側に傾く。己の立場を見定めるのは容易でなかった。

北軍に参加するか南軍に参加するか、何度も揺れる。奴隷州だったミズーリ州ですが、中西部に位置していて北部との結びつきも強く、南北戦争の開戦当時は境界州として中立的な立場を取っていたこともその背景にありました。とはいえ、みんなどちらの立場で参加するべきかも分かっていない。それほど何も分からないのになぜ戦争に参加するのか。ここには、この時代よく読まれていた物語の影響があります。スコットランドの代表的な詩人・作家であるウォルター・スコットや、『モヒカン族の最後』（足立康訳、福音館書店）などの作品で知られるアメリカの作家ジェイムズ・フェニモア・クーパーらによって華麗な文章で書かれた、英雄の活躍する物語。若者の多くはこうした作品を読み、戦争に行けば自分も英雄になれるのではないかと考えるようになります。

そして一八六一年の夏、ミズーリ州に北軍が侵入したことを受け、州知事が北軍を撃退するために、民兵五万人の出動を呼びかけます。

そして私は何人かの仲間と語らい、夜に秘密の場所に集まって軍隊を結成した。トム・ライマンという名の、元気一杯だが軍隊の経験はない若者が隊長に選ばれた。私は少尉に任命された。中尉はいなかった。なぜだかはわからない。何しろ昔の話なのだ。

いわゆる正規軍ではなく、近所の若い者が集まって、村の青年団のような感じで軍隊をつくってしまう。一応、一人はメキシコ戦争に参加した大佐がいるんですが、隊員のほとんどは、軍隊がどういうものかまったく知らない。メンバーそれぞれに軍曹だとか伍長だとかの階級が割り振られるんですけれども、どっちが上でどっちが下かよく分からないので揉めたりする。というかそもそも、最近まで単に近所の人だった人物にあれやこれやと指図されるのが受け容れられない。ということで、指揮命令系統ができておらず、それぞれが勝手なことをしている。しかも、面倒なことは誰もやりたがらないので、食事も作らない。でも何も食べないわけにいかないので、究極までお腹がすくと、仕方がないので全員で食事を作ったりする。戦争というより、大学生がキャンプに行ったみたいな感じです。

そのようにして一日二日は楽しく過ごすのですが、行軍しているとだんだん疲れてくる。そのうえ、北軍が近づいてくるという噂が耳に入る。ほとんどキャンプの気分で英雄ごっこができるという、遊びの延長のような感じだったのが、これはやはり戦争で、命懸けなんだということを急に悟ることになるのです。するとだんだんと行軍も無様になっていく。夜に北軍から逃げ惑うようすは、次のように書かれています。

道は非常に険しく、坂もきつく岩だらけで、まもなくあたりは真っ暗になり、雨も降ってきた。というわけでおそろしく難儀な道行きとなり、私たちは闇のなかをあくせくよたよた進んでいった。じきに誰かが足を滑らせて転び、次にそのうしろの人間がそいつにつまずいて転び、と順ぐりに転んでいって、そうこうするうちにバワーズが火薬の樽を両腕に抱えてやって来て、いまや全員が泥の坂の上で腕も脚もさんざんこんがらがり絡みあっている有様、むろんバワーズも樽もろとも転んで、おかげで一隊まるごと丘を転げ落ちていき、丘のふもとの小川に山となってなだれ込み、山の一番下の者たちが自分のすぐ上の者の髪を引っぱり顔を引っかき体に噛みつき、引っかかれ噛みつかれた連中も自分たちの上の連中を引っかき、噛み、今回この川から抜け出しさえしたら戦争なんてもう死んでも行くもんか、侵略してくる奴らも国ごと勝手に腐っちまえ、とか何とかみな口々に言い、誰もが息も絶えだえの喘ぎ声、あたりは気味悪い闇に包まれて、何もかもびしょ濡れで敵はいつ来るかわからないとあって、耳にするにせよ自分が発するにせよ何とも侘しく響いたことであった。

実際に北軍が来ているかどうかわからないので、これは噂から逃げているようなものです。雨に濡れた斜面を、何人もがくんずほぐれつしながら、ドロドロになって転がり落ちていく。バスター・キートンのスラップスティック・コメディばりの場面です。そして、北軍に捕えられるとその場で縛り首にされるという警告を受けると、彼らは次のように考えます。

戦争に来て、まさかこんなに情けない死が待ち構えているとは夢にも思っていなかった。もはや行軍からいっさいのロマンは失せていた。栄光をめぐる私たちの夢はおぞましい悪夢に変貌していた。

この警告は間違いだったことが翌日分かり、若者たちはすぐに明るい気持ちを取り戻す。このあたりの気分の浮き沈みの激しさも可笑しいのですが、どうやらこの行軍がコミカルなだけでもないことが分かってきます。たとえば、戦場で恐怖が迫ってきたときに人がどんな行動をとるかについても描かれています。ある夜、馬に乗った何者かが、野営地に近づいてくる。

それは馬に乗った一人の男であった。そのうしろにも、さらに何人もいるように私には思えた。私は闇のなかで銃を摑み、丸太のあいだのすきまから外へ突き出した。何をやっているのか、自分でもほとんどわかっていなかった。それくらい、恐怖で頭が真っ白になっていたのだ。誰かが「撃て!」と言った。私は引き金を引いた。百の閃光が見えて百の銃声が聞こえた気がし、それから、男が鞍から転げ落ちるのが見えた。

近づいてきた相手が北軍の兵士なのか確認もできないまま、恐怖に促されて発砲してしまう。何人も同時に発砲したので、誰のどの弾が当たったのかはよく分からない。しかし、結局、おそらくは北軍の兵士でもない、ただ通りがかっただけだと思われる一般人を殺してしまう。

つまり、キャンプ気分で、半分英雄ごっこの遊びをするような気持ちで戦争に参加した若者たちが、ウォルター・スコット流のロマンスの主人公になった気分をだんだんと剝ぎ取られていく。人を殺そうなどとはまったく考えていなかったのに、最後には人殺しになってしまう。その後、誤って射殺してしまった男を皆で手厚く葬るのですが、悔やんでももう手遅れで、死んだ人間が生き返るわけもない。

アメリカ合衆国は軍隊の文化的影響が強い国で、今でも戦争の英雄を描いた物語がよく読まれています。しかし、この「失敗に終わった行軍の個人史」は、コメディタッチを交えながらも、実際の戦争は物語とは違うのだということを、読む人にまざまざと見せつけてくる作品だと言えると思います。

「ここまでは大丈夫、ここからは危険」

マーク・トウェインは一八三五年、ミズーリ州の生まれです。ミズーリ州は当時フロンティアの最前線で、白人が入ってきて開拓をはじめている時代でした。「開拓」というのは方便のようなもので、実際にはネイティヴ・アメリカンの住んでいた土地を奪っていく行為でしたが。

フロンティアの最前線とはどういうことかというと、ヨーロッパの文化からいちばん遠いということです。アメリカ合衆国に行ってみると今でも感じることですが、ニューヨークやボストンのような地域は街並みも文化もヨーロッパの影響が強い。しかし、そこから物理的な距離が遠くなるほどに、ヨーロッパの影響が薄れてきて、アメリカ独自のものが出てくる。文学についての観点から言うと、口語的な語りの文化があったことを見逃すわけにはいきません。この点は後ほどまた触れます。

トウェインの父はアメリカ南部にあるヴァージニア州の出身。ヴァージニア州は奴隷州と呼ばれる州のひとつでした。ミズーリ州にも奴隷制があったのですが、南部の深い地域に比べると状況は大分ゆるやかなものだったようです。

『トム・ソーヤーの冒険』や『ハックルベリー・フィンの冒険』を読むと、トウェイン自身、こんな活発な子ども時代を送っていたのかなと思うのですが、実際は体が弱かったようです。いたずら好きな性質ではあったものの、まさにウォルター・スコットやフェニモア・クーパーらの書くロマンスに夢中の、読書好きな子どもだったらしい。自身の幼少時の環境――黒人奴隷との関係、友人と遊んだ思い出等――に、ロマンスを読みふけった読書体験が混ざり合って、『トム・ソーヤーの冒険』のような物語に結実していく。

トウェイン自身の話に戻ると、彼は二十二歳でミシシッピ川の水先案内人になります。大きな船で河を運航していくとき、水深が浅いところでは座礁して船が台無しになってしまう危険があるのですが、このことを踏まえて、水の深い、座礁の心配をしなくていいところと、ここから先は危険だというところを示すのが水先案内人の仕事でした。この仕事に就くのはけっこうむずかしく、高給でもあったようです。

実は「マーク・トウェイン」というのはペンネームで、「水深二尋《ひろ》」という意味です。水先案内人の仕事における、「ここまでは大丈夫、ここからは危険」という深さが二尋（約三・六メートル）であることに由来しています。作家としての「ギリギリの危ないところを書いていく」という決意表明のようなものを感じます。ちなみに、本名はサミュエル・ラングホーン・クレメンズといいます。

南北戦争がはじまると、船舶がどんどん軍に接収されたため、水先案内人という仕事はできなくなってしまう。トウェインは西部に行って新聞記者になり、「人かつぎ記事」を書いて評判になります。一種のお笑い記事、ユーモアのある読み物という風情のものですが、これはアメリカ西部フロンティアの伝統であるところの、実際にあった出来事を誇張して漫談仕立てにして、関係ない話を混ぜながら笑わせるという、後のスタンダップ・コメディに連なっていく方向の笑いです。何か教訓があるわけではなく、野性味あふれる西部の人間そのものを書いていった。一八六五年、ニューヨークの『サタデー・プレス』紙に掲載された「ジム・スマイリーの跳び蛙」が好評を受けて各紙に転載され、これをきっかけに西部のユーモア作家として全米に知られた書き手になります。

その後、トウェインの書く記事にはだんだんと物語的な部分が増えていって、自分でもよく分からないうちに小説家ということになり、その作品はヨーロッパで先行して評価され、いつの間にか文豪になってしまう。

職を失って、できることが狭まって仕方なく新聞記者になり、お笑い記事を書いていたら勝手に評価されて偉い人にされてしまう。トウェインの人生自体、不思議なほら話のような味があります。この人は講演もうまかったらしい。立派なことを言うわけではなくて、ヨーロッパに行ってどうだったとか、ハワイでこんな目にあったという話を面白おかしく語って全米を巡業したりして、それも人気があった。日本でいえば、ビートたけしさんみたいな人がそのまま文豪になった感じでしょうか。

代表作は『トム・ソーヤーの冒険』『ハックルベリー・フィンの冒険』で、これらの作品に登場する黒人奴隷ジムとの関係は、アメリカ文学研究の中でも大きな主題になっています。特に、『ハックルベリー・フィンの冒険』では逃亡奴隷のジムと一緒にいかだに乗って、ハックがミシシッピ川をずっと下っていきます。方向としては南、つまり奴隷制がより強固な地域に向かっていることになるので、なぜそちらに逃げていくのかはよくわかりません。

『ハックルベリー・フィンの冒険』は重要な作品なので少しだけ紹介しておきます。当時は逃亡奴隷を見つけた場合、必ず通報しなければならなかった。通報しないのは犯罪なのですが、しかし、ハックは、ジムは人間だし、友達だ、と思う。友達を大事にすることが犯罪だとしたら、「よし、そんなら、おらは地獄へ行く」と決意する。白人社会で正しいとされている規範よりも、自分の良心に従うという宣言をする場面で、アメリカ文学で最も有名なシーンのひとつと言ってもいいでしょう。トウェインはほかにもたくさんの作品を書きますが、晩年は破産など私生活の問題も経験し、厭世的な作品も書くようになっていきます。

アメリカの現在を作った「南北戦争」

「失敗に終わった行軍の個人史」という作品の背景になっているのは、南北戦争です。それだけ言われてもあまりピンとこないかもしれませんが、アメリカ合衆国は一七七五年〜八三年の独立戦争以来、短いインターバルで戦争を繰り返している国です。アメリカの歴史は戦争の歴史といっても過言ではありません。

南北戦争の直前、一八四六年～四八年に行われたメキシコ戦争は米墨戦争とも呼ばれます。これはけっこう質《たち》が悪い。イントロダクションでも言及したマニフェスト・デスティニーを国外にも応用した事例のひとつで、「明白な使命」とか「明白な天命」に基づき、アメリカ合衆国の中心である白人たちが、大西洋側の諸州から西へ進んで太平洋まで領土を拡大して、「野蛮」な民族を支配していく。それが神からもたらされた使命であるとすることによって、要は侵略戦争を正当化していたというわけです。

メキシコ戦争の発端は、元来メキシコの一部だったテキサスに、アメリカ合衆国から白人の入植者が大勢やってきて、「ここは我々白人の土地で、独立する」と宣言し、「テキサス共和国」という国を勝手に作ってしまったことです。イギリスやフランスも巻き込んで、この「テキサス共和国」をアメリカ合衆国に編入するかどうか揉めているうちに、アメリカとメキシコの国境をめぐる戦争に発展していく。当時のメキシコは東西だけでなく南北にも広がった巨大な国だったのですが、メキシコ戦争の結果、アメリカはなんと、メキシコのほぼ北半分を奪ってしまいます。現在の地名で言うとカリフォルニア州、ネバダ州、ニューメキシコ州といったあたりはもともとメキシコ人が住んでいてスペイン語圏だったのですが、一気にアメリカの植民地のようにしてしまうという、そういう戦争でした。

アメリカにとっては、戦争に勝って領土が増えたのでよかったのかというと、そう簡単でもありません。メキシコ戦争以前は、アメリカにおいて北部と南部の州の数は拮抗していた。そのことによって、奴隷制を維持している奴隷州と、廃止した自由州とのあいだで、政治的なバランスが取れていたのです。しかし、メキシコ戦争で新しくアメリカになった州や準州について、どこを奴隷制の州にして、どこを自由州にするかという部分で、北部と南部が猛烈に揉めることになります。

十九世紀も半ばぐらいになると、奴隷貿易自体はとうの昔に終わっているので奴隷が新しく入ってくることはありませんし、奴隷制を禁止する州も出てきます。また、奴隷制を維持しているけれども、やめたほうがいいのではないかという運動が強くなってくる州もあった。

そもそも、工業中心の北部と農業中心の南部では生産性が違うので、経済的には北部の力が強まっていた。政治的にも経済的にも、また文化的にも異なっている北部と南部の危ういパワーバランスが、メキシコ戦争の結果を受けて一気に崩れてしまうことになる。具体的にいうと、南部の州が、政治的・経済的に北部に押さえつけられるくらいなら、自分たちの好きなようにやろうということで、アメリカ合衆国から離脱すると言い出すわけです。これが一八六一年、南北戦争の始まりです。

州というのはもともとひとつひとつが国のようなもので、それぞれの州が希望して連邦に入ったのだから、離脱するのもそれぞれの州が希望するなら当然可能であろう、というのが南部の論理です。対して、一度連邦に加入したのであれば、連邦にとどまる義務があるだろうというのが北部の主張で、真っ向から対立してしまった。

この南北戦争では殺傷力の高いライフルが使用されたり、塹壕戦と呼ばれる長期にわたる膠着状態が起こったりするなど、両勢力があらゆる力を注ぎました。世界初の総力戦と言われることもあります。その一方で、一斉に進軍しては一斉に射撃されるというように、戦略・戦術面では古い戦争のやり方を踏襲していたので、六十二万人という膨大な戦死者が出てしまう。アメリカ合衆国は戦争が多い国という話をしましたが、第二次世界大戦や湾岸戦争などを抑えて、戦死したアメリカ人の数は南北戦争が最大で、現在でもその記録を超えるものはありません。

アメリカ合衆国ではもともと連邦政府より個々の州の力のほうが強かったのですが、北部が勝利したことで、州をまとめる連邦の力が強くなる。徴兵制や連邦課税のような集権的な制度ができる。さらには、「男らしさ」を強調した、軍事的な国家に変化していくということも言えます。南北戦争以前は「軍事力はそこまで大きくなくていい」とか「すすんで戦争する必要はない」という雰囲気の文化だったのが、軍に入って戦争に参加することで若者は初めて大人になるのだとか、男らしさが重要だといった考え方が広がっていく。そうした転換点にもなりました。

また一方では、アメリカ社会の片隅で虐げられていたアイルランド系・ポーランド系などの移民、あるいは南部から北部に逃げたり、はじめから北部に住んでいた黒人たちが、北軍に参加して南北戦争を戦ったことにより、戦後のアメリカ社会で地位を上昇させていくということも同時に起こる。戦争に参加することでアメリカ合衆国で暮らす地歩を固めていくというのは、第二次世界大戦や朝鮮戦争等における日系の移民などにも起こったことですけれども、その原点でもあります。

以上見てきたように、南北戦争というのはさまざまな意味で現在のアメリカ合衆国をかたちづくっている戦争なのです。

戦争はいかに語られるべきか?

「失敗に終わった行軍の個人史」という作品の細部を検討していきます。まずは作品の冒頭に、これはほとんどマーク・トウェイン自身の言葉と言っていいと思うのですが、ひとつの宣言が出てきます。

先の戦争(南北戦争のこと)で何かを為《な》した人の話は皆さんもたくさん聞いておられるだろう。ならば、何かを為そうとしはじめて、結局何も為さなかった者の話もしばし聞いていただくのが公正というものではなかろうか? 何千何万の者たちが戦争に入っていき、わずかばかり戦争を味わい、ふたたび戦争の外に出て、二度と戻っていかなかった。こうした者たちは相当な数に及んでおり、ゆえにそれなりの声を発する権利はあろう。

戦争の歴史は、政治家や将軍のような、英雄を中心に語られる。重要な役割を担った者の視点から語られるのは仕方ないかもしれないが、それだけになってしまうのはおかしい、と言っているのですね。なぜかといえば、戦争には、特別な力を持たない普通の人々も参加してさまざまな体験をする。そういう「普通の人々」は膨大な人数いるし、一人ひとりがそれぞれの意思で参加し、それぞれに戦争を感じ、記憶しているはずだ。全然活躍できなかった人、それどころかほとんど何もしなかったという人であっても、南北戦争に参加した人であれば、自分が見た戦争を語ることはできるだろう、と言うんですね。そうした物語を語ることによってはじめて、歴史が書き漏らしている、いなかったことにされている人々に焦点をあわせて世界を見ることができるようになるのではないか。

これはかなり革命的な意味がある宣言だと思います。歴史において我々は常に勝者の立場からものを見ています。敗者には歴史を編纂する力がないので、これはある意味当然のことなのですが、負けた側、活躍できなかった人、役に立たなかった者にも、大義名分や意思やそれぞれの感情はあったはずだ。そのような、なかったことにされる出来事、いなかったことにされる人々の「歴史」を、公的な歴史に代わって語ること。それが文学の役割なのではないか、とトウェインは言っているわけです。

戦争文学であり、戦争批判の文学

しかしながら、この作品に出てくる若者たちには、あらすじの部分でも見たように、英雄の物語、ロマンスに浸っている部分もある、というのが複雑なところです。

若くて、無知で、気のいい、善意の、凡庸な、冒険の夢で頭が一杯の、騎士道小説に読みふけり寂しい恋の唄を歌う青年。安手の、ニッケルめっきという感じの貴族趣味をこの男は有し、ダンラップ（Dunlap）という自分の名を嫌っていた。

英雄的な人物の活躍を美辞麗句で描くというのは、日本でも戦争を扱った文学の一部にはそういう特徴がありますし、ハリウッド映画などでも同じです。マーク・トウェインはそういった美しい物語を批判したい。戦争とは、実際には格好よいものなどではなく、そこにはみすぼらしいこと、悲しいこと、つらいことがたくさんあったはずだと言いたい人なんです。

ロマンスに浸っているのは若者だけではありません。メキシコ戦争に参加したという大佐も、空虚な美辞麗句を並べ立てて、この戦争に参加することの素晴らしさについて演説します。

食後、私たちは大佐に連れられて遠くの草地に赴き、木蔭に立って、大佐の語る古風な演説に耳を傾けた。それは火薬と栄光に満ち、形容詞が積み上げられ複数の比喩がごっちゃになった、空虚で長ったらしい駄法螺《だぼら》であった。あのころああいう田舎では、そういうものが雄弁と見なされたのである。

小説を読んでのぼせあがっている若者、戦争は素晴らしいと説く大人という組み合わせで、内側からも外側からも完全に気持ちを持っていかれている。普段はつまらない暮らしをしているけれども、戦争に参加すれば自分は特別な存在になれる、素晴らしい戦功を立てられる、そうすれば周りから英雄として遇されるはずだ、と思ってしまうんですね。

「思ってしまう」ということは、実際はそうはならずに転落していくということです。あらすじの部分で見たように、ラバや馬に乗ろうとして何度も振り落とされたり、泥だらけの坂を転げ落ちたり、ずっと行軍が続いて疲れ切ったり、近づいてくる敵に備えて歩哨に立つのだけれど、眠くなりすぎて結局全員寝てしまうとか、とにかくダメなことばかり起こる。

英雄になろうとして戦争に参加した若者たちは、実際は英雄とはほど遠くて、みっともなくて、こんなに無能なんですよ、という状況を、トウェインはドタバタ喜劇のように面白く読ませます。それは講演で培った語りの力によるところも大きいと思うのですが、面白いだけで終わらないところが非常に重要です。トウェインは物語に毒された我々に、物語とは違う現実を突きつけてくる。そのとき、そのままの現実はつらすぎるので、笑いというかたちで見せてくれている。面白おかしく語るトウェインの前で、我々は笑いながら、登場人物たちと一緒に、今まで見えていなかったものを見るようになるという部分があるのです。

そして、英雄批判という話が出てきましたが、この短篇は軍隊批判でもあります。軍隊の基本は指揮命令系統だと思いますが、この村の青年団みたいな人たちは、どの階級が上でどの階級が下か、ということすら分かっていない。そもそも人の言うことを聞いたことがない。

私はバワーズ軍曹に、私のラバに餌をやるよう命じた。ところが彼は、俺がラバのお守りをするために戦争に来たと思ったら大間違いだぜ、と言い返してきた。これは命令不服従だと私は思ったが、何しろ軍隊のしきたりはよくわからないので、あえて追及はせず、今度は鍛冶屋の徒弟スミスにラバに餌をやれと命じた。ところが彼も、ニヤッと大きく、冷淡に、皮肉たっぷりに、七歳と思った馬が口を開けてみたら十四歳だと判明したときに馬が見せるであろう表情とともに笑うばかりで、あっさり私に背を向けた。そこで私は隊長のところに行き、私には当番兵がいてしかるべきではないか、それが軍隊の正しいあり方ではないかと訴えた。そのとおりだがこの隊には当番兵は一人しかいないので隊長たる自分がバワーズを使うのが正当であると彼は答えた。当のバワーズは、誰の当番にもなってたまるか、やらせたきゃ力ずくでやらせてみろ、と言った。というわけで、むろんこれはあきらめるしかなかった。ほかにやりようはなかった。

これはアメリカンな感じで面白い部分ですね。軍隊に入ったことがなくても、日本人であれば、目上の人や上司、あるいは偉そうにしている人の言うことはとりあえず聞いておこうという感じになりそうなものですが、そうはならない。当時のアメリカの青年たちはいままでの人生で人の言うことを聞いたことなんて一度もないような人たちなので、命令されるということが理解できない。独立自営で農民をやっている人と、近所の電報局の人としか思っていない人の間に、上下関係は成立しないんですね。

したがって、やりたいことはやるけれども、やりたくないことはやらない。人に「こうしろ」と言っても誰も従わないし、「こうするな」と言ってもやる。みんな好き勝手でめちゃくちゃな状況になるわけです。「軍隊なんだから上官の言うことは聞くだろう」と思いながら読んでいる人たちの予想を裏切って、どんどんおかしな状況になっていく。これが会社だったらどうにもならないし、すごくダメな人たちだという感じもするんですが、同時に、このめちゃくちゃな状況自体が軍隊批判にもなっている。

命令に従うということは、偉い人が言ったことについて批判的に考えないということでもあります。上官に盲従するがゆえに殺人もできてしまうというのが、戦争というシステムなわけです。人間がつくったそのシステムって、実は非人間的なんじゃないの？　という問いかけが、ここにあるような気がします。

トウェインが鋭いなと思うのは、指揮命令系統が成立していないこの状況にもかかわらず、戦場という特殊な環境に置かれた場合、ごく普通の青年も結局のところ人殺しになってしまうということも書いているところです。自分が殺されるかもしれないと思ったら、相手が何をしているかにはまったく関係なく、恐怖のうちに引き金を引いてしまう。引き金を引けば、どんなつもりであったかとは関係なく、実際に人は死んでしまう。

自分は人殺しだという思いが私の胸をよぎった。私は人を、私に何の害も及ぼしたことのない人を殺したのだ。これほど冷たい思いに骨の髄を貫かれるのは初めてだった。（中略）すべての戦争は、まさにこういうことに違いない――自分が個人的には何の恨みもない赤の他人を殺すこと、ほかの状況であれば困っているのを見たら助けもするだろうしこっちが困っていたら向こうも助けてくれるだろう他人を殺すこと。

人殺しになる覚悟もなく――そんな覚悟は誰にもないと思いますが――気づいたら人を殺して

しまっていて、後悔しても手遅れだということになる。戦争は美辞麗句でもって語られるけれども、結局のところ単なる人殺しではないのか、なぜそれを若い人に伝えないのか？　コメディタッチの作品のなかで、こうした非常にシリアスな問いを私たちに突きつける。南北戦争という歴史的背景を踏まえて、マーク・トウェインがどのように戦争を批判的に描いたかが見えてきたのではないかと思います。「失敗に終わった行軍の個人史」は戦争文学であり、同時に戦争批判の文学なのです。

トウェインのこうした姿勢は、『スローターハウス5』で戦争を批判したカート・ヴォネガットや、「男らしさ」を捨てきれないことでヴェトナム戦争の戦場に送られていく若者たちの姿を描いたティム・オブライエンに受け継がれていきます。アメリカ文学は、戦争やその背後にある男性性のようなものが、どれほど悲惨な事態を生み出しているかを暴く、そういった視点をずっと提示してきている。

アメリカ文学が、同時にアメリカ批判の文学でもあるという、その始まりの部分にあるという意味でも、トウェインの作品について考えることは非常に重要なのではないかと思います。

〔読書リスト〕

松尾弌之『共和党と民主党――二大政党制のダイナミズム』（講談社現代新書、一九九五）

バーダマン／森本豊富訳『アメリカ黒人の歴史』（ＮＨＫブックス、二〇一一）

トウェイン／勝浦吉雄訳『マーク・トウェイン自伝』（筑摩書房、一九八四）

第4講

共同体から疎外された者の祈り

――アンダソン「手」

シャーウッド・アンダソン／上岡伸雄訳『ワインズバーグ、オハイオ』（新潮文庫、二〇一八）

ある教師と迫害の記憶

今回はシャーウッド・アンダソンの「手」という作品を見ていきます。彼の代表作である連作短篇集『ワインズバーグ、オハイオ』の冒頭にある、「いびつな者たちの書」(The Book of Grotesque)と題されたイントロダクション的な作品の直後に配置された短篇です。『ワインズバーグ、オハイオ』はアメリカ中西部に位置するオハイオ州の、ワインズバーグという架空の田舎町を舞台にしています。この町に暮らす少し風変わりな人々が次々に登場し、だんだんとこの架空の町の姿が浮かび上がってくるという構造になっていて、全体をひとつの長篇と捉えることもできる作品です。

ここで精読する「手」という短篇の主人公は、周囲からウィング・ビドルボームと呼ばれている男です。実際の年齢は四十歳なのですが、六十五歳にも見えるほど老け込んでいる。過去に何かがあったことをうかがわせる設定になっています。ウィングを特徴づけるのがその器用な手です。イチゴ摘み——主に季節労働者が従事する仕事ですけれども——が得意で、才能を発揮して住民から一目置かれている。しかし、「ウィング・ビドルボームはいつでも怯えており、実体のない一連の疑念に苛まれていた。この町に二十年暮らしていながら、自分がこの町の生活の一部であると考えたことがない」と書かれているように、ウィング自身はこの町に自分が溶け込めたとはまったく思えないでいる。ウィングには、せわしなく両手を動かし続けてしまうという特殊な性質があり、それは彼の悲しい過去とつながっています。

時間を遡って、ウィングがワインズバーグにやってきた二十年前、何があったのか。彼の本当の名前はアドルフ・マイヤーズといって、もともとはペンシルバニアで教師をしていた。子どもの髪に触れたり、肩を撫でたりしながら、「夢を持て」「自分らしく生きろ」と鼓舞するような、男の子たちにとてもよく慕われる先生だったのです。

アドルフ・マイヤーズはある種の夢に浸りつつ、学校の男子生徒たちとともに夜の散歩をしたり、日が暮れるまで校舎の階段に座って話し込んだりしていた。両手が縦横無尽に動き回り、少年たちの肩を撫でたり、くしゃくしゃの髪をもてあそんだりした。話すときの声は穏やかな音楽のように響き、そこにも愛撫のようなものがあった。ある意味、声も手も、肩を撫でたり髪に触れたりするのも、夢を若者たちの精神に注ぎ込みたいという学校教師の努力の一部だったのだ。指による愛撫で彼は自分を表現していた。生命を作り出す力が中心に集まるのではなく、拡散するタイプの男。彼の手に撫でられると、疑惑や不信感が少年たちの心から消え去り、彼らもまた夢を見始めるのである。

しかしながら、そういう肉体的な接触があまりに多いために、生徒たちというよりも、その親たちが「あの先生はなぜあんなにうちの息子に触れるんだろう。ちょっと怪しいぞ」と疑念を抱くような雰囲気になっていきます。そしてあるとき、破滅的な出来事が起こります。

それから悲劇が起きた。頭の鈍い一人の生徒がこの若き教師に魅せられた。そして夜の寝床で言葉にできないようなことを想像し、朝になってその夢を事実として話したのだ。

受け持ちの生徒のなかに思い込みの強い男子がいて、夢の中で、おそらくはアドルフ・マイヤーズとの性的な関係を妄想した。そして、朝目覚めたとき、その夢をあたかも現実に起こったことのように親に報告してしまうという事件が起こる。それまでもこの若い教師を怪しいと疑う雰囲気があったところに、これはいよいよ証拠が出たということになります。生徒の父兄が彼を追い詰めて殴る蹴るの暴行を加え、最後には縛り首にしようとする。結局、マイヤーズの哀れな様子に同情して逃がしてやるのですが、彼自身はそれ以来人前に出ることや、自分が本当に思ったことを口に出すのが恐ろしくなってしまい、半ば隠遁するようなかたちでこのワインズバーグという町にやってきて、ウィング・ビドルボームとして暮らし続けている。

そんなウィングがほぼ唯一心を開いている相手が、ジョージ・ウィラードという新聞記者の青年です。彼は『ワインズバーグ、オハイオ』に収録されている多くの作品に登場し、さまざまな人物から話を聞き出してくれる。連作短篇全体の狂言回しかつ主人公のような存在です。ウィングはこの若者に、新しい生徒に出会ったかのような気持ちで接し、「あなたも夢を持ちなさい」といったことを伝えたいと思っているのですが、そのたびに、意思とは関係なく手が勝手に動いて青年に触れようとする。自分の手の動きを見るたびに、ウィングは昔のことを思い出してしまう。「手」はそういったストーリーになっています。

マーク・トウェインとヘミングウェイを繋ぐ

作者のシャーウッド・アンダソンはどういう人なのでしょうか。十九世紀も末に近い一八七六年、オハイオ州カムデンに生まれて、一九四一年、文化使節としてパナマに行った時に亡くなっています。教育を長い期間受けたわけではなく、二十歳のときにシカゴで工場労働者になり、一八九八年からの米西戦争では軍隊に入る。そして二十三歳のときにようやくハイスクールを卒業するといった経歴です。

現在のアメリカ合衆国は日本と同じで学歴社会と言えますが、当時は高学歴の人がそれほど多くいたわけではなく、アンダソンは宣伝などの仕事をした後、オハイオ州のエリリアでペンキ販売会社を経営して大成功します。もともとは成功したビジネスマンだったわけですね。

しかし、一九一二年、社長としてオフィスで秘書に口述筆記をさせている最中に、急にドアから出て行って消息を絶ってしまう。その四日後に四〇キロメートルほど離れたクリーヴランドで、神経衰弱のような状態で発見されます。これを機に会社をたたみ、妻と別れ、文学一本に生きる人生に舵を切っていく。これはけっこう有名な事件で、本人は「ビジネスへの未練を断ち切って文学に専念するための狂言」と後から語っているのですが、本当のところどうだったのかはわかりません。

翌一九一三年、アンダソンはシカゴに出ます。アメリカの「中心」といえば政治・経済だけでなく文化・文学においてもニューヨークやボストンといった東海岸の都市でした。しかしこの当時、中西部に位置するシカゴが、新しい都市として興隆してきた。摩天楼（スカイスクレイパー）と呼ばれるような巨大な建築物が発達したほか、東海岸とはちょっと違う、もう一つの文学的中心としても存在感を増してくる。小説家のセオドア・ドライサーとか、詩人のカール・サンドバーグといった人たちを中心にシカゴ・ルネサンスと呼ばれる文学運動が起こるのですが、アンダソンも彼らと出会い、自分も作家になっていこうと思い、作品を書いていきます。

アンダソンは文学史的には非常に重要な人物で、南部方言のような口語を重視し、古典的なトール・テール（ほら話）を書き綴ったマーク・トウェインのような人と、ヘミングウェイやフォークナーのような二十世紀の作家を繋ぐ人であると考えられています。アンダソン作品の特徴は、アメリカに暮らす普通の人々の世界、土着の口語的な世界を踏まえつつ、同時にヨーロッパにおけるモダニズムの動き、ジェイムズ・ジョイスやガートルード・スタインらの前衛的な仕事をひとつの流れに統合したところにあります。アメリカ合衆国の一般の人々の言葉を踏まえながら、文学の世界で流行している最先端の動きを意識した作品を書くという姿勢が、ヘミングウェイに深く影響を与えた。この流れは二十一世紀の現在まで続いており、そういった事情から、アメリカの現代文学の源流がアンダソンだとも言われます。

アンダソンの代表作は最初に申し上げたように『ワインズバーグ、オハイオ』です。この連作短篇全体についてもかんたんに触れておきますと、ワインズバーグは架空の町ということになっていますが、事実上はアンダソンが少年時代を過ごしたオハイオ州のクライドという町がモデルになっています。しかしながら、小説に登場する人物は、むしろアンダソンがシカゴに出た後で出会った人々をモデルにしている。ですから、たとえばマーク・トウェインであれば田舎町の牧歌的な雰囲気の中で要点を得ない長話をする人たちが永久にボケ続けるような作品を書いていますが、そういった傾向とは違って、田舎に住んではいるけれども悩み自体は近代的な人々が登場する。他者とかかわるとはどういうことなのか、自分らしく生きるとはどういうことなのか、といった一種都市的な問題を扱っている。考えてみれば、都会の人間には近代的自我の悩みがあるけれども、田舎の人にはそうした悩みはないと考えるのはおかしいですよね。『ワインズバーグ、オハイオ』は「田舎は牧歌的というのは思い込みで、みんな現代人なので、近代的自我に関わる悩みを抱いているのだ」ということをしっかりと描いている作品です。

「男らしさ」のアメリカ

「手」という短篇に関して言えば、考えるべきポイントは、ゲイではないかと疑われた教師が暴力にさらされて追放されるというストーリーだと思います。この作品は最後まで読んでもウィングが実際にゲイなのかどうかはよくわからない。ゲイやホモセクシャルという概念自体が十九世紀に造られたものですから、そうした言葉で規定する必要があるわけではないのですが、少なくとも同性愛者であると見なされた段階で、職業を奪われ、町から追い出され、もはや生きていけなくなってしまう。

このことの裏側に何があるのかということを考えてみたい。僕が思うに、「男性は男らしくあるべきだ」と強く考えられている社会においては、同性愛者が存在する余地が少なくなるということなのではないでしょうか。

アメリカ合衆国は、「失敗に終わった行軍の個人史」でもお話ししたように、まさに十九世紀中盤から後半にかけてずっと、戦争の歴史を通じてどんどん男らしさを強調する社会になっていきます。

独立戦争以来、アメリカ合衆国は近隣に強大な国家がなかった。しかも、天然の障壁ともいうべき太平洋と大西洋に囲まれて、ヨーロッパからもアジアからもかなり距離がある。無理をしなければ強大な軍隊など持たなくてもいい環境だったので、「軍隊に参加したい」「戦争に行って男になるんだ」といった考え方はあまりなかった。

しかし、その潮目が大きく変わるのが、一八四六年から四八年のメキシコ戦争、一八六一年から六五年の南北戦争です。メキシコから広大な領土を奪い、北部と南部で内戦をする過程で、それまで強かった個々の州の力がだんだんと骨抜きにされ、中央集権的な傾向が拡大していく。連邦政府に大きな額のお金が集まり、強力な軍隊を作って軍事国家にするという流れが推し進められていく。軍隊における指揮命令系統を機能させ、また敵前逃亡しないような兵士を養成するために、「男らしさ」という価値が称揚されることになる。

このように男らしさとか男同士の絆を強調する際、邪魔になるのが同性愛です。イヴ・K・セジウィックという理論家が、ホモソーシャルとホモセクシュアルの関係について次のように述べています。

ホモセクシュアリティは（他のそれ以前の用語とともに）男性のホモソーシャルな連続体の排除されない部分との関係によって定義されて来た。その歴史的に変化し、まさに恣意的で自己矛盾した定義法の性質のためにこそ、ホモセクシュアリティは男性の結束全範囲に対する、またおそらく特にホモセクシュアルとしてではなく、ホモセクシュアルに反する者として自分たちを定義しているような人々に対する支配力をめぐる、非常に強力な闘争の繰り広げられる場所になったのである。（外岡尚美訳『クローゼットの認識論』、青土社）

ごく簡単に言ってしまえば、ホモソーシャルとは、「男らしい」男性同士で仲良くして、その関係性のなかで権力を独占し、ほかのカテゴリーの人たちに渡さないようにすることです。このように男性同士が強く連帯し、つながりあっているとき、その結びつきが密接であるのは、性的に惹かれあっているからではないのだ、ということをはっきり示さなければならないということですね。

たとえばイギリスや合衆国の軍隊において歴史的にホモフォビックな規則が強制されて来たということは、この分析を裏書きしている。男性の操られやすさと暴力に訴える潜在的可能性との両方が最高度に重要視されるこれらの組織では、もっとも密接な男性間の結束が規範《プレスクリプション》であり、一方で（それと目立って同じ性質の）「ホモセクシュアリティ」は禁止《プロスクリプション》の対象である。（同前）

セジウィックの議論によれば、男性の同性愛は、軍隊というもっともホモソーシャル性が高く、同時に男たちの統制が最も重んじられる集団において、徹底的に禁止された。軍隊にホモセクシュアルの男性はいないことにされたということです。

ホモセクシュアルの男性は一定の割合で存在するので、軍人のなかにもいるのがあたりまえですから、これはおかしい。しかし「男らしい男」があるべき姿として強調され、ホモセクシュアルは「存在してはいけない」という前提が強くなってしまうと、抑圧される。性別による社会的役割のようなものが、ますます強化される社会になってしまうということが言えると思います。

コミュニティを脅かす存在としてのウィング

ゲイであると疑われたウィング・ビドルボームは、その後、縄で縛り首にされそうになる。唐突に暴力的な場面が挿入されたように感じるかもしれないのですが、「黒猫」を思い出していただければお分かりのように、ここには黒人に対するリンチのイメージが重ねられています。

歴史的な背景を確認しておきましょう。南北戦争の後、奴隷解放宣言が出されて、一時的に黒人たちが政治的な権利を持ち、投票したり、黒人の議員が出たりするようになります。しかし、南部の白人たちはこのことを快く思わなかった。そこで、クー・クラックス・クランと呼ばれる人種差別的な団体をつくり、白人女性を口説こうとしたとか、白人女性にアプローチをしたという理由で黒人男性をつかまえて、リンチする。こうした事例はほぼ一〇〇パーセント言いがかりだったのですが、自分たちが「生意気だ」とみなした、コミュニティの秩序を乱した黒人を迫害する、という行為が横行していた。

ウィングは黒人ではないけれども、ゲイであることで青少年に悪影響を与える。白人のコミュニティに敵対する存在なので、黒人と同様の存在、すなわち気に入らなければ殺しても構わない存在だと見なされていることが、ここでは暗示されています。

共同体の秩序を乱す者に対するリンチは、アメリカ合衆国の文学では、負の歴史を反映してよく出てきます。「手」においては、ウィングはあまりにも哀れな様子だったので逃がしてもらえることになるわけですが、そうでなければ殺されていた可能性も十分にあった。同性愛者差別と黒人差別が重ねられて描かれているということは言えると思います。その恐ろしい経験のために、ウィングが非常に年をとってしまったように見えるとか、人を信じられなくなってしまったとか、自分らしく生きることができなくなるという展開をします。

作品の細部にも、ウィングの寄る辺なさを示す描写があります。あらすじの部分でも見ましたが、「ウィング・ビドルボームはいつでも怯えており、実体のない一連の疑念に苛まれていた。この町に二十年暮らしていながら、自分がこの町の生活の一部であると考えたことがない」。長く暮らしているワインズバーグの町でも、常に怯えているし、自分がここに溶け込めていないと感じている。

ワインズバーグの町の人々は、ウィングに対して普通に接して受け容れてくれている。イチゴ摘みの達人として一目置いているような部分もある。しかし、ウィングはそういう人たちがある日突然、ほとんどでっち上げのような理由で自分を迫害したり、殺しにかかってくることがあると知っている。「コミュニティの和を乱したからだ」という理由でその暴力的行為が正当化されてしまう。そうした恐怖を常に感じているわけです。この作品を読んだだけだとウィングの被害妄想なのではないかという感じがするかもしれませんが、歴史的な経緯を見るとあながち妄想とも言えない。共同体は、その規範から逸脱した個人にいつ襲い掛かってくるか分からないという感覚を描いている作品だと言えそうです。

感情の発露としての「手」

短篇のタイトルにもなっている「手」も非常に重要ですね。ウィングの手は、ジョージ・ウィラードと話しているときだけではなく、ウィングの意図を超えて、感情や思考を反映して勝手に動くということが描かれている。

ウィング・ビドルボームは両手でたくさんのことをしゃべった。その細くて表情豊かな指、常に活動的でありながら常にポケットのなか か背中に隠れようとする指が、前に出て来て、彼の表現の機械を動かすピストン棒となる。

ウィングという名前自体、手が羽根のようにいつもぱたぱたと羽ばたいていることからつけられた、一種の通り名なわけですよね。手が無意識に感情の発露として動いたり、何かに触れようとしたりするというのはイメージしやすい。しかし、ウィング自身は、自分の手が意図を超えて動いたことによって受けた心の傷というかトラウマティックな体験があるので、自分の手が勝手に動いていると、それを止めよう、隠そうとする。身体が常に心を裏切って動いていると感じる。しかし、押さえつけようとするほどに、身体の側が抵抗する力も強くなって、より勝手に動いてしまう。こういったある種、悪循環というか、自分で自分の身体をコントロールできないという状態に、ウィングはある。

そしてジョージとの関係ですね。ウィングは教師の職から追放されてしまったのですが、いまでも気持ちとしては教師なわけです。ジョージという、能力があり、人格としてもすぐれている若者がいる。彼はこの町を出てもっと広い世界で活躍したいと考えているが、なかなか思い切って決断することができない。その状況を察したウィングは、ジョージと向かい合ったときに、その背中を押すようなことを言います。

「君は一人きりになりたがり、夢を見るのが好きなのに、夢を恐れている。この町の人たちと同じようになりたいと思っているんだ。彼らの言うことに耳を傾け、彼らの真似をしようとする」

ここでウィングが言っていることとは、コミュニティと対立してでも自分を貫け、ということです。小さなコミュニティに居ると、そこに暮らす人たちと触れ合っているうちに、自分の夢を忘れて、周りと似たような人間になっていく。近くにいる人たちの考え方や価値観をいったん締め出して、自分がどんな人間になりたいのかを見つめて、本当の自分自身を解放するんだ、ということを教えようとするわけです。

ウィングは同性愛者と疑われるようなふるまいのために、自分自身の意図とは関係なく、コミュニティと対立せざるを得なくなり、排除されてしまった人です。その彼が二十年かけて、「対立からでないと真の心の解放は生まれない」という一種の人生哲学を編み出し、自分の夢を託せる若者を発見して、その人物にすべてを注ぎ込むという展開になっている。

「君は教わってきたことをすべて忘れようとしなければいけない」と老人は言った。「夢を見始めなければならないんだ。これからあとは、周囲の騒々しい声に耳を閉ざさなければならない」

『ワインズバーグ、オハイオ』という連作短篇集の最後にある「旅立ち」という作品で、ジョージ・ウィラードはワインズバーグの町を出ていきます。実家もあるし、長いあいだ暮らしていた気持ちのいい場所であるのは確かなんだけれども、一方でずっと違和感もあった。町から出て自分を試してみよう、というのがジョージの結論になるわけですね。この結末は、それだけが原因だと確定はできないかもしれませんが、ウィングという心の教師の教えを受け容れてジョージが行動する展開とも読める。

ウィングの言葉は確かな力を持っているということができるわけですが、一方で、だからこそ危険だという見方もできるかもしれません。勝手に動こうとする手を抑圧するシーンは次のように描かれています。

話の途中で言葉を止め、ウィング・ビドルボームは真剣な表情でジョージ・ウィラードを長いことじっと見つめた。彼の目は輝いた。そしてもう一度手を挙げて青年を撫《な》でようとし、その瞬間、表情が恐怖で凍りついた。

ウィング・ビドルボームは体をブルブルッと震わせ、跳ねるように立ち上がると、両手をズボンのポケットの奥深くに突っ込んだ。目には涙が浮かんできた。「家に帰らないと。これ以上、君と話していられない」と彼はおずおずと言った。

この場面は興味深いですね。ウィングは、自分の手がジョージに伸びて、撫でようとしていることに気づく。自分の身体の一部なのにもかかわらず、コントロールを超えたところで動いている、そのことに、目で見て初めて気づくんですね。なぜブルブルと震えだすのかといえば、これは、自分の手が若い男性の身体に触れるところが発見されると、また同性愛者の疑いがかかり、その後リンチされて殺されるという連想が働いたからではないか。

その一方で、ウィングの手が彼自身のコントロールを超えて動くとき、自分の内側にある何かを、手の動きによって発散していくようなイメージもある。手を通して何かがジョージに与えられている感じもするんですね。いずれにしても、自分のコントロールを超えた手の動きに、ウィングは恐怖を感じてしまう。ウィングがなぜ突然震えだすのか、彼の過去を考えると、少し分かるようにも思います。

フィクションが現実を乗り越えるとき

もうひとつ、同性愛者であるという疑いをかけられてウィングがリンチされるという、読んでいてなかなかつらい場面がありますが、ここは構造を考えると面白いところです。この「手」という作品は、小説です。小説とはフィクションですから、突き詰めていえば実際には起こっていない、嘘のお話、つくりごとなわけです。そして、ウィングが生徒と性的な関係を持つことは、小説のなかでは実際には起こらなかった。性的な関係があったかのように生徒が夢想しただけだと書かれています。小説という、もともと嘘であるお話の中に、さらにもう一つ嘘の層があるわけですね。しかし、この二重の嘘のなかには、起こっていないけれども、現実よりもリアルに起こっている何かが描かれていると言えるのではないか。

教育というのは、利害関係にからめとられた、通常のビジネスライクな人間関係では考えられないような、深くて強い関係を結ぶ行為です。生徒の側がとても立派な先生に、自分は愛情を注がれていると感じる。あるいは教師の側が、自分の学んだすべてを生徒に教え込むことによって、その意思を継いでほしいとか、継いでもらうことができると感じる。それは一種の幻想かもしれないのですが、そのような強く深い関係の幻想を介してはじめて、真の教育が成立するのではないか。フロイトもそうした強く深い関係について語っていたりしますが、男子生徒の妄想のエピソードは、ある種教育の本質をしっかり描いてしまっている部分ということもできて、非常に興味深い場面だと思います。

光のなかの「手」

「手」のイメージは、この短篇の最後の場面でも繰り返されるのですが、意味合いはまた変わったものになります。

テーブルのそばのきれいに掃除した床に、白いパンくずがいくつか散らばっていた。彼は低いスツールにランプを置き、パンくずを拾っては、信じられないような速さで一つひとつ口へと運んだ。テーブルの下に濃密な光のかたまりがあり、そこに男がひざまずいている姿は、教会で礼拝を執り行う司祭のようだった。表情豊かな指が神経質そうに動き、光のなかできらりと光ったり、光の外に出ていったりを繰り返している。祈りながらロザリオの数珠を次から次へと素早くつまぐる、敬虔な信者の指に見まがうほどだった。

ロザリオという強い宗教性を帯びたものを拾い集めて、神に祈りをささげる敬虔な場面のようだったと書かれている。『ワインズバーグ、オハイオ』に収められた短篇のなかには、裸の女性を見て「神が私の前に現れた。それも女の体を介して」と思う牧師の話（神の力）も入っていて、宗教的なモチーフが散見されます。

十九世紀末から二十世紀というのは、近代になり、科学が発達して、ある意味では神への信仰が揺らいでいく時代です。しかし、『ワインズバーグ、オハイオ』には、ある種の宗教的なもの――神聖なもの、無条件に信じられる何か、敬虔な気持ちのようなもの――は、やはり人間にとって必要なものだ、と書いているように思える場面が何度か出てきます。

遠景としてのウィングの部屋自体は暗闇に包まれていますが、テーブルの下にちょっとだけ光が見える。そして、実際はパンくずを拾っているだけのウィングが、まるで祈っているような姿をしている。ウィングにとって完全な救いというのは来ないわけですが、何かしら、どこかしら救いに似たものは訪れる可能性がある、少しだけ光が見えるラストシーンなのではないでしょうか。

〔読書リスト〕
セジウィック／上原早苗・亀澤美由紀訳『男同士の絆』（名古屋大学出版会、二〇〇一）
セジウィック／外岡尚美訳『クローゼットの認識論〔新装版〕』（青土社、二〇一八）
ワイルド他／大橋洋一監訳『ゲイ短編小説集』（平凡社ライブラリー、一九九九）
白岩英樹『シャーウッド・アンダーソン論――他者関係を見つめつづけた作家』（作品社、二〇一二）

第5講

セルフ・コントロールの幻想

——フィッツジェラルド「バビロン再訪」

F・スコット・フィッツジェラルド／野崎孝訳『フィッツジェラルド短編集』（新潮文庫、一九九〇）

虚栄の都への帰還

今回はF・スコット・フィッツジェラルドの「バビロン再訪」という短篇についてお話ししていきます。

舞台は一九二九年の大恐慌から数年後のパリ。主人公は、好景気だったときには大金を湯水のように使って飲み歩いていたチャーリー・ウェールズというアメリカ人男性です。彼はパリで遊びすぎたというか、飲みすぎたことが原因で健康を害し、サナトリウムに入っていた。大恐慌で財産も失ってしまったのですが、今はなんとか立ち直り、チェコのプラハでビジネスを立ち上げて、再起を期している。だいぶ収入が戻ってきたというような話も出てきます。物語の冒頭はそのチャーリーが約二年ぶりにパリに戻ってきた場面です。彼はかつて通ったバーに顔を出しています。

「それから、キャンベルさんは今どこ?」チャーリーは尋ねた。

「あの方はスイスへいらっしゃいました。お身体《からだ》の具合がどうもよくないんですよ、ウェールズさん」

「それは気の毒だな。じゃ、ジョージ・ハートは?」

「アメリカにお帰りになりました。お勤めだそうです」

「じゃ、雪頬白《ゆきほおじろ》のダンナはどうしてる?」

「先週お見えでしたけどね。とにかく、あの方のお友達のシェファーさんなら間違いなくパリにいらっしゃいます」

知人の名がながながと連なる一年半前の交友録の中から、それでも二つ、親しい名前が出てきたというわけだ。チャーリーは、手帳に所番地を走り書きすると、そのページをやぶいて言った。

「シェファーさんに会ったらこれを渡してくれないか、義兄《あに》のとこのアドレスだ。ぼくはまだホテルをきめてないんでね」

チャーリーはなぜパリに戻ってきたのか。彼にはヘレンという妻とオノリアという一人娘がいたのですが、妻が心臓病で亡くなったあと、オノリアの養育権が妻の姉夫妻に移っていました。養育権が実の父親にないというところから、チャーリーがかつて相当ひどい状態であったことが分かります。彼は娘を取り戻す交渉のためにパリに来ました。亡き妻ヘレンの姉・マリオンとその夫・リンカンのピーターズ夫妻の家を何度も訪ね、説得を試みます。

チャーリーは、自分がもう派手に飲み歩くこともないし、毎日きちんと働いていることを理解してもらおうとします。酒は一日一杯にとどめて一応は飲むようにしていて、溺れるようなことはない。娘をプラハに連れ帰ることができたら、フランス語の勉強を続けられるようにフランス人女性を家庭教師につけるつもりだし、新しいアパルトマンも借りる契約になっている――。

読者としては、実の親子がいっしょに暮らすほうが筋なのかなと思いますし、義兄のリンカンもそのようにしなければいけないのかなとは思っている。しかし、義理の姉のマリオンは、理屈ではそうと分かっているけれども、感情的になかなか納得できない部分を抱えている。

その理由は、ヘレンが亡くなったときの状況にあります。チャーリーとヘレンが派手な生活を送っていた頃、飲み過ぎて放埒《ほうらつ》になって、お互いに浮気めいた状況が生まれるなどして、二人の関係がこじれたことがあった。しかも、嫉妬しあって、言葉で傷つけあうだけでは済まないところまで行ってしまうんですね。

マリオンがあれほどまざまざと覚えている二月のあの惨憺たる夜にも、くすぶったような諍いが何時間も続いていた。そして「フロリダ」で一騒動あって、それから彼が彼女を家に連れて帰ろうとした。すると彼女がウェッブという青年のテーブルまで行ってキスをした。そしてその後に、彼女が半狂乱になって訴えたような出来事が起こったのだ。一人で家に帰った彼は、憤怒に駆られるがままにドアの鍵をかけてしまったのだが、それから一時間の後にヘレンが一人で戻ってこようとは、どうして分るはずがあろう。外は吹雪になって、その中を取り乱した彼女がタクシーを見つけることさえできずに、室内履きのままでうろうろとさまよい歩こうなど、思いもよらぬことであった。続いてこの一件の余波ともいうべきヘレンの肺炎騒ぎ。それは奇蹟的にも事なきを得たけれども、それに附随して恐ろしいことがいろいろあった。二人は「和解」したものの、それは終りの始まりであった。そしてそのいきさつを直接自分の目で見た上に、それを妹の受難劇の数ある場面の一つに過ぎぬと想像したマリオンは、決してその情景を忘れなかったのである。

ちょっとした諍いを理由にチャーリーがヘレンを締め出したのは、雪が降る寒い日でした。外をさまよい歩き、ずぶ濡れになったヘレンは震えながら姉夫妻の家を訪れた――。そのことが直接の原因というわけではなかったんですけれども、ヘレンはほどなくして心臓発作で亡くなってしまう。チャーリーが直接手を下したわけではなくとも、事実上、妹を死に追いやったのだと、マリオンは深く確信している。死に際のヘレンに「オノリアをよろしく」と頼まれたこともあり、オノリアをチャーリーに引き渡すことについてなかなかうんと言わない。

それでも、ようやく理屈で説得してどうにかオノリアを連れて帰れるかもしれない、という雰囲気になったところで事件が起こります。説得するべく通っていた姉夫妻の家に、かつてチャーリーが飲み歩いていたときの飲んだくれ仲間が、招かれざる客のような感じで乱入するのです。

入口のドアのベルが長くけたたましく鳴り響いた。フランス人のメードが部屋の中を通り抜け、廊下を入口まで出ていった。そしてもう一度ベルが長々と鳴ったところでドアが開き、続いて人声がした。客間の三人は何事かと思って顔を上げた。男の子のリチャードは廊下が見えるところまで出て行き、マリオンは椅子から立ち上がった。そこへメードが廊下を引き返してきたが、そのすぐ後に人声が続き、それが明るいところへ出たのを見ると、ダンカン・シェファーとロレーン・クォールズの二人であった。

二人はたいへんなご機嫌で、大きな声で笑いながらはしゃいでいる。チャーリーはあっけにとられて、しばらくは途方にくれた。どうやって二人はこのピーターズの住所をかぎつけたのであろう?

チャーリーは冒頭のバーの場面で、「シェファーさん」に「義兄のとこのアドレス」を渡すように頼んでいました。それなのに、なぜ昔の仲間が現われたのか、本当に分かっていないような反応をしています。この奇妙な態度については後ほど検討することにしましょう。

かつての飲んだくれ仲間二人は、おそらく以前よりはお金がなくなって、だいぶショボい感じになってはいるんですが、せっかくパリに来ているのにどこに泊まっているかも教えてくれないなんておかしいだろ、この家を探すのもたいへんだったんだ、さあ昔みたいに一緒に飲み歩こうよ、といってチャーリーを連れ出そうとします。

チャーリーは二人を廊下に押し戻さんばかりに近くまで歩み寄った。

「すまんけど、ダメなんだよ。きみたちの行き先を教えておいてくれ。三十分もしたら電話するから」

チャーリーはかつての仲間を追い返し、ピーターズ夫妻に弁明します。

「ぼくがここへ来るように言ったんじゃありませんからね。奴らが誰かからあなたの名前を探り出したんだ。わざと奴らは――」

しかし、この段階ではもう手遅れです。マリオンは、チャーリーが結局また酒に溺れる生活に戻ろうとしているのではないかという疑いを固くしてしまう。リンカンも、マリオンの様子を考えるといまオノリアをチャーリーに任せるわけにはいかないということで、出直すように促します。チャーリーの娘を引き取る計画はお流れになってしまうのです。

今後何年頑張ったら、何年きちんと生活すれば、娘と暮らすことを認めてもらえるんだろう。娘がこのまま成長してしまうと、自分との思い出も持たずに、どんどん遠い存在になってしまうのに――と、身から出た錆ではあるんですが、とても寂しい思いを抱きながらパリを後にするという物語になっています。

フィッツジェラルドの多くの作品には、自伝的な要素が散りばめられています。この「バビロン再訪」も、フランスでの暮らし、散財する派手な生きざま、妻との不和、一人娘がいるという部分など、ひとつひとつの部品がフィッツジェラルド自身の人生から取られていて、それを違う形に組み上げた、という趣があります。彼の作品にはこのようなつくられ方をしているものが多いので、フィッツジェラルドを読むときは、彼の人生について知ることが非常に重要です。

早熟の才能、若者の代表

それではフィッツジェラルドの生涯について見てみましょう。彼は一八九六年、ミネソタ州セントポールの出身です。この本でも扱うヘミングウェイや、USA三部作と呼ばれる作品群で知られるジョン・ドス・パソスらとともに「ロスト・ジェネレーション」の代表的な作家とされています。アメリカ文学史におけるロスト・ジェネレーションとは、ガートルード・スタインというパリに住んでいたアメリカ人女性の前衛的作家に由来する言葉です。このあたりの事情はヘミングウェイ「白い象のような山並み」を扱うところでもう少し詳しく触れますが、もとはフランス語で“une génération perdue”という表現でした。具体的には、第一次世界大戦の頃に青年期を過ごし、戦争に参加したり、参加しなくても何らかのかたちでかかわったりした世代の作家たちのことを意味します。

第一次世界大戦は、若者たちにとって、それまで信じてきたものがすべて打ち砕かれるような経験だったと言えます。自分を支えてきた価値観、宗教的な信仰、あるいは科学によって人類は進歩し、よりよい未来が訪れるという信念――そうした〝足場〟が崩れていく。

戦争によって、何も悪いことをしていない無実の人が大量に死んでいくことで、「神はほんとうにいるのか?」と信仰が揺らぐ。科学の粋を集めた戦車、戦闘機、毒ガスなどのあらゆる近代的な兵器が使用され、膨大な数の人間が殺し合う。宗教も科学も信じられなくなる。それでも信じられるものは何か――。その「何か」を探っていく過程を、ロスト・ジェネレーションの作家たちは作品にしていった。こうした普遍的な問いを探求することで、アメリカの現代文学を、初めて世界的な水準まで押し上げた世代だとも言われています。「失われた世代」というのはなんとも逆説的な呼び名ですよね。

第一次世界大戦が勃発したとき、フィッツジェラルド自身はプリンストン大学に在学していましたが、大学をやめて軍に入ります。彼は内地勤務で、アメリカ合衆国内のいくつもの駐屯地のあいだを移動する。南部にいるとき、ゼルダ・セイヤーという上流階級の女性と出会って、後に結婚することになります。

フィッツジェラルド自身が直接戦闘を体験することはなかったのですが、彼は戦争に影響された人間についてずっと書いていくことになります。デビュー作は『楽園のこちら側』という若者風俗を描いた作品で、これが非常によく売れて、フィッツジェラルドは若者の代表という地位を得る。彼自身は別に若者の代表になりたかったわけでもなければ、流行りの若者風に暮らしていたわけでもないのですが、そのような評価をされ、莫大な収入も手にして、実際に派手なパーティ三昧の生活を送るようになっていく。

「こんな生活では小説を書けない」ということで一念発起してフランスに移住したのが一九二四年のことで、そこで書いたのが『グレート・ギャツビー』という彼の代表作になります。この作品も、第一次世界大戦に参加したあとアメリカ合衆国に戻ってくるけれども、戻った国になかなかなじめないままギャングになってしまうギャツビーという人物を主人公にしています。

フィッツジェラルドの作家としての人生はかなり皮肉なもので、自身で納得のいく作品を書けると批評家にも高く評価されるのですが、同時代に販売部数は減っていくんですね。だんだんと人気が凋落していき、仕事が減り、短篇小説の依頼も来なくなって、一九三〇年には妻ゼルダが精神を病んでしまう。病状が悪化して閉鎖病棟送りになり、その病院が火事になってゼルダは亡くなるという悲劇的な結末を迎えます。フィッツジェラルド自身も、激しいパーティ三昧の生活をしていたこともあって、重度のアルコール依存症になってしまいます。

この間、一九二九年には世界恐慌が起こって時代の雰囲気が変わります。小説に関しても、一九二〇年代にはわりあい派手な、きらびやかな作品が受け入れられていたのですが、三〇年代になると一転して社会の矛盾や不正を暴くとか、貧困に焦点を当てた作品のほうが読まれるようになる。なので、フィッツジェラルドは時代に忘れられた作家になっていきます。先述したように仕事が減ったこともあってお金が無くなり、ハリウッドでシナリオライターとして再起することを目指すのですが、なかなか芽が出ない。並行して書いていた長篇小説『夜はやさし』もそれほど評価されない。そして『ラスト・タイクーン』という勝負作を書きはじめるのですが、これは未完のまま、一九四〇年、四十四歳のときに心臓発作で亡くなります。若くして時代の寵児となったフィッツジェラルドですが、落ちていくのも急速だったんですね。

そうした事情もあってか、第二次世界大戦のころにはフィッツジェラルドの作品はほぼすべて絶版になっていたようなのですが、戦後、復興運動というか、もともと友人だった人たちによってフィッツジェラルドの作品が再評価されていき、時間をかけてだんだんと、二十世紀アメリカ文学のなかの重要作家だということになっていきます。

ジャズ・エイジと、ふたたびアルコールの問題

それでは、この「バビロン再訪」の背景を見ていきます。そもそも、なぜチャーリーはパリで派手に遊ぶことができたのか、という部分がとても重要です。

第一次世界大戦の戦闘は、ヨーロッパ全土に広がりました。先ほども述べたように近代兵器を使いまくった総力戦だったので、工場のような生産設備もまるごとなくなってしまうくらい、本当に焼野原になります。一方、アメリカは戦場にならなかったので、工場や生産設備が残った。単純化していうと、この時期、アメリカがどんどんものをつくってどんどんヨーロッパに売るという流れができます。アメリカが世界経済の中心になるわけです。

米ドルがどんどん強くなって、相対的にヨーロッパの貨幣価値が下がる。すると、アメリカ合衆国ではそれほど豊かでなくても、ヨーロッパに渡ればお金持ちのような暮らしができるということになります。そこで、若くて貧しい芸術家がフランスに渡っていくことになる。

また、若者たちがパリで遊びまわるというか、飲みまくることの裏側には、アメリカ合衆国における禁酒法の影響があります。一九二〇年に施行された禁酒法は「酒類を飲用目的で製造、販売、運搬、輸出、輸入すること」を禁止したものですが、当然のことながらアメリカ合衆国の外には影響しないので、ヨーロッパではおおっぴらに酒を飲むことができたわけです。もっとも、先般も解説したように、実際にはアメリカ国内でも禁酒法を施行した結果、かえってお酒の魅力が増してアルコール消費量は増えていたのですが……。

隠れて飲酒する人たちは、闇の酒場で飲んでいるわけですが、そこで演奏される新しい音楽としてジャズが興隆したというのもこの時代を理解する大きなポイントになります。この時期はハーレム・ルネサンスといわれる黒人文化が興隆する時期にもあたっていました。アメリカの現在の音楽シーンは、黒人文化をルーツに持つジャンルであるヒップホップが一人勝ちのような状態になっていますが、この当時は白人の伝統音楽としてのクラシックと黒人（アフリカ系アメリカ人）の音楽であるブルースやラグタイムがぶつかって、そこにラテン系の要素なども入った結果、ジャズという新しい音楽ジャンルが勃興した時代でした。この時代を「ジャズ・エイジ」と呼ぶことがありますが、これはフィッツジェラルドの「ジャズ・エイジの物語」という短篇集のタイトルに由来します。その意味合いについて、フィッツジェラルドは後に「ジャズ」という単語自体が「最初はセックスを意味し、その次には踊ること、そして音楽を意味するようになった」ものであり、「国民全体が、快楽主義に走り、享楽を求めていった」時代であったことを示すものだと書いています（「ジャズ・エイジのこだま」『スコット・フィッツジェラルド作品集――わが失われし街』響文社、二〇〇三）。

このような享楽の時代は、一九二九年、アメリカで株価が暴落したことに端を発する世界恐慌によって終わりを告げることになります。アメリカ合衆国に集中していた資金が土地や株式への投機に使われていたため、株価の暴落の影響は甚大で、アメリカにとどまらなかった。

禁酒法の話で思い出していただきたいのは、アメリカ合衆国の文学とアルコール依存症の関係です。ポー「黒猫」の主人公は、アルコール依存症によって人格が崩壊し、家庭も崩壊し、悲劇的な結末を迎えました。「バビロン再訪」のチャーリーという人物がアルコール依存症であったかどうかは作品中で明示されていないのですが、彼の言動は非常にアルコール依存症っぽいんですね。この点は作品の細部を検討するところでもう一度考えてみたいと思います。

飲酒についてはほかにも考えるべきことがあって、たくさん飲酒しても酔わないとか、人前で酩酊した姿をさらさないといったアルコールとの付き合い方が、「男らしさ」という価値に結びついていたということが言えます。男らしさという価値と軍隊との関係については「手」の回で言及しましたが、「軍隊」と「男らしさ」と「アルコール」という要素はアメリカ合衆国の文化の中でつながっていくという部分があります。

このことが、男らしく生きるためにはアルコールを飲まなければいけない、という方向に顚倒していく。男らしさを証明するために飲酒を続けていたら、気づくとコントロールできなくなっていた――ということも起こりうる。家庭は崩壊し、仕事もできない。果たしてどうすればいいのか……。今回のフィッツジェラルドもそうですし、あとで読むレイモンド・カーヴァーの作品にもそういう話はよく出てきます。男らしさと戦争とアルコールの関係を踏まえておくと、アメリカ文学についてさまざまな読み方ができるようになると思います。

語りから見えてくる矛盾

「バビロン再訪」の細部を検討していきましょう。主人公のチャーリーは現在三十五歳で、妻とは死別しています。死因は心臓発作でした。なんらかの理由があって娘オノリアの養育権は、妻であるヘレンの姉マリオン夫妻に取られています。

原因は作中では明示的に書かれてはいませんが、おそらくチャーリーがアルコール依存症だったことにある。義理の姉夫妻、特にマリオンは、最初からチャーリーを疑ってかかっているように感じられます。マリオンは、妹のヘレンが雪の降るなか、家から追い出されてずぶ濡れになったことが忘れられない。直接の死因ではないけれども、チャーリーの仕打ちが間接的に妹を死に至らしめたのではないかと思っている。妹がチャーリーと揉めていることを知っていて、おそらくは日常的に暴言や暴力――ドメスティック・バイオレンスにさらされていたのではないかと思い込んでいる。思い込んでいるというか、実際にそうだったのかもしれません。

実際にそうだったかもしれない、というのは、この短篇がチャーリーの視点から書かれているからです。こうした場合チャーリーとヘレンの関係についても、基本的にはチャーリーに都合のよいことしか書かれていないと考えてよい。しかし、書かれていることだけを見ても、チャーリーの行動はやはりどこかちぐはぐな印象があります。

たとえば、自分は心を入れ替えた、昔の仲間とは縁を切って娘を取り戻しにきた、というのであれば、パリではホテルに籠ってあとは義理の姉夫妻の家だけに行けばよい。しかし、冒頭の場面にあるように、なじみのバーに顔を出して、知り合いが来たら連絡先を渡しておいてほしいと言う。ところが、実際に昔の知り合いが現れると、驚いて迷惑そうにしたりする。新しい自分になりたいのか昔のように暮らしたいのか分かりません。

読者が分からないだけではなくて、おそらくチャーリー自身も、自分がどうしたいのか、何をやっているのか分かっていないのではないかと思います。この二律背反の感じは随所に現れています。結局、悪い仲間が義理の姉夫妻の家に押しかけて、マリオンが怒ったことによって娘のオノリアを返してもらえなくなるわけですが、それを残念に思っている一方、ちょっとホッとしているような印象もある。もし今、実際にオノリアを取り戻してしまったら、このあと父と娘で本当にやっていけるのだろうか、という部分に不安を抱えているんじゃないかという感じがするんです。「自分はもう大丈夫、真っ当にやっていける」と強く口に出しているわりには、行動はちゃんとしていない。そのあたりのズレを読んでいくと面白い作品なのではないかと思います。

セルフ・コントロールへの指向

その「ズレ」がいちばん分かりやすく出ているのは、チャーリーのお酒との付き合い方ですよね。たとえば、ピーターズ夫妻の家を訪ねて、自分はかつて飲み歩いていたときとは別人のように真面目に暮らしていると主張する場面は次のように書かれています。

「――しかし、ああいうことはもう全部終りました。前にもお話ししたように、ここ一年以上も酒は日に一杯以上はやりませんし、その一杯だってわざとやってるんです。頭の中でアルコールの映像が大きくふくらみ過ぎないように。どういうつもりなのか、狙いは分って頂けますね？」

「いいえ」にべもなくマリオンは答えた。

「まあ、自分からわざわざ危い芸当をやるようなもんだけど、そうやって適度に調整するわけですよ」

「なるほどね」リンカンが言った「酒に格別惹かれてるわけでないことを、自分にも納得させたいわけだ」

「まあ、そんなとこです。ときどき忘れて、全然飲まずじまいということもあるんですよ。でも、努めて飲むようにしてるんです。(後略)」

酒をやめるのであれば飲まなければいいのですが、「一杯だけ飲んでいる」「飲みたくない日もあえて飲んでいる」などと言って、好きで飲んでいるわけではない、と主張する。これが非常にアルコール依存症の人の物言いっぽいんですね。

一切飲まないと逆にアルコールのことを考えすぎて、一度タガが外れたら飲みすぎるようになってしまうのではないか、とも言う。わざわざ自分から危ない橋を渡ろうとしているように見えるかもしれないけれども、一杯だけ飲んでやめることで、自分をコントロールできているんです、みたいなことを言う。もしかしたらちょっとリアルな実感なのかもしれませんが、こんなことを言われて、マリオンがチャーリーを信用できるわけがないですよね。「一滴も飲んでいません。昔の仲間ともう会いません」と言ってくるなら理解できますが、「毎日ちゃんと飲んでいます。昔の仲間が顔を出しそうなところもひととおりまわってきました」と言われているようなものですから、これは全然信用できない。

……と、読者である私たちは思うわけですが、チャーリーはやっぱり一度アルコール依存症になっているので、自分の言動がおかしいことに気づかない。むしろ、義理の姉夫妻が自分を信用してくれないのはなぜなんだ、ということを言い立てるんですね。明らかにチャーリーのほうがおかしいのですが、そのおかしさも、ある種、「男らしさ」を過剰に求める、マッチョであることに価値があるとするアメリカ的なものに由来するのかなというふうにも思います。酒を一滴も飲まないよりも、毎日一杯は飲んでそこでやめることができるほうが男らしい、自分をコントロールできている証拠だ、というような、ある種マッチョな感じが戯画的に示されているとも言えます。

こうした過剰なセルフ・コントロールへの指向の一例として、同じフィッツジェラルドの長篇『グレート・ギャツビー』のラストの場面を思い起こしてみましょう。ギャツビーの葬儀の日、語り手のニックは彼の父親から、ギャツビーが子どもの頃、本の見返し部分に書いたメモを見せられます。そこには運動や勉強、演説の練習など、詳細な毎日の日課が記されていました。息子はこんなふうに自分を律して偉くなったんだ、と父親は言わんばかりです。けれども恋に破れ、裏社会の一員になり、やがて命を落としたギャツビーの現状を見れば、むしろこの日課は逆効果だったのではないか、という疑問が読者の中に湧いてきます。

実はこの日課のメモは、アメリカ建国の大立者ベンジャミン・フランクリンの自伝のパロディとなっています。日めくりカレンダーを発明し、雷が電気であることを発見し、フランスとアメリカとの仲を取り持って、アメリカを独立へ導いた、という超人フランクリンは、他の人も自分と同じように勤勉に自己を磨き上げれば偉人になれる、と読者にけしかけます。しかし冷静に考えてみれば、決してそんなわけはありません。そもそも、男らしい男は自分をコントロールできる、という幻想を信じ過ぎたからこそ、ギャッビーは死ぬ羽目になったのではないでしょうか。

では、「バビロン再訪」でチャーリーはただ批判されているだけかというと、そうでない要素もある。フィッツジェラルドの作品を読むといつもそう感じるのですが、必ず出てくるダメ男というか、弱い男、マッチョになりきれない男にものすごく共感してしまうんですね。この作品で言えば、チャーリーが、存命だったときの妻ヘレンとの関係を思い出す部分があります。

不意に彼は、ヘレンと二人していろんな計画を立てたことを思い出して悲しくなった。死ぬことなんか彼女は計画しなかったのに。肝心なのは現在だ——仕事を持つこと、それから愛する者を持つこと。

もしかしたら実際にはほとんどの時間が、言い争いとか喧嘩ばかりしていたんだろうとも思うんですが、いい時もあった。ヘレンとふたりで「将来あんなことをしよう、こんなことをしよう」と計画を立てて、素晴らしい未来を思い描いたいい時代もあった——と。そのとき、たくさんの未来を想像したけれど、ヘレンが若くして死んでしまう未来はなかったよな、みたいなことを考えるという場面がある。ここはとても切ないところです。チャーリーに対して「なんだこいつは」と思うと同時に、「人間って、そういう弱い部分があるよね」と共感する部分もある。

そうした男の弱さや悲しさを描くと、フィッツジェラルドは非常にうまいです。こんなにもアルコール依存症の主人公の切なさを客観的に描きながら、同時にフィッツジェラルド自身が依存症を生涯、克服できませんでした。わかっちゃいるけどやめられない、という人生最大の矛盾の中に、フィッツジェラルド作品の登場人物たちも、そしてまた作家本人もいます。そうした姿を愚かだと断じる人もいるでしょう。しかしながら、自らの愚かさを包み隠さず明かせるというのは、また一つの強さだと思います。

マリオンが守りたいものは何か

この作品を読むうえでもう一つ重要になってくるのは、チャーリーの義理の姉、マリオンの態度の頑なさです。マリオンの夫であるリンカンが、チャーリーに対してそのことを説明する場面があるので、そこを見てみましょう。

「義姉《ねえ》さんはぼくが故国《くに》で七年間一所懸命働いたことを忘れてるんだ」チャーリーは言った「ただ一晩だけのことを覚えてるんですよ」
「それだけじゃないさ」リンカンは言いにくそうにしていたが、「きみがヘレンと金をばらまきながらヨーロッパのあちこちを騒ぎ廻っていた時分、ぼくらはやっとの思いで暮らしていた。あの好景気にはてんであやかることがなかったね、自分の保険をかけるのが精一杯で、それ以上に出るゆとりもなかったんだもの。マリオンにしてみれば、そこにある種の不当なものを感じたと思うんだよ——終りの方ではきみは働きもしないで、しかもますます金持になってゆくんだからな」

マリオンは、自分の人生が、真面目で堅実ではあるけれども、どうにもパッとしない、本当につまらないものだと思っている節がある。マリオン自身、病気がちで、こんな人生でなければよかったのに、と思うような気持ちもある。そういった人生の不幸、人生に対するさまざまな不満について、自分をこういう状況に追い込んだのは、悪い社会なんだというふうに考えている。悪い社会というのは、バブルに沸いているアメリカを中心にした資本主義社会ということです。そうした資本主義社会を体現しているのが、マリオンにとってはチャーリーなんです。チャーリーを認めてしまうと、悪いのは社会でなく自分ということになるので、マリオンは自分自身を否定しないためにはチャーリーを否定し続けるしかない。そういうふうに思っているんじゃないか、とリンカンが言うんですね。リンカン自身も、自分たちはつましく毎日誠実に暮らしているのになぜ貧しいままなのか、と思っている節がある。「ある種の不当なもの」という言い方にそれが現れていると思います。一方、ビジネスだ株だと言って、一発というか何発もあてたチャーリーは、働かなくてもお金がお金を生む状況になって、遊んでいる間にも資産が増えていく。誠実に暮らしている庶民が報われないのに、なぜ浮かれ騒いで無責任な人生を送っている人間が経済的に恵まれているのか――。半ば逆恨みのように感じられるかもしれませんが、ある種、資本主義社会のもつ本質的な矛盾をついている部分があるようにも思えます。

そして、先ほども言ったように、資本主義社会の権化であるチャーリーも、一方的に断罪されているだけではない。「バビロン再訪」の最後は次のようになっています。

そのうちに必ずまたこの町へ戻って来る、彼はそう思った。いつまでも罪の償いをさせられるわけではあるまい。それにしても彼は、子供がほしかった。それにくらべたら今の彼には大事なことなど何もないような気がする。彼はもはや一人でも数々の希望や夢を抱けるような青年ではない。ヘレンだって、彼がこれほど孤独な思いをなめているのを喜びはしないはずだとチャーリーは信じて疑わなかった。

フィッツジェラルドは、お金によって人の人生が左右されるのはおかしいということと、そうはいってもお金がいっぱいあるほうが絶対に人生は楽しいというのを、同時に書くことをずっと続けた人です。長篇の代表作である『グレート・ギャツビー』は、ものすごくざっくりまとめれば、最愛の人と結婚できなかったのは自分が金持ちでなかったからだ、と考えている男が、不正な手段で巨万の富を手にし、幸せになれるかどうか人生の賭けをするという話だと言える。このように、主題としてお金が直接的に出てくる作品が多いのはフィッツジェラルドの特徴ですね。

いわゆる「文学」、日本文学も含む文学は品のいいもの、というイメージがあって、「お金があるほうが幸せなんじゃないの？」というような主題はあまり出てこないかもしれませんが、アメリカの場合は前大統領のドナルド・トランプのように、ビジネスで成功した人が偉いというシンプルな考え方が強固なので、文学にも直接的にお金の話が出てきます。資本主義が強い国の文学がどんなふうになっているかという視点からフィッツジェラルドを読むと、見えてくるものがあるんじゃないでしょうか。

〔読書リスト〕

村上春樹著訳『ザ・スコット・フィッツジェラルド・ブック』(中央公論新社、二〇〇七)
フィッツジェラルド/中田耕治訳『スコット・フィッツジェラルド作品集——わが失われし街』(響文社、二〇〇三)
刈田元司編『フィッツジェラルドの文学』(荒地出版社、一九八二)
岡本勝『禁酒法』(講談社現代新書、一九九六)

第6講

存在の基盤が崩れるとき

――フォークナー「孫むすめ」

ウィリアム・フォークナー／龍口直太郎訳『フォークナー短編集』（新潮文庫、一九五五）

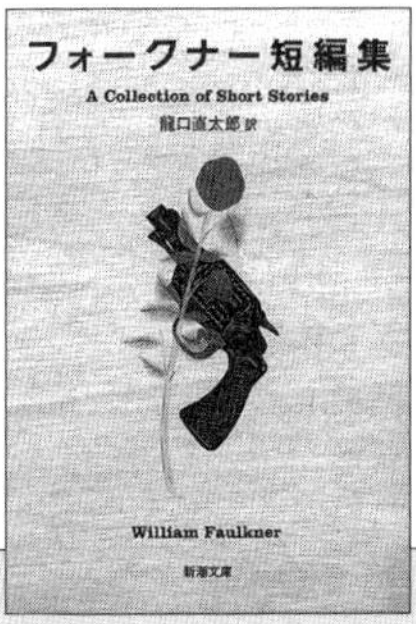

白人の白人性とは何か

今回はウィリアム・フォークナーの「孫むすめ」という短篇についてお話しします。まずは内容をざっと見てみましょう。

舞台は南北戦争あたりの時期の、アメリカの深南部（ディープ・サウス）に位置するミシシッピ州。これまでも何度か見たように、一八六一年〜六五年に起こったアメリカ合衆国の内戦である南北戦争は、工業が発達しつつあり、奴隷制の廃止を掲げる北部（アメリカ合衆国）と、農業地帯が中心で、労働力として黒人奴隷を必要とすることもあり、奴隷制を維持したいと考える南部（アメリカ連合国）のあいだで戦われた内戦で、北部が勝利しました。ミシシッピ州は南部のなかでも特に保守的な地域だったことを押さえておきましょう。

主人公はワシントン・ジョーンズという男性で、ワッシと呼ばれています。貧乏白人（いわゆる「プア・ホワイト」）である彼は、定職に就かずふらふらとしていたのですが、あるとき大農場主であるトマス・サトペンに目をかけてもらうようになる。サトペンは、自分の農場のはずれにある壊れかかった魚釣り小屋に、ワッシとその家族が住むことを許可します。これが南北戦争の約十年前、一八五〇年頃のことです。ワッシはお殿様に恩をかけてもらった小間使いのような存在となり、サトペンとのあいだには経済的にも社会的にも圧倒的な地位の差がありますが、ずっと付き合いが続く。ときには二人で酒を飲んだりすることもあったようです。

まれに家のなかにだれも客のいない日曜日など、彼とサトペンは一再ならずいっしょに午後の時間をすごしたことがあったにもかかわらず、彼はこんなことを考えるのだった。たぶん、彼は心のなかで、サトペンがそんなことをするのは独居に耐えられない男なので、ほかにどうともしようがないからだということを知っていたのだろう。それでもやっぱり、よく二人がブドウ棚の下で、午後をまるまるすごしたという事実にかわりはなかった。サトペンはハンモックの上に横になり、ワッシは柱にもたれてうずくまり、ためおき水の手桶をなかにはさんでは、おなじ籐巻《とうまき》のびんから、二人でチビリチビリ酒を飲みかわしたものだった。

南北戦争がはじまると、サトペンは南部白人として戦争に参加します。この出征にワッシはついていかなかった。その理由について説明を求められると、ワッシは、サトペンがいない間の屋敷と黒人の面倒をみるためだ、と答えるのですが、誰もそんなことは信じない。このあたりで、ワッシは、黒人たちからもあざけられるような存在であることが示されます。

彼は立ちどまって、輪になった黒い顔と、あざけりのひそんでいる白い眼や歯のあたりを見まわすのだった。「おら、娘や、うちのものを養わなきゃなんねえからな」と彼はいった。「さあ、そこをどきゃあがれ、黒人どもめ」

「黒人だと?」彼らはくり返した。「黒人でがすと?」といまはもう笑いながら、「おらたちを黒人と呼ぶおめえさんは、いったい何人《なにじん》でがすかい?」

南北戦争の英雄となるサトペン大佐――とは言っても、戦地でどのくらい活躍したかはよくわからないのですが、ワッシのなかでは英雄です――を神の化身のように崇めているワッシは、その人に仕えている自分も上等な人間なのではないか、などと妄想しながら暮らしている。農場主と小間使いという違いよりも、白人であるという一体感を強く意識している。

しかし、南北戦争で南部は敗北します。黒人奴隷は解放され、農場は荒れ果てる。サトペンの娘は、その少し前から事実上ワッシの働きでなんとか生活している状況だったのですが、戦争から帰ってきたサトペンも、ワッシの働きに頼って食べていくことになる。とはいえ、サトペンとワッシのあいだの、大農場主とその小間使いのような主従関係は大きくは変わらない。そんな中で、ワッシの孫むすめ、ミリーの存在を発端に、二人の関係に影響を与える事件が起こります。

ワッシはあるとき、ミリーがサトペンの屋敷に通っていることに気づきます。サトペンは六十歳くらいですが、どうやらリボンやドレスなどの贈り物で十五歳のミリーを誘惑しているようなんです。そしてついに、サトペンはミリーを妊娠させてしまう。これが事件のあらましです。

このこと自体は、ワッシにとっては、実はどちらかというと喜ばしいことです。なぜなら、階級意識が色濃く残るアメリカ南部の社会において、圧倒的に地位の高いサトペンの身内になることは、社会的地位の上昇を意味するからです。自分もついに支配層の仲間に入ることができるんだ、というような気持ちになる。

ところが、そうはならなかった、というのがこの短篇の結論です。ミリーが子どもを生んだ日曜日の朝、サトペンがワッシの小屋にやってきます。子どもの誕生を知って駆けつけたのだと信じて疑わないワッシの横を通り抜け、生まれたばかりの赤ん坊とミリーが寝ているわらぶとんを目にしたサトペンの言動は次のようなものでした。

「ところで、ミリー」とサトペンがいった。「おまえが雌馬でないのはとても残念だな。もし雌馬なら、厩舎のなかにりっぱな部屋をくれてやるんだが」

だがやはり、わらぶとんの上の娘は動かなかった。彼女はただ無表情に、彼を見あげつづけるばかりだった。その若々しい、不機嫌な、底意の知れない顔は、つい先ごろの産みの苦しみのために、いまなお青白かった。サトペンはからだを動かして、いくつにも割れた光の筋のなかに、その六十男の顔を現わした。彼は、うずくまっている黒人女にむかって静かにいった。「けさ、グリゼルダが子馬を生んだぜ」

「雄ですかい、雌ですかい?」と黒人女はたずねた。

「雄さ。とてもりっぱな雄の子馬だが……。ところで、こいつはどっちかな?」彼は鞭を持った手でわらぶとんをさし示した。

「そいつは雌だんべ、おらの思うにゃ」

「ふーん」サトペンはいった。「とてもりっぱな子馬だぜ。わしが六一年(訳注 一八六一年で、南北戦争の始まった年)に北部へ乗り入れたあのロブ・ロイに生き写しの馬になりそうだぞ。おまえおぼえてるかい?」

「へい、だんなさま」

「ふーん」彼はわらぶとんのほうを見かえした。娘がまだ彼を見まもっていたかどうかは、だれにもいえなかったであろう。ふたたび鞭を持った彼の手がわらぶとんをさし示した。

「こいつらがしてほしいものはなんでも、ここにあるもんでやってやるがいいぜ」

サトペンは、ミリーに対して「おまえが馬だったらよかったのに」みたいなことを言うばかりでなく、生まれてきたのが女の子だとわかると、さほど興味もなさそうに話題を変えます。その日生まれたという子馬の話をはじめるのです。サトペンにとってはミリーもその娘も、馬と変わらない存在であるというような話題の展開ですね。ワッシはそれを聞いてしまう。

もう太陽は昇っていた。ミシシッピー州の緯度のあたりでは、太陽の動きはすみやかであるが、彼には、一度も上に昇ったことのないものが墜落する夢を見たときのように、ただ夢のなかだけで親しい、見知らぬ空の下、見知らぬ光景のなかに自分が立っているように思われた。「おらあ、自分で聞いたと思っただが、とても信じられねえだ」と彼は思った。「信じられねえこたあわかってるだ」だがそれでも、その声は、いまのことばを口にしたその聞きなれた声は、いまもなおしゃべっていた。こんどは、その朝、生れた子馬について、黒人の老婆に話しかけていた。「あの人がこんなに早く起きてきたのは、そのためだったのか」彼は思った。「そうだ。おらとか、おらの身内のためではねえだ。あの人がベッドから出てきたのは、あの人の生ませた子供のためでさえもねえだ」

ワッシの孫娘の生んだ赤ん坊が馬にも劣る存在だということは、サトペンはワッシのことも動物以下だと考えていたということです。現実を突きつけられたワッシは激怒して、大きな鎌でサトペンを殺します。そして死体を家の前に放置して、逃げない。

逃げればいいのにと思うかもしれませんが、ワッシは、自分の年齢では遠くまで逃げられないことがわかっている。南部では、白人の奴隷主が逃亡奴隷を狩り出す奴隷狩りのような仕組みが昔からあったので、自分が逃げようとしてもどのみち捕まってしまうのは目に見えている。それならばこの場で最期を遂げようと考えるんですね。

しばらくしてサトペン殺害が露見し、ついに小屋が包囲されたことを察知したワッシは、おそらくは孫娘とその赤ん坊を肉切りぼうちょうで殺し、小屋に火を放つ。そして、自分を逮捕しに来たのであろう保安官たちに向かって突進します。その光景を描いて、この物語は終わる。

おそらくこの後、すぐにワッシは射殺されてしまうのだと思いますが、白人とは誰のことかという問題、あるいは家族の愛憎、身分の差、差別の感情といったさまざまな問題が凝縮された展開になっていて、この短篇だけで考えてみるのもとても面白い作品だと思います。

南部社会を前衛的手法で描いたノーベル賞作家

フォークナーは十九世紀末の一八九七年、ミシシッピ州の旧家に生まれます。このフォークナー家はたいへんな名門でした。曾祖父のウィリアム・クラーク・フォークナーという人が大人物で、テネシー州からミシシッピ州に移ってきて、弁護士をしながら鉄道の会社を興します。彼は南北戦争にも参加します。その後、『メンフィスの白い薔薇』というロマンスを書いて非常に話題になり、また、銀行も開設します。軍人としても起業家としても作家としても大成功を収めたわけです。祖父も弁護士をしながら鉄道や銀行などの事業を引き継いでいきます。父親は残念ながら事業の才には恵まれなかったようですが、ミシシッピ州オクスフォードにあるミシシッピ大学で事務員を長く務めます。母はモードという名で、芸術を愛する女性だったようです。

名門の家系で、芸術を愛する母親の影響も受けながら育ったフォークナー自身は、文学作品を自分でいろいろと発見して読んだり、あるいは詩を書いたりすることには熱心に取り組む一方、学校の授業には馴染めず、あまり勤勉な生徒ではありませんでした。結局高校は中退し、特にやることもないので祖父の銀行で怠惰に勤務していました。

この間、一九一四年に第一次世界大戦の開戦を迎えます。これまで見てきたように、この時代の若者は、軍に参加することが大人になることであり、男になることだ、という意識を持っている。フォークナーも、戦争に参加して自分も英雄になるのだと考え、カナダに渡ります。身長が低すぎ、体重が軽すぎると判断され、アメリカ航空部隊から入隊を拒否されたためです。

一九一八年にカナダでイギリス空軍に入るのですが、すぐ休戦になってしまい、おそらくは訓練なども含めて飛行機に乗ることもないまま、フォークナーは五か月ほどでミシシッピに戻ることになります。学業もうまくいかず、軍人にもなれなかった。一九二二年からはミシシッピ大学内の郵便局で働くのですが、深酒が続いて、怠惰すぎるという理由で辞職に追い込まれてしまいます。この頃すでに小説は書きはじめていたようです。

ここまではわりとろくでもない、見通しの立たない感じなのですが、ある人との出会いによって彼の人生は開かれていきます。一九二四年、たまたまニューオーリンズに行ったとき、そこに滞在していたシャーウッド・アンダソンと会ってさまざまな刺激を受けるのです。アンダソンもフォークナーの才能を認めて、出版社を紹介してあげるんですね。作家としてやっていけるのではないかと考えるようになって、フォークナーは小説を書き続けます。

ところが、なかなか出版社が決まらない。自分の小説は出版されないんだと、一度は断念してしまいます。しかし、出版を断念しても小説を書き続け、前衛的というか、実験的な作品に取り組む。それが一九二八年に書いた『響きと怒り』という長篇で、フォークナーの代表作になります。読んでみると分かるのですが、これは非常に難しい。「内的独白」の手法を取り入れた作品と言われたりするのですが、いろいろな人の主観がグーッと入ってきて、一読しただけでは何が起こっているのかも判然としないような書きぶりになっています。

不思議なもので、開き直って書いた難解な作品のほうが、出版が決まる。作家としての評価も上がっていくのですが、出版当時はまったく売れなかった。仕方がないので、ハリウッドに移ってシナリオライターになり、それを二十年続けます。三十代半ばくらいからずっとシナリオを書いている。本人はこの仕事をそれほど好きなわけではなかったのですが、有能ではあったようで、ハワード・ホークス監督の『三つ数えろ』など、さまざまな映画に関わっています。

状況が大きく変わるのは、一九四六年に批評家のマルカム・カウリーが『ポータブル・フォークナー』というアンソロジーをつくって、アメリカで再評価され始めてからのことになります。実は一九三〇年代にもフランスで高く評価されたりはしていたのですが、カウリーを含むさまざまな人の尽力によって、一九四九年にノーベル文学賞を受賞するという流れになります。

フォークナーはバルザックやフローベール、ディケンズ、メルヴィルなどの古典に加えて、ガートルード・スタインやジェイムズ・ジョイスのような前衛的な作品もよく読んでいた。アメリカ南部の保守的な社会を題材に取り、しかも実際にその中に暮らしながら、前衛的なスタイルを用いて新しい文学をつくったという部分が高く評価されるポイントになります。

脅かされる「白人性」の幻想

「孫むすめ」という作品の背景には南北戦争があると申し上げましたが、もう少し掘り下げると、南部白人のアイデンティティの問題だと言えます。アメリカ南部には広大な土地と大勢の奴隷を所有する農場主がいて、彼らは貴族的な生活をしていた。かなり階級がはっきりした社会で、現在のアメリカの大衆的な文化とは正反対だったんですね。しかし、そういう貴族階級は、南北戦争の結果、奴隷制が廃止されると、没落してしまう。するとどのようなことが起こるか。

南部に住んでいる白人たちは、お金がある人もない人も、何で自分を支えていたかというと、「白人である」ということが非常に重要だったわけです。彼らの中では、幻想として白人は一体の存在であって、そのなかにたまたま財産のある人・ない人、権力のある人・ない人、能力のある人・ない人がいる。裏を返せば、どんなに貧しく、権力も能力もない、何も持たない白人であっても、奴隷にされている黒人よりは上だという発想になる。

人種差別に基づいた自分たちの優位を保つことで、ある種のプライドというか、アイデンティティを保証する、こうした心性は、現在のアメリカ社会でもさまざまな場面で顔を出しているように思われます。「孫むすめ」という作品に引き付けて言えば、サトペンとワッシの二人が共有していている白人性がどのように脅かされていくのか、というのがひとつのテーマになっている。

もう少し解釈を加えてしまうと、ここでいう白人とは、実は私たち日本人が普通に考えるところの、ヨーロッパ系の見た目の人という意味ではない。アメリカ独自の概念と言っていいんですが、WASP（ワスプ）という、ホワイト、アングロ・サクソン、プロテスタントの頭文字を取った言葉があります。肌の色だけでなく、人種や文化、宗教の混合したひとつの集団を意味します。西ヨーロッパ、具体的にはイギリスを中心として、若干のドイツ系の人がそこに加わるのですが、これが白人という概念のコアの部分になります。そこに、ヨーロッパの他のさまざまな場所から移民してきた人たちが加わるようになり、だんだんと出自も文化も宗教も多様だけれども、「白人」と一括りにされる集団が形成されてくる。

その結果、「白人」という集団の内部は、実際にはめちゃくちゃ多様なものになっている。唯一の共通点は、黒人ではないこと。つまり、奴隷ではない、人間扱いされない存在とは違うのだ、ということです。こうした考え方は連綿と引き継がれていて、アメリカ社会では現在でも、「誰が白人の仲間に入るか」「誰が人間として認められるのか」という、奴隷制の時代と同じ問題が意識されていると言えます。

今回のフォークナーの作品でも、たとえばサトペンは、もともとは大農場主だったのに、街道で貧しい人々を相手に小物を売る商店主にまで没落してしまう。もしかすると、いまや黒人でもサトペンよりお金を持っている人がたくさんいるかもしれない。ましてやワッシなど、これまで社会的に高い地位に就いたことなど一度もない。そのワッシを精神的に支えているのが、自分はサトペンと同じ、輝かしい白人性を持っているという思考です。この思考がどのように限界につきあたるのか、という部分は「孫むすめ」の細部を見ながら検討していきましょう。

南部の奴隷制とキリスト教信仰

この作品は南北戦争に参加しなかったワッシの視点から描かれているので、直接の戦場にはならなかった南部の暮らしがどのようであったかということが書き込まれています。たとえば、ワッシは近所に住む黒人たちからもあざけられるような存在だという話をしましたが、その黒人たちも、戦争中にいなくなってしまう。

ときには、地面から棒ぎれを拾いあげて、彼らのほうへ突進したが、彼らは前方に散らばりながらも、やはり、あのあざけるような、つかまえどころのない、しかものがれようのない黒い笑いをもって、彼をとりまこうとするように見えた。すると彼は、もうどうしようもなく、ただあえいでは腹をたてるばかりだった。一度は、そのようなことがサトペンの大きな屋敷のすぐ裏庭で起った。それは、テネシーの山々やヴィックスバーグ（訳注 ミシシッピー州の町で、南軍が敗退したところ）から敗戦の知らせが伝えられ、シャーマン将軍（訳注 北軍の将軍ウィリアム・シャーマン）がこの農場を通過し、黒人がほとんどすべて彼のあとについて行ってしまった、そのあとのことであった。黒人だけではなく、そのほかのものもほとんどすべて、北部連邦軍の通過とともになくなってしまい、サトペン夫人はワッシのところに使いを出して、裏庭のブドウ棚に熟している山ブドウを取ってもいいといってやったほどだった。

北軍の名高い軍人であるシャーマン将軍の率いる部隊が農場を進軍していくと、一緒に黒人たち、奴隷たちがついて行ってしまう。こういう場面は史実をベースに書かれています。北軍がやってきた土地では、その瞬間に黒人たちが奴隷の身分から解放され、しかも北軍に兵士として参加していく事態が起こるんですね。気がつくと自分をバカにしていた黒人もみんないなくなって、黒人奴隷の労働によって支えられていたサトペンの大農場も維持できなくなる。ほんの数年で、南部の大農場がばらばらになって、貴族的な暮らしが消滅していく様子がどんなものだったか、とてもよくわかる描写になっています。

南部の農場主たちの貴族的な暮らしは、奴隷制に支えられていました。キリスト教信仰はアメリカ合衆国について考える際、重要なポイントですが、奴隷制とはどのように折り合いをつけていたのでしょうか。白人と黒人の関係に関するワッシの思考が書かれている部分を手掛かりに検討してみましょう。作中で、サトペンが立派な黒い種馬に乗って駆け巡る姿を見ているときだけワッシの心は平静になる、という場面があります。そこでワッシは次のように考えている。

つまり、彼にはこんなふうに思われたのである。聖書の教えるところによると、畜生として、また、あらゆる皮膚の白い人間の奴隷として、神がつくり、かつ、のろったはずの黒人が、彼や彼の身うちのものよりも金まわりがよく、住居《すまい》も上等で、着るものまでりっぱであるといったようなこの世の中など——彼がいつも自分のまわりに黒い笑いのあざけるようなこだまを感じとっているこの世の中こそ、じつは夢まぼろしにすぎず、現実の世界とは、彼自身のものであるこの孤独な神のごとき人間が、黒い純血種の馬に乗って駆けてゆくこの世界にほかならないのだ、というふうに。

「聖書によれば、黒人は白人に仕えるために生まれてきたのに、自分よりいい服を着ていいものを食べているのはおかしい」と考えているのですが、ここを見ただけでものすごく変ですよね。

どうしてこのようなことを考えるのかというと、アメリカ南部では、十九世紀に、奴隷制を正当化するための神学が発達したという背景があります。聖書のなかに出てくる、奴隷に言及したフレーズを都合よく解釈して、黒人は白人に仕えるために生まれてきたと書かれているのだから、奴隷制は神の意思に沿っているのだ、と教会で教えていた。信仰のなかに、奴隷制というか、黒人差別や人種差別が巧みに織り込まれている。そうした南部社会の風土で育っているので、白人は黒人に優越するという考え方が染みついてしまう。

しかしながら、ワッシも現実を認識できないわけではないので、周りを見わたしたとき、聖書の教えと現実がまったく違うことはわかる。白人である自分よりいい暮らしをしている黒人が普通にいる。では、教えられていることと違うから、聖書が間違っていると考えて自分の信仰を疑いはじめるのかというと、そうはならず、正反対の考え方をします。

ここがワッシを支える思考のポイントになります。自分がいま見ているこの現実の世界は幻で、最終的に神の国が訪れたとき、すべてが真実の世界に変わる。この現実はその前振りにすぎないんだ、という考え方をするんですね。

その真実の世界を代表しているのが、サトペンが馬に乗って勇ましく駆けまわる姿です。ワッシはそれを見て、これこそ神の御姿だと思う。そして、神の化身であるサトペンに、同じ白人である自分を重ねて、いつかあのようになれるかもしれないと考えることで、自分を支えている。

そして人間はみな神の姿をかたどってつくられていて、そのため、人間はみなすくなくとも神の眼にはおなじかたちとなって現われる、と聖書に書かれてあったことを考え、まるで自分のことでも語るように、彼はこんなふうにいうことができるのだった——「りっぱな勇ましい人だて。神ご自身がこの地上におりてこられて馬を乗りまわすとすりゃ、こんなふうな姿になるおつもりだろうて」

読者から見ると、ワッシの思考は滑稽なものに映ります。黒人たちよりもさらに貧しいにもかかわらず、自分は白人だから黒人たちよりも本質的には優れていると信じ込む。そればかりでなく、サトペンにはかなりいいように利用されているのに、サトペンの優位性を否定すると、神の国が訪れてワッシ自身が救われる可能性までも否定することになるので、サトペンへの「信仰」を捨てることができない。ワッシは、人種差別的な思い込みによってがんじがらめにされている。

変容する現実

しかしながら、現実はワッシの思い込みとは全然違うんですね。まず、南北戦争の後半の時期は、農場はもうすでに立ち行かなくなっていて、ワッシが稼いだお金でサトペンの家族を養うという逆転が起こっている。そして戦後には、サトペンが地元の人に粗悪な雑貨を売る店をワッシと一緒に営むことになりますが、お殿様だったサトペンは客商売ができない。値切られると怒ってすぐに店を閉めてしまったりする。それだと商売が成立しないので、ワッシが頑張って支えるかたちになるんですね。仕事が終わると、サトペンとワッシは一緒に酒を飲みます。

そのあと、彼とワッシは奥のほうへひっこんで、酒びんを手にするのだったが、もうそのときは、かつてサトペンがハンモックの上に横たわって、バカ笑いをしながら柱にもたれてうずくまっているワッシをそばに置きながら、傲慢な独白を述べたてたときのように、話はおだやかではなかった。いまは、サトペンがたった一つの椅子にすわり、ワッシは手あたりしだいの箱か小桶を使ったとはいえ、二人とも腰をおろしていた。

サトペンが南北戦争に行く前は、一緒に飲むにしてもサトペンはハンモックに横たわり、ワッシはうずくまるという感じだったのですが、いまでは二人とも座っている状態になる。けれどもサトペンは椅子で、ワッシは適当な箱などに座っているので、やっぱり上下関係はあるのです。少しずつ変化しつつあるけれども、完全には変わらない複雑な関係が、二人の位置で表現されている。また、酒を飲むことには、現実から目をそらす意味もあります。酔った二人が、巨大な農場の主と小間使いの関係を、ある種演技というか、コントのように再現する場面もあります。

しかし、これもほんのすこしのあいだしかつづかなかった。というのも、まもなくサトペンは一種無力で狂暴な負けん気の段階に達して、前後左右にからだを揺り動かしながら立ちあがり、いま一度ピストルをとり、黒毛の種馬をひきだし、単身ワシントンに乗りこんだつもりになって、いまは亡きリンカーンと、いまでは一介の市民となっているシャーマンを殺してやる、とわめきたてたからである。「やつらをバラしてしまえ!」と彼は叫ぶのだった。「犬畜生は犬畜生らしく、ぶっ殺してしまえ——」

「まったくだ、大佐。まったくそのとおりだよ、大佐」と、倒れかかるサトペンを抱きかかえながら、ワッシはいうのだった。

先ほども述べたように、ワッシはある意味でサトペンに体よく利用され続けている。しかし、その間にも、サトペンへの信仰のようなものはどんどん強まっていくんですね。

「あの人は、あの人の息子や妻を殺し、黒人をひっさらって土地をめちゃめちゃにした北部人《ヤンキー》のどいつよりもえれえだ。あの人がこれまでちゃんとしてくれたはずだのに、あの人を受けいれず、小さな田舎の店なんかをやらなきゃならねえようにした、このろくでもねえ土地よりもでけえだ。この土地のやつらが、聖書に書いてある苦杯のように、あの人の唇につきつけた否認よりもでけえだよ。それだのに、おらあ、こんなにあの人の近くに二十年も生きながらえてきながら、あの人に触れられることも変えられることもなかったのは、いったいどうしたわけだ？　たぶん、おらあ、あの人ほどえらくねえのかもしれねえし、それとも、馬をちっとも走らせなかったからかもしれねえ。だがすくなくとも、おらあ苦しんで働いてきただ。あの人がおらにさせようと考えてることを教えてさえくれりゃ、あの人とおらとで、敵をやっつけることもできるだ」

サトペン大佐のように、輝かしくて純粋で理想を体現した人は、南部社会を破壊した北軍の連中よりも、あるいは南部に住んで、いまとなってはサトペンを軽蔑しているような連中よりも、よほど偉大で神に近い存在だ――。人種差別を正当化する南部の神学どころではなく、もはや自分だけのカルトみたいなものを作り上げている。

ワッシの姿は客観的には滑稽なのですが、こういう考え方をすることって、わりとあることなんじゃないかなとも思うんですよね。現実の世界で、社会的にものすごく敗北感を味わっている人が、宗教や哲学や文学といったさまざまな観念の世界で、勝者と敗者を逆転させる。「倫理的に正しいのは自分だから、本当は勝っている」「今は負けているけれども、最終的に勝つのは真に正しい者だ。最後に勝つのは自分だ。今の現実しか見ていないのは愚か者だ」みたいな考え方になっていく。現在でも出てくる、ある種、普遍的な考え方でもあるのではないでしょうか。ワッシの場合は、彼の持っている信仰の体系が、アメリカ南部の置かれた歴史的、文化的な状況と深く結びついているということです。

踏みにじられた友情、そして……

そして物語の最後では、ワッシの一人カルト信仰も崩れ去ってしまう。孫むすめのミリーが生んだ赤ん坊は、サトペンにとっても血を分けた実の子どもなんですけれども、「馬ならよかったのに、馬以下だ」みたいなことを平気で言ってしまう。ひどい話ですよね。サトペンというのは、まあろくでもない人間なわけです。ワッシがずっとサトペンに対して抱いていた、敬意や愛情や友情のようなものも、一〇〇パーセント踏みにじられる。

戦争以来五年たった今日はじめて、彼には、北軍であろうと、いまの世に存在しているほかのいかなる軍隊であろうと、こうした人間たちを――勇敢な、誇らしげな、剛勇な人間、勇気と名誉と誇りとをになうことを仲間全体から認められ、かつ、選ばれた最良の人間たちを——うち負かしたのはどういう理由だったのかを理解したように思えるのだった。おそらく、彼がこの連中といっしょに戦争に出かけていたら、彼らの正体をもっとはやく見やぶっていたであろう。だがしかし、たとえもっと早く見やぶっていたにしても、いったいそれ以後の自分の生活になんらかの手をうつことができたであろうか？　五年のあいだも、以前の生活を思いだしながら生きることにたえられたであろうか？

ワッシがこのとき理解した、南部が戦争で負けた理由を言語化してみましょう。自分が神のように崇めていたサトペンも、その周りの農場主もろくでもないやつばかりだ。人を人とも思えないような、人格的にも倫理的にも劣った連中に支配されていたから南部は負けたんだ——。

これは、ワッシにとってそれまで自分を支えてきた根本的な思考が崩壊することを意味します。神のように崇め、自分も同じ白人だということで誇りを保っていた存在であるサトペンを否定するということは、自分の人生をも全否定することになってしまう。

ワッシも、自分の考え方が間違っていたことはギリギリ分かる。しかし、ではどうすればいいか、という点は分からない。これまで歴史的に受け継いできた、考え方の桎梏、くびきみたいなものからはそう簡単に抜け出すことができない。そうするともう、殺人を犯したり、大暴れするしかない。自分が住んでいた小屋に放火して、包囲している保安官たちに突進していくしかない。

待っていた人たちは、一瞬、彼がその炎を背にして、狂気のように大鎌をふりかざしながら、彼らのほうにおどりこんでくるのを見た。アッというまに馬が人もろとも棒だちになったり、グルグルまわったりした。彼らは馬をおさえて、馬のかしらを炎のほうに向けたが、それでもなお、そのやせこけた人かげは、炎を背に、狂気のような浮彫りとなって、大鎌をふりかざしながら、彼らのほうに走りよってくるのだった。

「ジョーンズ！」保安官が叫んだ。「とまれ！　とまらなきゃあ撃つぞ。ジョーンズ！ジョーンズ！」

それでもなお、そのやせこけた、たけり狂った人かげは、あかあかと燃えさかる炎の怒号を背にして近よってくるのだった。大鎌をふりかざしたまま、叫びもあげず、音もたてず、彼らの上に、荒々しくかがやく馬の眼《め》やゆれる銃身のきらめきの上に、襲いかかってくるのだった。

自分の置かれた矛盾を明確な言語にしながら、粘り強く社会と交渉していくことなどワッシにはできません。何も分からず言葉もないまま家族を皆殺しにし、家に火を放ち、保安官たちに突っ込んでいく。もちろん彼に勝ち目などあろうはずがない。だがこうしたこと全てが彼にとっては、言葉にならないギリギリの叫びになっているわけです。そしてその論理を超えた叫びは、この作品を読む我々の中でいつまでも響き続ける。そしてこう考えさせるのです。人間が人間でありたいと叫ぶことの悲しみとはいったい何なのか、と。こうしたワッシの叫びは、そのままアメリカの矛盾に満ちた歴史の核心部にまで到達しています。

現在の私たちは、白人だから偉いというような考え方自体おかしいのだから、間違っていることが分かったのなら普通に反省して考え直せばいいではないか、それがまともな考え方ではないか、と思ってしまいますが、人間の考えというのはそう簡単には変わらない。人種差別を前提として、それに基づいて自分の存在を定義してきたワッシにとっては、人種差別を否定することは、自分の存在基盤が失われるような体験です。自分を支えてきたものが間違いだったという事実を直視できるのか、という問いを、この作品で読者にも突きつけている。

フォークナーは、アメリカ合衆国のなかでも、南部という敗者の側からものを考えてきた作家だと言われています。この「孫むすめ」という短篇のなかにも、ワッシという視点人物の思想、そのワッシはサトペン大佐や黒人たちからはどう見られているか、またワッシの意思決定の流れに歴史がどのように影響しているか、といったことが多層的に描かれている。短いなかにも、アメリカ社会がいまだ抱えている矛盾のようなものが強く見えてくる作品になっています。

〔読書リスト〕

フレドリクソン／李孝徳訳『人種主義の歴史［新装版］』（みすず書房、二〇一八）

ペインター／越智道雄訳『白人の歴史』（東洋書林、二〇一一）

黒﨑真『アメリカ黒人とキリスト教』（神田外語大学出版局、二〇一五）

ウィリアムソン／金澤哲・相田洋明・森有礼監訳『評伝ウィリアム・フォークナー』（水声社、二〇二〇）

第7講

妊娠をめぐる「対決」

――ヘミングウェイ「白い象のような山並み」

アーネスト・ヘミングウェイ／高見浩訳『ヘミングウェイ全短編1
われらの時代・男だけの世界』（新潮文庫、一九九五）

急行を待つあいだの会話劇

今回はアーネスト・ヘミングウェイの「白い象のような山並み」という短篇について考えていきます。『男だけの世界』という短篇集に収録されている作品です。

まずあらすじを見ておきましょう。舞台はスペインで、エブロ渓谷という場所にほど近い田舎の駅に、アメリカ人男性と若い女性のカップルがいる。乗り継ぎなのか、いまから四十分後に到着する予定のバルセロナ発マドリード行の急行を待っています。

この二人は、ちょっとしたレストランのようなところでビールなどを飲みながら、一見くつろいでいる風なんですけれども、会話の雰囲気はものすごくピリついている。ヘミングウェイの特徴でもある削ぎ落した言葉で書いてあるので、読者は最初何が起こっているのかよく分からないのですが、どうやら女性の妊娠が発覚したらしい。この二人は結婚しておらず、男性のほうはおそらく結婚するつもりもない。

男は女を説得し、堕胎させようとしている。しかも、男が言ったから堕ろすのではなくて、女のほうから自発的に「じゃあ堕ろす」と言わせようと画策しているのが透けて見えるんですね。当然ながら、そうした態度は極度の不信を呼び起こします。女は意地でも堕ろすと言わない。あるいは、「そこまで言うなら、私の身体なんてどうなってもいいから、堕ろす」などと言って、男の意図をはぐらかすというか、話の焦点をずらしていく。

表面的には、男女の静かで平坦な感じの会話が続くのですが、水面下では激しいディスカッションが繰り広げられている。最後には、あまりにも苛立ってしまった女性のほうが、「お願いだから黙って。もうこれ以上しゃべらないで。お願い、お願い」と繰り返して議論は終わります。そのときには、あと五分で急行が到着するという時間になっている。

日本語訳で十ページもないような本当に短い作品なのですが、ヘミングウェイのいろいろな特徴がよく表れているのではないかと思います。

ロスト・ジェネレーションの代表者

ヘミングウェイは「ロスト・ジェネレーション」を代表する作家の一人です。「ロスト・ジェネレーション」とは、彼の『日はまた昇る』という長篇のエピグラフに記されたガートルード・スタインの言葉に由来する表現です。

彼女は前出のようにパリに住んでいました。自分の車を預けてある自動車修理工場に行った際、見習いの若者が「お前たちはみんな“une génération perdue”だな」(今どきの若いやつらは何をやらせてもダメだな)と怒られている光景を見て、ほぼ一世代後輩のヘミングウェイに対して「あなたたちはみんな、堕落した世代《ロスト・ジェネレーション》なのよね」と英語に直訳して言った、というエピソードが伝えられています。それが、信じるべきものを第一次世界大戦で見失ってしまい、何をするべきかわからなくなった若者たちの世代を意味することになっていく。戦争の影が色濃く見える言葉です。

ヘミングウェイは一八九九年、イリノイ州シカゴ郊外の生まれ。彼もフォークナーと同様、学校があまり合わなかったようです。高校を卒業すると、これ以上学校に閉じ込められるのは嫌だということで大学には進学せず、都市部のカンザスシティに出て『カンザスシティ・スター』紙の新聞記者になる。ここでジャーナリストとして文章を書きはじめます。

ジャーナリストは文学者と違って、誰にでもわかる文章で書かなければならない。紙面は限られており、簡潔な言葉で内容が伝わるようにしなければならない。そして、内面的なことよりも、何が起こったのか、実際の動きをきっちりとらえて言葉で表現しなければならない。そういった、新聞記者としての文章修業を若いうちにしたことで、作家としてはかなり独特な彼の文体が生まれていくことになります。

ヘミングウェイの文体は「ハードボイルド」と言われます。具体的には、まず形容詞や副詞といった修飾語が極端に少ない。そして、簡潔で短い一文を連ねていくスタイルをつくりあげる。

これは当時、かなり革命的な文体でした。それまでの価値観でいうと、文学者とは豊富な語彙を使いこなし、華麗で巧みな文章を操れる人のことだった。長くなっても意味が明確であるような、そんな文章を書けることが作家として高いスキルを持っている証明であると思われていた。ヘミングウェイの文章はそうしたものと正反対です。むしろ、一般的な新聞記事より、さらに簡潔に書こうとしたんですね。

彼がこのような文体をつくりあげた背景には、もともとアメリカに存在した語彙の少ない大衆文学のようなものと、少ない言葉で研ぎ澄ました作品を書いていくヨーロッパの前衛文学の、両方の影響があったとも言われています。また、即物的な描写を重視する文体は、戦争体験による抽象的なものへの疑いも反映していると考えられています。

同世代の多くの男性と同じように、彼も第一次世界大戦がはじまると、従軍することを強く望むようになります。戦争という刺激的な体験を経ることによって、一人前の男、立派な人間になろうと考える。ところが、左目が弱視でアメリカ軍の基準に達しなかったため、従軍できなかった。ヘミングウェイは仕方なく赤十字に応募して、一九一八年、イタリア軍付赤十字で野戦病院の救急車を運転することになります。彼が書いた短篇のなかに、看護師をたくさん乗せて救急車を運転していたら敵地に紛れ込んでしまう場面が出てきますが、ヘミングウェイは実人生で同じような失敗を何度も経験していたようです。救急車を運転しているときに敵の砲弾を食らい、身体に破片が二〇〇個も食い込む大怪我をする。そして、生死の境をさまよったこの入院時に、自分の世話をしてくれた女性の看護師と恋に落ちる。ところが、結婚を申し込んだら断られてしまったのですね。この体験が、後に『武器よさらば』に活かされたと言われています。

第一次世界大戦が終わってアメリカ合衆国に帰国すると、ヘミングウェイはシカゴでシャーウッド・アンダソンと知り合い、影響を受けるようになります。そして一九二一年にはパリに渡り、ガートルード・スタイン、ジェイムズ・ジョイス、エズラ・パウンド等、モダニズム文学の旗手たちと知己を得、パリで文章修業をする。はじめのうちは『トロント・スター』紙というカナダの新聞社の特派員というかたちでパリに滞在できる状況をつくって、特に短篇小説を精力的に書く。それほどお金がないなかで、いくつものカフェを転々としながら小説の修業をしていたこの時期の様子は、ヘミングウェイの死後に出版された『移動祝祭日』に詳述されています。

一九二四年の短篇集『われらの時代に』で注目を集めた後、長篇『日はまた昇る』で多くの読者を獲得し有名になります。この作品は、ざっくりいうとアメリカからパリにやってきた芸術家志望の若者たちの自堕落な生活と、闘牛についての話です。フィッツジェラルドの回で見たように、第一次世界大戦後、芸術家志望だけれど金も仕事もないというアメリカの若者たちはパリに集まる。そこで、刺激や愛を求めるが、なかなかうまくいかない。そんななか、皆でスペインに闘牛を見に行くことになり、自分の命を懸けて牛とギリギリの闘いをする闘牛士の姿に生きる意味を見いだす、というストーリーです。この作品を書くことで、自分の意志でいかに死に近づけるかということが、生きている実感を持てる唯一の倫理的なことである、というヘミングウェイ一流の思想がかたちづくられていきます。

一九二九年の『武器よさらば』では、第一次世界大戦における戦争の悲惨さや、女性看護師との恋を描きました。この作品のなかでは愛を受け容れてもらい、逃げ出した先のスイスで子どもを持とうとするのですが、看護師は死んでしまうという悲劇的な展開をします。

『誰がために鐘は鳴る』は、スペイン内戦でファシストとの戦いに身を投じた主人公が、戦略上重要な橋を爆破し、負傷しながらも仲間を逃して息絶える物語です。自分が死んでも皆が自由に生きられる社会ができるならそれでいい、という話で、これはヘミングウェイ自身が共産主義者とともにスペイン内戦に参加したあとで書かれた作品です。

そして一九五二年、『老人と海』でピュリッツァー賞を獲ります。キューバの漁民であるサンチャゴという老人が、格闘の末に巨大なカジキを釣り上げるけれども、カジキはサメに食われて結局骨だけになっちゃうという話なんですが、老いても自分の命を懸けて正々堂々と闘って負けていく様は、それ自体素晴らしい、美しいものなのではないかと感じさせる。これで晩年に大きく評価を上げて、ノーベル文学賞まで獲得します。

作家としては順調だったヘミングウェイですが、実人生では度重なる怪我に悩まされ、飛行機事故にも何度も遭う。心身ともにボロボロになり、電気ショック療法など、さまざまな治療を受けるんですが、最後は持病の鬱が悪化して、一九六一年に猟銃自殺してしまいます。

二者間の対決と死のモチーフ

「白い象のような山並み」は非常に短いので明らかにされていないことも多いのですが、この作品の背景について考えていきます。一九二七年という発表年を考慮すると、時代としてはおそらく一九二〇年代、第一次世界大戦と第二次世界大戦の狭間の時期だと思われます。人物の設定は、前年に発表された『日はまた昇る』に近い。アメリカ人の若者がスペインに行って人間関係のすれ違いを経験します。

結局、男性のほうは、きちんと女性と結婚して、責任を持った大人の生活に入っていくのが嫌なんですよね。大人になりたくない、責任を取りたくない、将来どうなるか見えてしまうような暮らしはまっぴら御免だ、みたいに思っている。女性のほうは、「こんな生活が続くわけないだろう、私も妊娠したし、もう少しちゃんと人生を考えなさい」と思っている。しかし男性は考えない。よくあるといえばよくある、しかしながら、アメリカ文学にとってかなり重要なテーマを扱っています。マーク・トウェインの『ハックルベリー・フィンの冒険』などをはじめとして、きちんと生きろと迫る女性と、そこから逃げようとする男性を描いた作品は多いです。

それと同時に、二者間の「つばぜり合い」が、ヘミングウェイの作品にはよく出てくる。『男だけの世界』という短篇集の冒頭には、「敗れざる者」という中篇くらいの長さの作品が収録されています。これは、老齢の闘牛士マヌエルが、凶暴な牛に殺されそうになりながら、最後の最後になんとか牛を倒すという話です。また『老人と海』でも、漁師とカジキが格闘する。男性とつばぜり合いを演じる相手として、女性と牛とカジキを全部いっしょくたにしてしまうのも、それはそれでどうかという気もするんですけれども、いずれにしても、ヘミングウェイのなかに、他者と敵対することによって初めて人生の意味というか、面白みというか、意義のようなものが輝くという発想があるので、こういう作品が多く書かれているのではないかと感じます。

「白い象のような山並み」は、女性の側からすれば、もっともらしいことは言うけれども全然人の話を聞いてくれない、全然分かってくれない男性のずるさみたいなものが見える、とてもうまくできている作品だと思います。ヘミングウェイは、マッチョな部分もあるけれどもマッチョの限界も書いているし、男っぽさの魅力の話をしながら、魅力的な男性のダメさも見えるように書く。実は、常に両面から読める複雑な作家なのではないか。

対立の果てに死がほの見えてきて、そのことによって生きていることを痛烈に感じるという展開は、おそらくヘミングウェイ自身の戦争体験を反映している。「ロスト・ジェネレーション」は戦争と関係があるという話をしましたが、戦場で生死の境をさまようほどの負傷をした彼にとって、それは強いトラウマ的な経験だったと思うのです。にもかかわらず、生きのびた後も、危険なハンティングをするとか、従軍記者となって記事を書くとか、死と隣り合わせになるような無茶な場面に飛びこんでいく。こういう言い方をすると「ただの病気」と言っているように思われるかもしれませんが、ある種、トラウマ的な経験を自主的に反復しながら作品を書いたのかもしれません。危険な場所に身を置き続けることが単に芸術のため、作品に迫真性を与えるためだけでもないように感じられるのもヘミングウェイという人の面白いところです。

多言語で構築された世界

それでは作品の細かい部分を検討していきましょう。まず考えてみたいのは言語のことです。舞台はスペインで、メインの登場人物がアメリカ人なので、ここではスペイン語と英語という二つの言語が話されているはずです。原文ではどうなっているかというと、作品は基本的に英語で書かれています。日本語訳ではわかりませんが、男がスペイン人の店員に話しかける言葉やスペイン人の発言も、ほとんどがあらかじめ英語に訳された状態で読者に提示されている。

このことはどのような効果を生んでいるのか。まず、登場人物の男女のあいだには、スペイン語に対する理解度の違いがある。男はスペイン語で会話したり、メニューを読んだりできる。女のほうは、「あの上に何か書いてあるわ。なんて書いてあるの?」とか、「ねえ、何て言ったの?」というふうに、スペイン語がほとんど分からない。「ドス・セルベサス(ビールを二つ)」というかんたんな単語の部分だけはスペイン語でそのまま書かれていたりします。

これはヘミングウェイがよく使う手法で、『老人と海』も舞台はキューバで、基本的には全編スペイン語の会話なんですが、小説はすべて英語に訳した形で書かれる。小説の終わり近くに唯一、アメリカから来た観光客が英語で話す場面があります。スペイン語が分からないために、彼らは、ある誤解を抱えたまま立ち去る。そのことが読者には分かるという構造になっている。「白い象のような山並み」でも、女性のほうは結局、スペインの人たちが何をやっているのかよくわからないまま、いまひとつ信用ならない男に左右される状況に置かれる。外国で、自分が理解できない言葉を話す人たちのなかにいるときの感覚が再現されている。そして、現地の言葉ができる人、ここでは男のほうが、できない人、女よりも圧倒的に優位に立つ感じなども、本当にうまく描き出されています。女性の疎外された立場、というふうに言ってみてもいいかもしれないんですが、アメリカ文学のなかに他言語や翻訳がどのように出てくるかということを考えるうえでも重要なサンプルではないかと思います。

もう一点、これはタイトルになっている「白い象のような山並み」に関連する会話から考えたいことがありまして、その部分を見てみましょう。


「あの山並み、白い象みたい」彼女は言った。

「白い象なんて、一度も見たことないな」男はビールを飲んだ。

「ええ、ないでしょうね、あなたは」

「いや、あるかもしれないぞ」男は言った。「おれが見たことないときみが言ったからって、そのとおりとは限らないんだ」

これは男女の会話の最初のほうに出てくるやりとりです。女からすればめちゃくちゃ気に障るいちゃもんをつけられて嫌な気分だと思うのですが、景色が「白い象みたい」だという何気ない会話のなかにも、この後の男の一種暴力的な、卑劣な言葉の使い方が予告されている。

まず、「おれが見たことないときみが言ったからって、そのとおりとは限らないんだ」という台詞がすごい。もはや実際に見たことがあるかないかも関係ない。論理のハラスメントというか、もはや論理的に成立しているのか怪しいですが、「女の言ったことを受け容れるつもりはないし、全部理屈で言い負かしてやる」という男の決意表明のようなものを感じます。

巧妙なダブルバインド

男はこのあと、女の言葉をできるだけ否定しながら、しかし堕胎については女が自分から言い出すように誘導しようとする。実際の会話の流れを見てみましょう。

「本当に、ごく簡単な手術なんだよ、ジグ」男が言った。「手術なんて言えないくらいさ」

若い女は、テーブルの足元の地面を見た。

「きみだって、平気だと思うよ、ジグ。本当に、どうってことないんだから。ただ、空気を入れるだけなんだから」

若い女は何も言わなかった。

「おれも付き添っていくよ。終るまでずっと一緒にいるから。ちょっと空気を入れるだけで、そのあとはまったく自然にもどるんだから」

「じゃあ、それからどうなるの、あたしたち？」

「そのあとは、素敵な関係を保てるさ。以前みたいに」

「どうしてそう思うの？」

「だって、いま二人の頭にひっかかってるのはそれだけだろう。それがあるから、おれたち、気がふさいでるんじゃないか」


まず男が「めちゃくちゃに簡単な手術で、ちょっと空気を入れるだけ」とか言い出すんですが、そんなわけないんです。そんなわけないと、この場所にいる全員が知っているのに、言う。そして、「いま二人の頭にひっかかってるのはそれだけだろう。それがあるから、おれたち、気がふさいでるんじゃないか」。「それ」は原文では the only thing で、彼女のお腹のなかの赤ん坊をモノ扱いしている。こういったところにも注目したいですね。


「だから」男は言った。「気が進まないなら、やらなくていいんだ。きみがやりたくないのに、無理にやらせるつもりはないさ。でも、拍子抜けするほど簡単なんだから」

「で、あなたは本当にそうしてほしいわけね？」

「それが最善の策だろうな。でも、きみが乗り気がしないなら、無理してやらなくたっていいよ」

「もしあたしがやれば、あなたの機嫌が直るし、すべては元通りになって、あたしを愛してくれるわけね？」

「いまだって愛してるさ。わかってるだろう、それは」

「ええ、わかってるわ。でも、もしあたしがやれば、何かが白い象みたいだってあたしが言っても楽しくなって、あなたも気に入ってくれるのね？」

「ああ、気に入るとも。いまだって気に入ってるけど、そっちに頭がいかないだけだよ。悩み事があるとおれがどうなるか、わかってるだろう？」

「嫌なら手術を受けなくていいよ、必要ないんだから」と言う一方で、同時に、手術を受ければもっと関係がよくなるとも言う。「手術を受けた場合、関係が改善する」という言葉は、暗に「手術を受けなかった場合、関係は悪化する」ことを意味していますよね。「最悪の場合、俺はお前を捨てるけど、いいのか？」と言っているのと同じです。「手術を受けなくていい」と、「手術を受けなかった場合、関係は悪化する」は、説得としては矛盾している。矛盾したメッセージで両側から締め付けて、なんとか女に自発的に「わたしは子どもを堕ろします」と言わせようとしている。これは人をいちばん苛立たせる、不誠実きわまりない態度だと思います。

しかも、この話をしているスペインも、隣接しているポルトガルもフランスも、カトリックの国です。当時、堕胎は違法ですから、男はおそらく非合法な手段で堕胎させようとしている。そんな手術を受けた後に、二人の関係が元に戻るとか、今までより良くなるなんてありえない。女はそれを分かっているし、男も本当は分かっているのですが、「二人の関係は変わらないし、むしろもっと幸せになれるんだ」などと言う。この部分、あまりに無理な論理展開なので、女を説得しようとしているというよりも、男が必死で現実を否定するために自分に言い聞かせているようにも読めます。女は賢いので男の意図は即座に見抜いて、その手には乗らない。


「じゃあ、やるわ。あたしなんか、どうなってもいいんだから」

「どういう意味だい?」

「あたしなんか、どうなったっていいのよ」

「いや、よくないよ」

「ええ、あなたはね。でも、あたしは、どうなったっていいの。だから、やるわ。それで、何もかもうまくいくんだから」

「そういう気持でいるなら、やらないでほしいな」


ここは女の側が仕掛けている場面ですね。「私は自分自身がどうなっても構わないし、下手したら死ぬかもしれないけど、それでも構わない。自分の意志なんて関係ない。というか、もっと言うと自分の意志なんてないからやる」と言うことによって、「自分にとっては自分の命なんてどうなってもいいし、自分の意志なんてないから、あなたの言うようにします」、イコール「自分の意志のない私はあなたに命令されてやるだけなので、関係が悪化したらあなたのせいだし、もし手術で体調が悪化して死んだりしたら一生後悔させてやる」と男に伝えている。決定的なことを直接言わないように、躱《かわ》しあいながら、しかし互いを追い詰めていく。その緊張感がよくわかるので、スリリングなものとして読んでいけるのではないかと思います。

会話の外側に出る女

女は「今、どういう気分だい？」と訊かれても、「別に何とも思わないし、どういうことか分かってるから」などと答えて、ずっと抵抗する。なんですけれども、それが続かないだろうことも予想できる。最初に急行を待っている状況が設定されているので、汽車が着いたら終わりになる。対立が極点まで到達したところで、とうとう女性は会話の外側に出てしまうんですね。「ねえ、ちょっとお互いに黙らない？」と言う。そして、男がなおも会話を続けようとすると、「どうかおねがい、おねがい、おねがい、おねがい、おねがい、おねがいだから、黙ってくれない？」と叫ぶ。「おねがい」と、一度言えばわかるようなことを何度も反復して言う部分で、言葉にならない気持ち……それは、結局のところ愛されていないことへの気づきなのか絶望なのか、対話が成立しそうで成立しない、人の話を聞いているようで全然変わる気はない相手への怒りなのか、あるいはそれらすべてを総合した大量の感情なのか。ヘミングウェイはいちいち書かない。「おねがい」という言葉を繰り返すことで、読者に感じさせる。そこが非常にうまいところです。

「気分はよくなったかい？」彼は訊いた。
「いいわよ」彼女は答えた。「べつにどうってことないんですもの。いい気分よ、あたし」

男は「気分がよくなったか」と訊ねているのですが、女は別に嫌なことなんてないし、気分も悪くない、何もなかった、と言いだす。質問に対する回答ではありません。このとき女は「もうこの男はダメだな」と見切りをつけている。「この関係は終わったな」と、ある種スッキリしてしまったということだと思います。駅で急行を待つ、ほんの数十分くらいの間に、女性がその境地に到達していくのがよく分かる。

痴話ゲンカの論理学みたいな話で、こういう短いセリフのやり取りを積み重ねて、ある種、詰将棋のような感じで書いている。技術的には非常に見事とも言えるんですけれども、読んでいて、なぜここまでして男女のすれ違いを理詰めで追究していくのか……という感じもします。

この背景にあるのは、文学における、男女の関係が妊娠をきっかけに変化して、今までの生き方を変えて真面目になるとか、あるいは人生が崩壊してしまうという、ひとつの「型」ともいえるプロットです。日本の近現代文学について斎藤美奈子が『妊娠小説』という評論集を書いているくらいで、アメリカ文学に限った「型」ではないのですが、妊娠という出来事を扱って、永久に自由でイノセントな存在であり続けることはできないんだ、と思い知らせてくる。

そもそもアメリカ合衆国自体、長い歴史のうちに汚れてしまったヨーロッパを出て、自由で無垢な大地であるアメリカ大陸に地上の天国を開くのだ、と考えたピューリタンたちによって建設された国です。文明から逃れた世界に行くことで自由を感じる、という思考は、アメリカ文学の中でも脈々と続いていると思います。レスリー・A・フィードラーは『アメリカ小説における愛と死』という著作で、マーク・トウェインの『トム・ソーヤーの冒険』や『ハックルベリー・フィンの冒険』に関してこう述べています。文明の象徴であるポリーおばさんにトムは気を使いながらも、悪であることに憧れ、泥棒ごっこや海賊ごっこをする。そしてハックは一度ダグラス未亡人の家に住むことになっても、自然の中に逃げてしまう。もちろん生涯にわたって文明の外側にいることはなかなか人間にはできません。結局はトムも冒険好きな心を生涯持ち続けながらも、真面目な銀行員や弁護士などになることでしょう。でなければハックの父親のように野垂れ死にしかねません。それでも、トムの常に自由でありたいという気持ちは読者の心を打つのです。

アメリカ文学の根本的価値観に、自由で無垢でいつでもどこにでも行けるし何でもやれるという状態、特に男性のそうした状態が最高だという認識があるので、その限界を見せてくれるという点で「白い象のような山並み」がすぐれた作品になっていると言えます。

ヘミングウェイには「氷山の一角理論」というよく知られた主張があって、『午後の死』という文章のなかで次のように書かれています。

もし作家が、自分の書いている主題を熟知しているなら、そのすべてを書く必要はない。その文章が十分な真実味を備えて書かれているなら、読者は省略された部分も強く感得できるはずである。動く氷山の威厳は、水面下に隠された八分の七の部分に存するのだ。

ヘミングウェイの作品は非常に簡潔な文章で書かれていますし、彼の書き方に学んだ後の作家、たとえばこのあと見るレイモンド・カーヴァーなどもそうですが、単語のレベルが難しくない、単語の数が少ないから作品を読むのが簡単かと言うと、必ずしもそうではない。むしろたくさん言葉を費やして説明を多くしたほうが分かりやすかったりする。

今回の「白い象のような山並み」も、背景や風景描写などの説明が最小限で、短い会話がずっと続くだけなので、背後にあるものを読み取るのがけっこう難しい。逆に言うと、ヒントが少ないパズルを解くように、細部に注目しながら、一つの特徴的な表現とか、ある表現が繰り返される部分にどのような感情が流れているのか、どういったコミュニケーションが起こっているのか、あるいはすれ違いが起こっているのかを細かく読んでいくのがとても大事になってきます。日本語で読んでも面白いのですが、英語で読んでみると細かいニュアンスがつかめると思います。

〔読書リスト〕

倉林秀男・河田英介『ヘミングウェイで学ぶ英文法』（アスク出版、二〇一九）

斎藤美奈子『妊娠小説』（ちくま文庫、一九九七）

フィードラー／佐伯彰一・井上謙治・行方昭夫・入江隆則訳『アメリカ小説における愛と死』（新潮社、一九八九）

第8講

人生に立ち向かうためのユーモア

――サリンジャー「エズメに――愛と悲惨をこめて」

J・D・サリンジャー／柴田元幸訳『ナイン・ストーリーズ』（ヴィレッジブックス、二〇一二）

「私、悲惨をめぐる話がいいわ」

今回はJ・D・サリンジャーの「エズメに――愛と悲惨をこめて」についてお話ししていきます。彼の短篇でおそらくいちばん有名な「バナナフィッシュ日和」(“A Perfect Day for Bananafish”)と同じ『ナイン・ストーリーズ』という短篇集に収められている作品です。『ナイン・ストーリーズ』には「コネチカットのアンクル・ウィギリー」とか「ディンギーで」等、傑作がぎゅっと詰め込まれていて、実は僕が好きなのは「笑い男」だったりするのですが、それらはご自分で読んでいただくことにして、今回は「エズメに」について考えたい。その理由は、この作品には、サリンジャーの二つの大きな特徴が顕著に現れていると思うからです。一つめは、子どもが出てきて主人公が救われること。二つめは、戦争のテーマが出てくること。サリンジャーの場合それは第二次世界大戦で、一読しただけでは戦争とどう関係するのかわからない書き方になっていることが多いのですが、「エズメに」は非常に珍しいことに、かなり明示的に出てくる。この二点については後ほど詳しくお話しします。

まずはあらすじをざっと見ておきましょう。主な舞台となるのはイギリスのデヴォンシャーという町です。時期は一九四四年、第二次世界大戦におけるノルマンディー上陸作戦の直前。主人公の「私」はアメリカ人の諜報部員で、作戦行動のため、イギリスで特殊訓練を受けていました。三週間の訓練が終わって、夜にはロンドンに向けて出発するという日の午後、主人公は「斜めに降りしきる気の滅入る雨」のなか、町に出ます。ずぶ濡れになって歩いていると、教会を発見する。ふと気になって入ると、子どもたちの聖歌隊が歌を歌っているのです。参加している子どもの年齢は、上のほうの子でも十三、四歳くらいでしょうか。もっと小さい子どももいます。その歌声が非常に美しい。「私よりもっとまめに教会へ通うような人間であればすんなり空中浮揚を体験してもおかしくない美しさ」と主人公は言います。宗教心があれば、本当に恍惚とした状態になるくらい美しいということですね。なかでも、主人公にいちばん近いところに座っていた女の子の高音が、「自然とみんなを引っぱっていた」。後で分かるのですが、彼女がエズメです。

このとき、主人公自身は恍惚とした状態にはなっていません。なぜかというと、「私」はこれから参加する作戦行動によって、かなりの確率で自分が死ぬだろうと思っているからです。軍でガスマスクを渡されたけれど、「敵が本当に毒ガスを使ってきたらこんなもの間に合うよう装着できるわけがない」と捨ててしまっていたり、「そこらじゅうで生じている稲妻の閃光を私は無視した。打たれるときは打たれる、打たれないときは打たれない。それだけのことだ」と強がったりしてはいるものの、気持ち的にはすごく沈んでいる。

それでも聖歌隊の歌を聴いて、すこし心が温かくなる。お茶でもしようかという気分になって、ティールームに移動して紅茶を飲んでいると、聖歌隊で歌を歌っていた女の子、エズメが入ってきます。弟と、住み込みの家庭教師と三人で、ちょうど主人公から見える席につく。ああ、さっきの聖歌隊のメンバーだなと思って見ていると、女の子が席を立って、「私」に近づいてくる。「あなた、聖歌隊の練習に来てたわね」と話しかけてきます。そしてささやかな交流が始まる。

まずは自己紹介をするのですが、エズメはどうやら貴族の血筋なのでしょうか、「私には爵位があって、あなたがそういうのに圧倒されてしまうといけないから。アメリカ人って爵位とかに弱いでしょう」などと言って、フルネームは教えてくれない。「あなた、丘の上の秘密諜報学校に通ってらっしゃるんでしょ？」と訊ねられた「私」は、機密保護の観点から「保養でデヴォンシャーに来ているのだ」と答えますが、エズメは「あらそう」とか「私、昨日生まれた赤ん坊じゃないのよ」などと、自分には全部わかっているのだという雰囲気を出してきます。年齢は十三歳くらいで、まだ子どもなのですが、本人は自分をもういっぱしのレディだと思っている。

エズメは、自分がこれまで会ったアメリカ人はがさつだとか、兵隊はうるさいとか、言葉遣いが悪いとか、「アメリカ人って紅茶を見下してるんだと思ってたわ」など失礼なことを言いまくるのですが、どうも本人に悪気はなく、本当にアメリカ人に対する好奇心から話しているようなんですね。

「私」はエズメの腕に、やたら大きな文字盤の腕時計を発見します。「その時計はお父さんの持ち物だったのか」と訊くと、「形見の品」だという答えが返ってくる。「お父さんは北アフリカでさ・つ・が・いされたの」と言っていて、おそらくは戦争で亡くなったということなのでしょう。

印象的なのは、主人公が腕時計を見たときにエズメの爪に注目して、「どの爪も、一番下までしっかり嚙まれていた」と描写しているところです。エズメは、腕には自分に似合わないくらい大きな腕時計をつけて大人ぶっているけれども、爪をやたらと嚙むというのは子どもっぽい。非常にアンバランスな感じがします。

彼女は両親を亡くして伯母さんの家で暮らしているらしい。一緒にいる弟のチャールズはティールームでも延々と暴れたりしていて、おそらくエズメは伯母さんの家でも肩身が狭いのではないかと思うのです。そうした、強がっているけれども実際には非常につらい状況というのが、わずかな描写によって巧みに示されています。

軍隊に入る前に何をしていたか訊ねられた主人公は、「どんな職にも就いていなかった、大学を出て一年しか経っていなかったし、でも自分としてはプロの短篇作家だと思いたい」と答える。これを聞いたエズメは、「もしいつか、私のために小説を書いてくださったらとっても嬉しいんですけど。私、すごい読書家なのよ」と言います。彼女は「私、悲惨をめぐる話がいいわ」とリクエストし、主人公は「忘れる可能性は万が一にもありえない」とその執筆を約束する。別れ際、エズメが「私、あなたにお手紙書きましょうか？」と提案し、主人公は「自分の名前、階級、認識番号、軍郵便局番号」を書いて知らせる。エズメが「あなたが戦争から、機能万全のまま帰ってきますように」と言ってティールームから出ていき、主人公の束の間の休息は終わります。

そして実際の作戦行動の話はまったく記述されることなく、戦争が終わって数週間経ったところからまた記述が再開します。「明かすわけには行かぬいくつかの理由ゆえ」、これ以降の部分は「X三等曹長」という人物の話として書かれているのですが、Xが実のところ主人公の「私」であることは、読んでいくとすぐに分かります。Xは何人かのアメリカ兵といっしょに、ドイツ南部の町・バイエルンにある民家に逗留している。エズメの願いむなしく、「彼は、機能万全のまま戦争を切り抜けたとは言いがたい青年だった」と記される。「フランクフルトの病院に二週間入院していた」ようで、同じ建物で生活しているアメリカ兵のことばから、Xが「神経衰弱」の状態にあったことがわかります。Xは気晴らしに、ニューヨークにいる昔からの友人にタイプライターで手紙を書こうとするのですが、「指の震えはますますひどくなっていて、紙をちゃんとローラーに入れることさえできなかった」。主人公のPTSDが暗示されます。

しばらくしてXは、未開封の小包があることに気づく。差出人の名も確認せず、何の興味も持たないまま開けると、そのなかには、なんとエズメからの心のこもった手紙と贈り物が入っていた。手紙には、エズメの伯母さんが病気になったりしたことが理由で「文通を始めるにあたり三十八日を要した事をお許し下さい」と書いてあって、発送までに時間がかかっていることがわかるのですが、それればかりでなく、駐屯地を転々とするXを追いかけるように何度も転送されてきたので、彼の手元に届くまでおそらく一年くらいかかっている。手紙に同封されていた贈り物は、エズメのお父さんの形見の、あの大きな文字盤の腕時計でした。でも、よく見ると時計の文字盤のガラスが割れているのです。手紙には「高度に防水で衝撃にも耐え」るものだと記されていましたが、第二次世界大戦末期のことなので、転送に次ぐ転送で割れてしまったのかもしれません。しかも、精密機械ですから、中まで壊れているかもしれない。これはほとんど、戦争で心が壊れてしまった主人公と同じ状態であると言えると思います。そして彼は、時計のねじを巻いて中が壊れてしまっていないか「確かめてみる勇気はなかった」。

このとき、何の説明もなく、Xに急に眠気が訪れます。これは、本当に重要なポイントだと思うのですね。なぜかというと、彼はPTSDなので、起きていても正気は保てないのですが、寝たら寝たで今度は頻繁に悪夢に悩まされるので、寝られない。寝られないことによってさらに状態が悪化していくのです。そんななかで、奇跡的にふと、純粋な心地よい眠気のようなものが訪れる。おそらくはエズメのある種の愛情というか、優しさに触れて、あたたかなものを感じて眠気がくる。「本当に眠い男ってのはね、エズメ、いつだって望みがあるのさ、もう一度機――き・の・う・ば・ん・ぜ・んの人間に戻る望みが」とXが言う。

こんなふうにちゃんと眠気が訪れて、これから眠っていくことができれば、自分は回復できるのではないか。いや、回復していきたい、と主人公が思ったところでこの作品は終わります。最終的に彼が回復したとも回復しなかったとも書かれない。しかし、この作品の全体は、エズメとの出会いのほぼ六年後、彼女の結婚式に招待された「私」がエズメとの出会いを回想しているという構造になっているので、「私」が生き続けていることは分かる。そして、作品全体がエズメのリクエストに応えた、悲惨をめぐる短篇小説になっている。これは素晴らしいですね。

サリンジャーの作品は、読むと面白いし、すごいと思うのですが、何がどうすごいのかと言われると難しい。よりよく理解するためには、彼自身の生涯や、ほかの作品について知ることが助けになるのではないかと思います。

サリンジャーの生涯

では、サリンジャーの経歴を見てみましょう。彼は一九一九年、ニューヨークで生まれました。父親はポーランド系ユダヤ人で、母親は普通のキリスト教徒でしたが、結婚を機にユダヤ教に改宗します。できればここでピンときてほしいのですが、サリンジャーはひと言で「何人《なにじん》」と言えない人物なのです。普通のアメリカ白人ではないけれども、ユダヤ教徒の世界では、母親がユダヤ系でないと正統と認められないので、ユダヤ人でもない。生まれた瞬間から、アメリカともユダヤ人とも言い切れない、中間的な存在だったのです。

そしてサリンジャーの父親は、東欧から輸入したソーセージやハム等の加工肉の販売で大金持ちになっているのですが、これらの原料はだいたい豚肉です。ユダヤ教徒は豚肉を食べてはいけないので、宗教的な戒律を破った仕事で大儲けした人だったということになります。彼はその大儲けした金でマンハッタン島の高級住宅街に住もうとするのですが、そこで問題が起こります。当時、マンハッタンの上流階級といえばほとんどアングロ・サクソン系の人ばかりで、家系や、プロテスタントの信仰を持っていることなどが重視される社会でした。そのなかで浮いてしまうことを恐れ、次第に自分がユダヤ系だということを隠すようになるのです。親が隠すから、息子も言えない。

サリンジャーのフルネームはジェローム・デイヴィッド・サリンジャーというのですが、ジェロームという名前にはユダヤ系っぽい響きがあるらしいのです。それで、パッと見たときにユダヤ系だとわからないようにするためにJ・D・サリンジャーと名乗るようになった。しかし、出自を消したくはないから、イニシャルは残す。この隠しながら示し、示しながら隠すという態度は、サリンジャーが作品のなかで戦争というテーマを扱う姿勢と通じているように思います。

サリンジャーは、代表作である『ライ麦畑でつかまえて』の主人公ホールデン・コールフィールド同様、学校とは反りが合わないタイプの人でした。マクバーニーというけっこう良い高校に入るのですが、退学になって父を怒らせてしまう。厳しいところへ行けということで、ヴァレーフォージ軍学校に入ります。そこで軍隊式の教育を受ける。規律訓練などを激しく実施する学校なんですね。『ライ麦畑でつかまえて』のホールデンが通うプレップスクールのモデルはこのヴァレーフォージ軍学校だと言われています。

卒業後にニューヨーク大学に入るのですが、結局続かずにすぐ退学する。当時から自分では「小説家になりたい」と言っていたのですが、「文学では食べていけないよ、家業を継ぎなさい」と父に説得されて、オーストリアやポーランドで一年ほど過ごすことになる。父の仕事は加工肉の販売だという話をしましたが、親戚が東ヨーロッパの工場で加工を手掛けていたんですね。特にウィーンがその中心だったので、親戚の家に住み込んで、フランス語やドイツ語を学びながら、食肉加工の仕事の実際を教えてもらうという期間だったわけです。住まわせてもらっていたユダヤ人の家の女の子と恋に落ちて、その出来事を後に短篇小説に書いたりしています。

サリンジャーがアメリカに戻ってきたのは一九三八年。その直後、ポーランドにナチスが侵攻してきて、親戚はユダヤ人だということで全員捕まり、強制収容所で殺されてしまいます。一方、帰国したサリンジャーもいろいろとうまくいかない。でも家業を継ぐのはいやだ、作家になりたい、ということでコロンビア大学の創作講座に通うようになります。そこで出会ったのが、ウィット・バーネットという、伝説の編集者です。彼はもともとあまりぱっとしない小説家だったのですが、編集者としては天才でした。ほぼ新人発掘を専門にやっていた人で、ウィリアム・サローヤン、チャールズ・ブコウスキー、トルーマン・カポーティ等、二十世紀後半のアメリカ文学を作ることになる人たちを見いだして、自分がやっている「ストーリー」という雑誌に最初の作品を載せる。お金のない雑誌なのですが、そこに載ることで「あ、こんなに才能のある人がいるのだ」と、ほかの編集者の目にとまり、いろいろな雑誌に書けるようになっていく。

サリンジャーの才能もいち早く見いだし、作家としての心がけとか、実際の作品の書き方などを指導して、「若者たち」というサリンジャーの最初の作品を「ストーリー」に掲載しました。

サリンジャーはこのころ、知人の紹介でウーナという娘と交際を始めます。彼女はユージーン・オニールという有名な劇作家の娘でした。しかし、ウーナは、サリンジャーが軍に入っている間に、喜劇王チャーリー・チャップリンと付き合い始めて、なんと結婚してしまう。かなりの年の差婚で、周囲からは「ほんとうに大丈夫?」と思われて話題になるのですが、この二人は相性がやたらによかったようで、添い遂げる。サリンジャーはがっかりしてしまう。「エズメに」は、ちょうどこの、ウーナに振られたくらいの時期の出来事に設定されています。

サリンジャーの経歴ではやはり戦争体験が非常に重要になります。一九四四年、彼はノルマンディー上陸作戦に参加して激戦を潜り抜け、ユダヤ人強制収容所の解放にも立ち会う。このときのことに言及した、「焼ける人肉のにおいは、一生かかっても鼻からはなれない」というサリンジャーの言葉は、娘のマーガレット・A・サリンジャーによる回想録『我が父サリンジャー』で有名になりました。

サリンジャーはヨーロッパで暮らしていたこともあってフランス語やドイツ語ができたので、軍で、ゲシュタポを摘発したり尋問したりする任務を担当していた。ニュルンベルク国際軍事裁判のときも通訳をやっていたという説もあるようです。第二次世界大戦でもかなり重要な仕事を担ったといえそうです。サリンジャーにとって戦争体験はかなりつらいものだったようで、彼は重いPTSDになってしまう。彼はドイツ人のシルヴィアという眼科医の女性と結婚したのですが、彼女がナチに入っていた過去を隠していることがわかると、信用できなくなって別れる。

ちなみにこの時期、サリンジャーはパリでヘミングウェイに会っています。最近書いたものを持っていないかと訊かれ、たまたま「最後の休暇の最後の日」という作品が掲載された「サタデー・イヴニング・ポスト」誌を渡したところ、読んだヘミングウェイが「なかなかいい」と褒めてくれてうれしかったとバーネットへの手紙に書いています。なお「最後の休暇の最後の日」はサリンジャー本人の要望により、アメリカでは単行本化されていません。

アメリカに帰国すると、だんだんと短篇小説を書けるようになっていろいろな雑誌に作品が載るようになる。特に重要だったのは、「ニューヨーカー」に載った「バナナフィッシュ日和」(「バナナフィッシュにうってつけの日」)です。この作品が評価されて、以降、短篇を書いたらまず「ニューヨーカー」に見せることになります。

一方、サリンジャーには、戦争前から戦争中を通じてずっと書き続けていた小説がありました。それが『ライ麦畑でつかまえて』です。長篇を書くのが苦手だった彼は、バーネットと一緒に考えて、シャーウッド・アンダソンの『ワインズバーグ、オハイオ』のように短篇を連作にして、それを圧縮して長篇にすることにした。そういった方針で書かれた短篇小説群が、最終的に『ライ麦畑でつかまえて』になったのです。読んだ人はわかると思うのですが、この作品は全体として強く一本の流れになっているのではなく、印象的なエピソードがずっと連なっていくという感じの小説なんですね。これが一九五〇年にようやく完成する。

しかし、大手の出版社は次々とこの作品の出版を断ってきます。理由は『ライ麦畑でつかまえて』の奇妙な文体にありました。当時の基準としては「汚い」とされるような、口語的でかなり悪い言葉が使われていて、そういう言葉遣いの主人公が、読者のすぐ目の前でのべつ幕なしにしゃべっているだけ、という印象を与えたようです。結局、ボストンのリトル・ブラウン社が出してくれることになるのですが、出版してみるとめちゃくちゃ売れて、現在まで確認できているだけで六五〇〇万部売れているという、もう驚異的な作品になっている。五三年には「エズメに」が収録されている『ナイン・ストーリーズ』が出て、この頃からサリンジャーはニューハンプシャー州のコーニシュという村にこもって執筆するようになります。

その後、だんだんと人嫌いが増していって、村の人ともあまり交流しない、ましてやマスコミの取材など一切受けない。一九六一年に『フラニーとズーイー』を出版したときなど、ケネディ大統領の晩餐会に招かれるのですが、それも「行きません」と言って断ってしまう。誰も会えない人になっていきます。

一九六五年に『ハプワース16、一九二四年』という、中篇くらいの長さの作品を出版するのですが、今のところこれがサリンジャー最後の作品です。日本でも翻訳が出ています。そのあとも作品自体は書いていたようなのですが、世間と関わることが厭すぎて、発表することを一切やめてしまう。

プライベートでは離婚したり、新しい恋人ができたりといろいろあったようなのですが、おおよそ海賊版差止訴訟とか、伝記出版差止訴訟のように、自分の権利を守ってほしい、自分のプライベートに興味を持たないでほしいという活動をずっとしていくんですね。しかし、訴訟を起こすと、そのための資料を裁判所に提出しなければならない。その資料は公開が原則です。新しい訴訟を起こすたびにサリンジャーのプライベートな部分がどんどん明らかになってしまうということがあり、このあたりのことはイアン・ハミルトンによる伝記、『サリンジャーをつかまえて』(文春文庫)を読むと詳しく書いてあります。

そんなわけで、以降、新たな作品は発表されないまま、サリンジャーは二〇一〇年に亡くなります。亡くなってもう十年以上経つのですが、書き続けていたはずの新作は全然出てきていません。本人が「死後も絶対に出版するな」と言っていたのか、あるいはそんなに完成度が高くなかったなど別の理由があるのか、そのあたりもまったく分からないまま、現在に至っています。

示しながら隠し、隠しながら示す

冒頭でも少しだけ触れましたが、サリンジャーの作品からなぜこの「エズメに」を選んだのかというところをお話しします。一つ目は、子どもが出てきて主人公が救われること。それも、汚れている大人が子どもの無垢に救われる、といった単純な話ではない。むしろ、大人より子どものほうがちゃんとしている。「エズメに」であれば、エズメは両親を亡くし、自分も悲惨な状況で暮らしているのです。それなのに、大事にしている父の形見の時計を主人公に贈ってしまう。

子どものほうが本当のことをわかっていて、人に大事なものを与える力を持っている、という考え方をサリンジャーは採っている。彼は通俗的な大人観と子ども観を、批判的に書き換えることにずっと取り組んでいた作家だともといえると思います。

二つ目の特徴は、明示的に書いているにしても、表面的には隠しているにしても、サリンジャーの作品には必ず戦争、自身が体験した第二次世界大戦のモチーフが登場することです。しかしながら、さっと読んだだけでは戦争とどう関係があるのか、分からないように書いていることが多い。たとえば、『ライ麦畑でつかまえて』であれば、主人公ホールデンの兄のD・Bはシナリオライター兼短篇小説作家のようなことをしているのですが、彼は第二次世界大戦の退役軍人という設定です。また、『ナイン・ストーリーズ』に収録されている「コネチカットのアンクル・ウィギリー」は、大学時代にルームメイトだった二人の女性が部屋の中でずっと話しているだけの短篇なのですが、一方の女性のかつての恋人だったウォルトという男が、戦争に関係することで死んでしまうという挿話が出てくる。ちなみにこのウォルトは、サリンジャーの「グラース・サーガ」と呼ばれる作品群に登場するグラース家の兄弟のうちのひとりです。ある駐屯地でウォルトが上官の命令で日本製のストーブを梱包していると、残っていた燃料に引火して爆発してしまって死ぬのです。どんな死も無意味ではないと思いますが、すくなくとも英雄的な死ではないですね。

ここからもわかるように、サリンジャーは、戦争について書くとき、それをあからさまに語るにせよ、隠しながら語るにせよ、絶対に英雄的な話にしない。読んだ人が、「戦争っていいな、軍人って格好いいな、自分も戦争に行こう」とは絶対に思わないように書こうという意識がある。日本では第二次世界大戦以降、軍隊が格好いいとか、自分も軍人になりたいとか、戦争は正義だ、みたいな雰囲気はあまりないですよね。サリンジャー自身、戦争で悲惨な目に遭っているのだから当然だと思われるかもしれませんが、アメリカ合衆国の文学と戦争について考えるとき、実はそれほどあたりまえではないんですね。それは、アメリカの戦争が歴史上、連戦連勝だからです。もちろん、ヴェトナムでは負けているとか、アフガニスタンやイラクへの介入があまりうまくいっていないとか、反論もいくらでもできるのですが、負けて国土が占領されてしまうとか、そういうことはまったくない。だから、南北戦争くらいから今に至るまで、常に軍人は格好いいものだという前提があり、戦争についてアメリカで無自覚に語ると自然に英雄の物語になってしまう。それを壊したいという意思をサリンジャーの作品から強く感じるのです。

なかでも、この「エズメに」は、珍しいことに、兵士が実際に戦争に参加した話が出てくる。しかし、よく考えるとやっぱり実際の戦争は出てきていないとも言えます。主人公はイギリスのデヴォンシャーという場所で、ノルマンディー上陸作戦の直前に、諜報部員として訓練を受けている。また、途中でヒュルトゲンという、ナチスとの激戦地の話も出てくる。しかし、訓練の内容には言及されないし、ヒュルトゲンの森に関しては、写真映りのよい兵士がそこで雑誌に撮影されたというエピソードが語られるのみです。実際に戦闘が始まる瞬間から終わるところまでは慎重にカットされている。「エズメに」に書かれているのは、作戦行動が始まる前のエズメという女の子との心のふれあいのエピソードと、そこからいきなり飛んで、ＰＴＳＤになってしまった主人公が、病院からは出てきたけれども、心がめちゃくちゃに病んでしまって回復していない場面になる。戦争の前後のちょっとした話だけなのです。しかし、その前後を見ているだけでも、間で何が起こったのかがなんとなく分かる。そういう構造になっているのです。

「エズメに」は文庫本で三十ページくらいしかないのですが、サリンジャーの特徴がグッと凝縮されて全部出ているような短篇で、しかも、作品世界に入りこみやすい。非常にすぐれた作品だと思っていて、個人的にも大好きです。

内気な下士官と、ツンデレな中学生

「エズメに」の細部について具体的に検討していきたいと思います。まずは舞台設定ですね。

一九四四年四月、私は約六十人のアメリカ人下士官の一人として、イングランドのデヴォンで英国諜報部が行なった、上陸に備えたいささか特殊な講習を受講した。いまふり返ってみると、我々六十人はかなりユニークな一団だったように思える。何しろ六十人いて、人づき合いに長けた人間がただの一人もいなかったのだ。我々はみな、基本的に、手紙を書くタイプだった。任務を離れて口をきき合うことはあっても、たいていそれは、使ってないインクはあるかい、と訊ねるためだった。

もう、あからさまに軍の訓練施設から始まるのですが、六十人の下士官がみんな内気。ここは面白いところですね。全然話もしないで、ずっとこりこりと手紙を書いている。まったく英雄的ではない。しかも、先ほども言いましたように、「私」も含めて、どうせ自分は戦争で死ぬんだと、投げやりな気持ちになっている。みんな若いだろうに、本当に悲しい、悲惨な状況です。

主人公はどしゃ降りの雨のなかを町へ出て、たまたま聖歌隊の歌を聴くことになる。そして、少し気持ちがあたたかくなって、ティールームで休んでいるとエズメに出会う。エズメのふるまいが、どこかツンデレな感じがあって、キュートなのですね。

「アメリカ人って紅茶を見下してるんだと思ってたわ」と話しかけてくるエズメに対して、「紅茶しか飲まないアメリカ人もいるんだよ、と私は答えた」とか、ちょっとおしゃれ。サリンジャーは、「ニューヨーカー」という雑誌で育った人なので、やりとりがいちいちおしゃれなのです。ちょっと冷やかしたり、ずらしたり、軽くボケてみたりしながら、でも下品にならないくらいのユーモアで引っ張っていく。エズメとチャールズの姉弟は両親とも亡くしてしまっているし、主人公がこれから向かおうとしているのは、戦友がほとんど全員死んでしまい、生き残った自分もまともに寝ることすらできないくらい神経が参ってしまうほど苛酷な作戦行動です。深刻な話なのに、会話は不思議と洒落ているんですね。

これは、サリンジャーの資質もあると思いますが、やはり「エズメに」が最初に掲載されたのが「ニューヨーカー」だということが関係していると思います。「ニューヨーカー」は、波瀾万丈で面白いストーリーで引っ張るというよりは、品のいいユーモアで洒脱に展開していき、静かだけどしっかり最後は心にしみる、ある程度わかりやすい作品しか載せないという方針を、ずっと貫いている雑誌です。だから、すべての作家が掲載前に作品をめちゃくちゃ直されたりする。だけれども、「ニューヨーカー」に載ったら、もうアメリカを代表する作家に認定されたことになる。日本で芥川賞を取ったどころの騒ぎではない、本当に一流の作家だと認められたことになるのです。

アンバランスさの共振

エズメは、大人ぶった態度をとる一方、全部の爪を下までしっかり噛んでいるとか、大きな時計をはめていて、それを本人でも持て余しているように見えるとか、アンバランスな印象を主人公に与えます。しかし、ちょっと考えてみると、この主人公自身も、「作家になりたい、作家だと言いたい」と言いながら、出版された作品はほとんどない。しかも、おそらくこれから参加する作戦行動で死ななければならない。何者にもなっていないし、なれないかもしれないけれど、何かになりたい。まだ安定して、自信をもって「自分はこうだ」とは言えないような、けっこうぐらぐらとした不安定な存在です。エズメもまた、爵位があるとほのめかしたり、おそらくは覚えたてのgregarious（社交性豊か《グリゲアリアス》）という難しい単語を使ってみて、相手が分かるかどうかチェックしようとしたり、ちょっと上からきている感じもあるのですが、一方、話している途中で自分も間違った言葉遣いをする。この、強がっているけれどアンバランスという点で、エズメと主人公は共振する部分をお互いに感じているのだと思うのですね。

このとき重要なのが、サリンジャーの作品では、子どもを「どうせ子どもでしょ」みたいな感じで舐めて扱うことは絶対にしないということです。『ナイン・ストーリーズ』の冒頭に収録されている「バナナフィッシュ日和」の主人公シーモア・グラースもそうです。ビーチで出会ったシビル・カーペンターというおそらく三歳くらいの女の子に対して、バナナフィッシュとは何かを真剣に説明する。実際にはバナナフィッシュなど存在しないのでそもそも内容は嘘なのですが、相手の意見も聞きながら、とても真剣に議論します。ところが、シーモアはエレベーターで偶然一緒になった女性に対しては、「僕の足を見たいんだったら、そう言えよ」「ここそ見るのはやめてくれ」と急にキレたりして、ちゃんと会話をしない。

「エズメに」でも、十三歳くらいのエズメに対して、主人公は妻もいる大人の男です。でも、どうせ相手は子どもだから、という態度では接しない。むしろ、子どものの言うことだからこそ、ちゃんと聞かなければいけないし、自分もちゃんと説明しなければいけないと考えている。たとえばこんな場面があります。

「あなた、アメリカ人にしてはずいぶん知的に見えるわね」とわが客人は私を見ながら言った。

それはいささか傲慢な発言だと思う、少し考えればわかるはずだ、君にはふさわしくない一言だと思いたいと私は言った。

彼女は顔を赤らめ、それによって図らずも、私がそれまで得ようとして得られずにいた社交上の落ち着きを私は得ることになった。

（中略）

「一人なんかね、空のウイスキー壜を私の伯母さんの家の窓から外に投げ捨てたのよ。幸い窓は開いてましたけどね。それってどう、知的に聞こえる？」

たしかに格別知的に聞こえはしないが、私はそうは言わなかった。兵士というものは世界中どこでも故郷を遠く離れている者が多いし、いろんな点で恵まれた人生を送ってきた者はごくわずかなのだと私は言った。そのくらいはたいていの人間なら考えればわかることだと思うと私は言った。

アメリカ人ってがさつよね、というエズメの話は、子どもの言っていることだから、と聞き流すこともできるでしょう。しかし「私」はそうしない。兵士は故郷から離れたところにいて、これから死に直面するとしたら、ちょっと知的でないようなこともしてしまうのは分かるのではないか、そのことを理解するべきではないか、というわけですね。教育的と言ってしまうと上から目線の感じがしますが、この場合はそうではなくて、子どもであってもちゃんと一人の人間として尊重している態度なのだと思います。

これはサリンジャーの作品に通底する、ある種の倫理のようなものだと思いますが、かんたんに年下の人間を舐めずに、ちゃんと一人の人間として扱う。すると子どもの方も自分をちゃんと一人の人間として扱ってくれる。そのことによって、これまで体験しなかった世界というか、見えなかった世界が開けてくる。

「エズメに」でいえば、「社交性豊か」の部分とか、エズメは「この単語わかる？」という感じでちょっと試すように話しかけてきているのですが、「あなたがとっても寂しそうに見えたから」と言われた主人公は「そのとおり、本当に寂しい思いでいたのだ、君が来てくれてとても嬉しい」と、自分の状況も伝えているし、きちんと御礼も言っている。そうすると、「私、情け深い人間になるよう努力してるの」とエズメに言われてしまったりして、ここもなかなか面白いところですね。でも、彼女には悪気がないというか、本当にそのように考えてそうしていることがわかる。自己紹介で「私のファーストネームはエズメ。フルネームをお答えするのはひとまず控えておきます。私には爵位があって、あなたがそういうのに圧倒されてしまうといけないから。アメリカ人って爵位とかに弱いでしょう」とも言ったりしていて、これも小生意気な感じでかわいいですよね。

エズメが父から受けとったもの

エズメは父から形見の品として時計をもらっているのですが、もう一つ重要なものを受け取っています。

エズメは長いこと、どこか医者が患者を見るような目で私を見た。「あなたって乾いたユーモアのセンスがあるのね」と彼女は言った。切なそうな口調だった。「私お父さんに、お前は全然ユーモアのセンスがないって言われたわ。ユーモアのセンスがないから人生に立ち向かう態勢が出来ていないって」

彼女を見つめながら、私は煙草に火を点け、ユーモアのセンスなんて本当に大変な事態になったら何の役にも立たないと思うと言った。

「お父さんは役に立つって言ったわ」

これは信念の表明であって、私への反論ではない。私はすぐさま話の矛先を変えた。うなずいて、君のお父さんはたぶん長い目で見ていたのであって僕は短い目（それがどういう意味であれ）で見ているのだと思うと言った。

人生に立ち向かうにはユーモアが必要だ――。ユーモアのセンスによって、物事をダイレクトに受け止めすぎないことが人生を円滑に生きる秘訣であるということの捉え方は、ある意味イギリス的だと思うのですが、そういうことをエズメは父に言われる。主人公は生真面目に、本当に大変なことがあったときにユーモアなんて役に立たないんじゃない？　と言うのですが、彼女が「そんなことはない」と言い返して、そうかもね、と主人公が受ける。この何気ないやり取りは、後の展開とあわせて考えるとき、主人公の行動に大きく影響していると思います。

戦争から生還したあと、ＰＴＳＤで苦しむ主人公は、戦地で行動を共にし、いま同じ建物に逗留しているアメリカ兵のクレイに対して、しょうもないボケを言い続ける。クレイが戦闘中に猫を撃ってしまった話について「あの猫はスパイだったのさ。撃つしかなかったんだよ。すごく頭のいい小人のドイツ人が安物の毛皮かぶってたんだ」と言ってみたりとか、一緒にラジオを聴こうと誘われたときに「お前は行けよ、クレイ……。俺は切手のコレクション見るから」とか、ダンスパーティに行くのを断って「部屋でちょっとステップの練習するかも」とか、延々と小さいボケを続けるのだけれど、一回もウケない。ウケないのになぜこんなことをするのかといえば、そこにある種の救いを求めているのだと思うのですね。もちろん、こんな小さなボケで救われるわけもないのですが、ユーモアによって少しずつ現実の苦しみから距離をとって、治療とまではいかなくても、客観的に自分を見るというか、状況をコントロールしようとする。そういった、主人公の必死の努力なのだと思います。PTSDという「本当に大変な事態」に、「ユーモアのセンス」で立ち向かおうとしている。それが、エズメに教えてもらった方法だというのが、グッときます。

悲惨をめぐる物語

この短篇のタイトルになっている「愛と悲惨をこめて」という部分についても考えてみたいと思います。この「悲惨」は原文では squalor で、そんなに一般的に使われる単語ではないですね。悲惨という言葉が出てくるのは、主人公の「私」が、自分を短篇小説作家だと思いたい、という話をエズメにしたときです。

「もしいつか、私のために小説を書いてくださったらとっても嬉しいんですけど。私、すごい読書家なのよ」

できたらぜひそうするよ、と私は答えた。あまり多作なほうじゃないけど、と私は言った。

「べつにタサクなのじゃなくていいのよ！　子供っぽい、下らない話でさえなければ」。彼女は考え込んだ。「私、悲惨をめぐる話がいいわ」

「何をめぐる話？」私は身を乗り出して言った。

「悲惨。私、悲惨というものにとっても興味があるの」


「私」との会話の中で、エズメは、中学生くらいの子どもにしてはかなり難しい語彙を使っています。彼女は別れ際にもう一度、自分のために小説を書いてほしいというのですが、そこにもいくつか特徴的な表現が出てくる。


　エズメはふたたび足首を交叉させて立っていた。「あなた忘れないでくださる、私のために小説を書いてくださること？」と彼女は訊いた。「全面的に私一人のためでなくてもいいのよ。何なら――」

　忘れる可能性は万が一にもありえないと私は答えた。誰かのために小説を書いたことは一度もないけれど、いまはまさにそれに取りかかるのにうってつけの時機だと思うと私は言った。

　彼女はうなずいた。そして「ものすごく悲惨で感動的な話がいいわ」と提案した。「あなた、悲惨というものはよくご存知？」

そうでもないけれどだんだん知りつつある、いろんな形で、日一日、と私は答えた。君の注文に合わせるようベストを尽くす、と私は言った。私たちは握手した。

「残念だと思わない、私たちがもっと仮借でない状況で出会えなかったこと？」

そのとおり、まったくそのとおり、と私は言った。

「さようなら」とエズメは言った。「あなたが戦争から、機能万全のまま帰ってきますように」

私は彼女に礼を言い、ほかにも二言三言言って、それから、彼女がティールームを出ていくのを見送った。彼女はゆっくりと、考え深げに、もう乾いているかと髪の先に触れながら出ていった。


最後の「機能万全のまま」は原文では with all your faculties intact という表現です。faculty や intact というラテン語由来の単語を使った厳めしい表現で、日本語で言えば、ずっと四字熟語でしゃべっているような感じがする。

エズメはなぜこんな話し方をするのか。彼女の亡くなった父親について、「私」が「お父さんはきっと語彙も並はずれて豊かだったんだろうね」と訊ね、エズメが「古文書の収集家だったの——もちろんアマチュアですけど」と返す部分があるので、父親の影響でもあると思いますが、ヨーロッパの上流階級あるあるの側面もあります。子どもを学校に通わせないで、家で教育するということがけっこうあったのですね。エズメにも住み込みの家庭教師がついています。そうして、ラテン語やギリシャ語のようなヨーロッパの古典も勉強する。するとやたら難しい語彙とか、複雑な文法の出てくる話し方になる。

エズメはそうした語彙を使って「私」に、悲惨で感動的な小説を書いてほしいと言い、「あなた、悲惨というものはよくご存知?」と訊ねる。これからノルマンディー上陸作戦に向かう軍人なので、もちろん知っているだろうという話ではありますが、この悲惨という言葉が作品を貫くキーワードになっています。

この作品のなかで、主人公本人が悲惨な目に遭っているのはもちろんですが、もっとも悲惨なのは、ナチス党員の女が残したメモではないかと思うのです。主人公が捕まえたナチス党員の女の持ち物の中に、ゲッベルスの『未曾有の時代』という本があって、その本の見返し部分に「神よ、人生は地獄です」とドイツ語で書き込みがしてあったという場面があります。

Xは何分かぼんやりそのページを眺めながら、負けいくさとは知りつつ、何とかその言葉に丸め込まれまいとあがいた。それから、この何週間か一度も見せていなかった道徳的熱意とともに、ちびた鉛筆を取り上げ、書き込みの下に英語で、「父たちと教師たちよ、『地獄とは何か?』と私は問う。私は思う、それは愛することができぬ苦しみだと」と書いた。その下にドストエフスキーの名を書きかけたが、そのとき、体の全身を走り抜ける恐怖とともに、書いた言葉がまったく判読不能であることに気がついた。彼は本を閉じた。

PTSDがきつすぎて、字が書けないのですね。ここで主人公は書き込みに反論しようとしています。『カラマーゾフの兄弟』の引用によって、地獄とは人を愛することができない苦しみのことだ、と書くことができれば、人生が地獄であっても、それは愛によって乗り越えられるのだ、と反論したことになる。しかし、判読できる文字が書けない。だから反論は成立してないのです。しかしここで重要なのは、反論をしようとはしている、ということですね。まるっきり文字が書けないわけではなく、ぐちゃぐちゃの線で書こうとすることはできる。完全に反論できているわけではないけれど、まったく反論できていないわけでもない。

主人公は、愛によって、あるいはユーモアによって、人生の悲惨を乗り越えていこうとしている。全身全霊で試みているのだけれど、それは容易にはできない。文字をちゃんと書けないだけでなく、「もう何週間も前からチェーンスモーキングが続いていた。舌先でほんの少し圧力をかけるだけで、歯茎から血が出た」とか、「やがて、いきなり、よく知った具合に、いつもどおり何の前触れもなしに心が離脱して、網棚に載せた不安定な荷物のようにぐらぐら揺れるのを感じた気がした」、「頭から足先まで、体中がずきずき痛んだ」、あるいは、クレイに「あんたわかってた、顔半分、ぴくぴくひきつってるって?」と言われるなどの症状を呈している。

このあたりの描写は、サリンジャー自身の体験を下敷きにしていると考えられます。一九四四年の段階では、サリンジャー自身がまさに、短篇が何本か雑誌に載っただけの作家でしたし、アメリカに帰国してだいぶ経ってもずっとPTSDで悩まされていて、夜はなかなか寝られないということがあったようです。サリンジャー本人はその後、座禅や瞑想などに傾倒していってやがて回復に向かうのですが、この作品の「私」＝「X三等曹長」の造形には、第二次世界大戦前後のサリンジャーの自伝的な要素がかなり忠実に反映されていると考えてよさそうです。

本当に眠くなることとは

最後にエズメからの贈り物について考えたいと思います。

手紙を置くには、ましてエズメの父親の腕時計を箱から持ち上げるには、ずいぶん時間がかかった。やっとそれを箱から出してみると、文字盤のガラスが輸送中に割れてしまったことが目に入った。ほかは壊れていないだろうか、と思ったが、ねじを巻いて確かめてみる勇気はなかった。

エズメから贈られた時計は主人公の手元に届くけれども、彼女が丈夫だと言っていた文字盤が壊れているのですね。でも、中まで壊れているかどうかはわからない。これは、あらすじのところでも触れたように、ちょうど主人公自身の状況とほぼ同じです。見た目はボロボロになってしまっている。手が震えて、タイプライターに紙を入れられないという描写もありましたし、字もろくに書けない。本を読んでも、何回も同じところを目がいったりきたりするばかりで、頭にまったく入ってこない。でも、内部にはもしかしたら正常に動いている部分があるかもしれない。それをじわっと直していけば、また復帰できるかもしれない。だから主人公は、時計が壊れているか確認しない。もし中まで壊れていたら、がっかりしすぎてしまうからです。もしかしたらまだ正常なのではないか、あるいは直せばなんとか動くのではないか、という可能性を残しておく。その可能性というのは希望なんですね。

ふたたび長いあいだ、ただそれを手に持ってじっと座っていた。やがて、突然、ほとんど恍惚というに近い気分とともに、眠気が訪れた。

本当に眠い男ってのはね、エズメ、いつだって望みがあるのさ——もう一度機——き・の・う・ば・ん・ぜ・んの人間に戻る望みが。

そして、エズメの心のこもった手紙と時計の贈り物に触れた主人公に眠気が訪れる。「ほとんど恍惚というに近い気分とともに」と書いてあります。これと似たような表現が最初のほうに出てきたのを覚えているでしょうか。聖歌隊の歌を聴いているとき、「私よりもっとまめに教会へ通うような人間であればすんなり空中浮揚を体験してもおかしくない美しさ」だと言っていました。このとき「私」は、自分には宗教心がないから、美しい歌を聴いても恍惚となる状態まではいかないと言っている。しかし、エズメからもらった時計を持ってじっと座っているうちに、今度は恍惚状態がやってきて、「あ、もしかしたら今度は違う自分になって回復していけるかもしれない」というのを、直観的に、しかしかなりの確信を持って思うことができるようになる。

エズメが主人公を助けようと思って手紙を書いたかどうかは分かりません。でも、たった三十分いっしょの時間を過ごしただけだけれど、自分を一人の人間として扱ってくれた「私」に手紙と気持ちを贈る。そのエズメの気持ちに支えられるかたちで、「回復していけるかもしれない」と主人公は思うことができるようになる。ものすごく微妙な変化かもしれないのですが、このように思えるということは、同時に大きな転換点でもあると言えます。

あらすじのところでも見たように、PTSDの人というのは、寝ると悪夢を見てしまうので、安心して眠ることができない。だから、ここで「本当に眠い」と言っているのは、主人公が本当の眠りを眠ることができるかもしれないという希望、回復に向かいつつある描写だと読むことができる。この短篇全体が、エズメと出会った日から六年後のことだと書いてありますから、主人公が生きのびたことは分かる。しかし完全に元気になったのかどうかは分からない。結局、エズメの結婚式には行かない。飛行機にも乗らない。もしかしたら乗れないのかもしれない。簡単なハッピーエンドにならないのですけれども、少しだけ希望を提示したところで終わるというのが、この短篇の品がいいところではないかと思います。

〔読書リスト〕

スラウェンスキー／田中啓史訳『サリンジャー――生涯91年の真実』（晶文社、二〇一三）

マーガレット・A・サリンジャー／亀井よし子訳『我が父サリンジャー』（新潮社、二〇〇三）

ハミルトン／海保真夫訳『サリンジャーをつかまえて』（文春文庫、一九九八）

第9講

美しい世界と、その崩壊
——カポーティ「クリスマスの思い出」

トルーマン・カポーティ／村上春樹訳『ティファニーで朝食を』（新潮文庫、二〇〇八）

年齢を超えた友情の物語

今回扱うのは、トルーマン・カポーティの「クリスマスの思い出」という短篇です。まずはストーリーを概観します。

主人公は「僕」と名乗る男性で、二十年以上前の冬、十一月の末くらいにあった出来事を回想しているというのが全体の外枠です。時代背景については後ほど詳しく見ていきましょう。当時「僕」は七歳の男の子で、何らかの理由で両親といっしょに住むことができないのか、親戚の家で育てられていた。その家には「僕」だけではなく、「僕」の遠縁のいとこにあたる六十歳を越した老女も同居していて、「僕らはそれこそ思い出せないくらい昔から一緒に暮らしている」。「僕」は彼女を「親友」と呼び、彼女は「僕」を「バディー」と呼びます。バディーとは、彼女のかつての友だちの名前です。そして、「親友」の飼っている犬、クイーニーも出てくる。「僕」にとっては「親友」がほとんど唯一心を通わすことのできる相手で、そこに犬を加えた二人と一匹が、ちょっと不思議なコミュニティをつくっている状況が設定されています。

「僕」と「親友」の唯一の楽しみは、クリスマスの準備です。定期的にお小遣いをもらっているわけでもないので、蠅を殺すとか、ちょっとしたものをつくるといった「仕事」で稼いで、少しずつお金を貯めながら一年かけて準備をしている。

そのお金を何に使うのか。もちろん、クリスマス・ツリーを飾るとか、そういったことにも使うのですが、基本的にはほかの人へのプレゼントのために使う。プレゼントをつくったり送ったりするのに使うのですね。

二人のメインのプレゼントは、自分たちで材料を集めてつくるフルーツケーキです。そのために、たとえば近所にピーカン・ナッツを拾いに行ったり——もちろん自分たちの土地ではないので、所有者が木に生っているものを出荷したあと、地面に落ちていたり、葉っぱの裏に隠れていたりするものを地道に拾ってまわるのですが——、それから、一生懸命貯めたお小遣いで材料を買ったりしながら、ケーキをつくる。なんと三十一個もつくる。家族だけではとても食べきれない量です。これをどうするのか。

ケーキはいったい誰のために焼かれたのだろう?

友人たちのためだ。でも近隣に住む友人たちのためだけではない。たった一度しか会ったことのない、あるいはただの一度も会ったことのない人に送られるものの方がむしろ多いだろう。僕らはその人たちのことが気に入っている。たとえばローズヴェルト大統領。たとえば牧師のルーシー夫妻。彼らはバプティストの宣教師としてボルネオに派遣されており、昨年の冬に町を訪れて講演をした。それから年に二回町にやってくる小柄な包丁研ぎ。あるいはアブナー・パッカー、モビール発六時着のバスの運転手で、埃をもうもうと舞いあげながらうちの前を通り過ぎるときに、僕らと手を振りあう。あるいはカリフォルニアに住むウィストンという若夫婦。ある日の午後に彼らの車がうちの前でたまたま故障したのが縁で、一時間ばかりポーチで僕らと楽しくおしゃべりしたのだ(若い御主人が写真を撮ってくれたのだが、それは僕らが一緒に写っているただ一枚の写真である)。こういうとなんだか、僕らにとっての最も近しい友だちはまったくの赤の他人だったり、あるいはほんのちょっとした縁しかない人たちだったりするみたいだけれど、それは僕の親友がすごく人見知りをする性格であるにもかかわらず、そういう人たちに対しては不思議に心を開くことができたせいだった。

ローズヴェルト大統領や、あるいは、カリフォルニアから自動車旅行でやってきてたまたま家の前を通った夫婦とか、あらゆる人に郵便で送るということが書かれています。

ひととおりのケーキが焼けて送り終わると、今度はクリスマス・ツリーの準備をする。これも、買ってくるわけではない。「親友」だけが知っている、森の奥の、クリスマス・ツリーにぴったりの木が生えているところに行って、自分たちの力でなんとか伐り出して引っ張ってくるんですね。「でも雑貨屋に行って日本製のきらびやかな飾りを買うようなお金は、僕らにはない」。そのため、いろいろと拾い集めたり、自分たちで絵を描いたり切り抜いたりしてつくった飾りなどで、ツリーを飾り付ける。

「親友」以外の親戚たちは「偉ぶった人たちで、よく僕たちに悲しい思いをさせる」と書かれていますが、二人はこの親戚たち全員、男性にも女性にも贈り物を準備します。そして「僕」と「親友」の間では、ほんとうは自転車とか、そういう高いものを贈り合いたいのですが、お金がなくて無理なので、それぞれが作った凧を贈り合う。これも心温まるエピソードです。

しかし、このような幼い日の美しい思い出は、長くは続かないというか、このあとわりとすぐに終わってしまう。親戚たちのあいだで「僕」を寄宿舎のある学校にでも入れたほうがいいだろうということになって、「親友」と引き離されてしまうんですね。

その後も二人は手紙のやり取りなどをするのですが、年が行った「親友」はだんだんと身体が弱っていき、ケーキを焼くこともできなくなり、やがて起き上がれなくなる。飼っていた犬のクイーニーが亡くなって、ついには「親友」も亡くなってしまいます。最後のページで、「親友」の死を知らせる電報が届く前に、「僕」は直観で彼女が亡くなったことが分かったという、感動的な場面が描かれる。そういったお話になっています。

アメリカ文学界屈指のセレブリティ

カポーティといえば、彼の人生を題材にした『トルーマン・カポーティ――真実のテープ』という映画が二〇一九年に公開されるなど、いまだに話題を提供するような、アメリカの現代作家のなかでもいわゆるセレブのイメージが強い人です。オードリー・ヘプバーン主演の映画『ティファニーで朝食を』の原作小説を書いた作家ということでも有名ですよね。非常にきらびやかな経歴を持っている人なのですが、作品を実際に読んでみると、メディア等に出てくるキラキラしたイメージとはけっこう違うことに気づかれるのではないでしょうか。

カポーティは一九二四年、ルイジアナ州のニューオーリンズに生まれました。彼に関しては生まれた場所がかなり重要で、なぜかというと、ルイジアナ州は南部に位置するからです。これまで見てきた作家では、「黒猫」のポー（北部のボストン生まれだが南部ヴァージニア州育ち）や「孫むすめ」のフォークナーが南部の出身です。ドロドロとしたような、神秘的なような、怖いような小説、いわゆる南部ゴシック小説という文学の流れがあって、カポーティもそこに連なる作品を書いていく。まずはこのことを押さえておきたい。

そして、四歳のときに両親が離婚し、ルイジアナ州とアラバマ州に住む何人かの親戚の家を転々としながら育ちます。「クリスマスの思い出」の設定には自伝的な要素が入っていることがわかりますね。

八歳のとき、母親とその再婚相手と同居するようになる。高校まではその家から通うことになります。このころすでに作家を志していたようです。高校卒業後にはさまざまな職業を経験しながら小説を書いていきます。サリンジャーの回で話題に出た「ニューヨーカー」という雑誌の編集部に給仕として手伝いに入ってアルバイトなどもしていました。

カポーティは売れるのが非常に早かった人で、一九四五年、二十一歳のときに「ミリアム」という短篇でO・ヘンリー賞を受賞します。

この短篇は、ミリアムという名の老女が一人で暮らしている家に、自分と同じ名前の少女が訪ねてくるところから始まります。少女ミリアムはなぜか家に住み着いてしまい、それだけでなく、食器を割ったり、さまざまな要求を突きつけたりと大暴れする。もともと住んでいたほうのミリアムは気が弱いので、少女のほうのミリアムにどんどん追い込まれていく。そのうち本当に耐えられなくなって、「あの娘が出て行ってくれない」と外に助けを求めるのですが、近所の人が見に行くと、その部屋には誰もいなかったことがわかるという、なかなか怖い話です。少女のほうのミリアムは、同じ名前を持つミリアムにしか見えていなかったのか——そのあたりは確定できないのですが、この作品で由緒ある短篇の賞を受賞して、先ほど言及したように、ポーやフォークナーに連なる南部ゴシック小説の書き手として高く評価されていきます。

一般に最もよく知られているのは一九五八年の作品『ティファニーで朝食を』でしょう。この小説を原作とする映画はわりとおしゃれで格好いいイメージの作品で、主演のオードリー・ヘプバーンも素敵なのでいまだに人気がありますね。しかし、小説のほうは、実際に読んでみるとわりと暗い話です。オードリー・ヘプバーンが演じたホリー・ゴライトリーという人物は、何をしているかよくわからない、おそらくは精神的にもかなり不安定な人物であることが描かれる。しかも、幼いころかなり貧困家庭で育ったようだというように、少しずつ彼女の過去に関するヒントが出てきます。ホリーがニューヨークで過ごしたキラキラした時期を中心に書かれているのですが、その後の人生もなかなかに不幸だったのではないかとうかがわせるような内容です。とてもいい作品ですが、一般的にイメージされるほど、素敵なだけのお話ではないように思います。

一九五九年に実際に起こった殺人事件を六年のあいだ追いかけて、緻密な取材をもとに描いた『冷血』——ノンフィクション・ノヴェルと呼ばれたりする、ジャンル分けの難しい作品ですが——で、カポーティはその評価を決定的なものにし、セレブ中のセレブみたいな地位まで駆け上がることになります。この作品の、物語的でありながらきちんと調査した事実に基づくという書き方は、トム・ウルフやマイケル・ハーといった人たちが牽引した「ニュー・ジャーナリズム」というジャンルにつながり、カポーティがその第一人者になっていく。『冷血』は凄惨な殺人事件について掘り下げて書いてあるので、読むのはかなりつらいですが、素晴らしい作品だと思います。これも日本語訳が文庫本で手に入ります。

完成度の高い作品を数多く書いたカポーティですが、安定した人生を歩めない人でもありました。社交界で持て囃される一方で、同時にアルコールやドラッグの重度な依存症になってしまう。晩年はそうした生活に苦しみ、ロサンゼルスの友人宅で死去することになります。

善意、ぬくもり、信仰

カポーティは輝かしい名声の一方で、ダーティなイメージもある作家であることがお分かりいただけたと思いますが、「クリスマスの思い出」はとてもピュアで、明るい感じが前面に出た作品です。

一九五六年に書かれた作品ですが、作品の大半を占める回想の場面はローズヴェルト大統領の時代となっているので、一九三三年～一九四五年のどこか。一九二四年生まれのカポーティの自伝的要素が強い作品だとすると、「僕」が七歳となっているので若干計算の合わないところが出てきますが、おおよそそのあたりの時代と考えていただければよいと思います。また、「フルーツケーキの材料の中ではウィスキーがもっとも高価で、しかも手に入れるのがむずかしい。その売買は州法で禁止されているからだ」とあるので、禁酒法の時代と想定されます。禁酒法は一九三三年に撤廃されていますので、その直前くらいの時期でしょうか。

ポイントはいくつかありますが、たとえば非合法の酒場をやっているハハ・ジョーンズというネイティヴ・アメリカンが登場したり、「親友」が「昔のインディアンの薬の配合法に精通しており、魔法のいぼ取り薬だって作ることができる」と書かれているなど、マイノリティ表象が出てくることに注意したい。このことは、一貫して幼い、七歳の「僕」の視点で世界をとらえていることと深く関係しています。文学作品の場合、一般に社会の主流からは離れた人物が語り手となることが多いです。主流の人々は効率性を重視し、論理的に物事を進めていく。したがってマイノリティによる別の世界の捉え方や、あるいは目の前の現実から離れた幻想や魔法について考える余地はない。しかしながらそこに子どもや、ネイティヴ・アメリカンや黒人、性的マイノリティ、極端な場合には死者や動物などの語り手を置くことで、その社会で何が語られず、誰がいないことになっているのかが捉えやすくなります。そうやって文学作品はひとつひとつの社会にあるあたりまえを揺さぶり、我々に違う角度からものを見る方法を教えてくれるわけです。アメリカ文学の古典の多くが今や児童文学として分類されているのも、こうした子どもの目線を通した常識の異化が多くなされているからでしょう。

社会で活躍しているような、「普通」の大人には見えないある種の人々や、動物とのつながりが見えてくることになる。そうしたつながりのなかで何をするかというと、ケーキをひたすら焼く。しかも、そのために非合法の酒場でウィスキーを買ったりする。違法行為までしてケーキを焼くの？　と思ったりもしますが、こうした部分から、この物語が、社会に認められた正しさとはまた違う、ある種の善意とかぬくもりのようなものを扱おうとしていることが分かってくると思います。

もうひとつ気をつけておきたいのは、「親友」が抱いているキリスト教の信仰です。アメリカ南部はいまでもキリスト教信仰が比較的強い地域だということもありますが、「親友」のありようが、まさに聖書の教えを地で行くものに見えるんですね。

「親友」は村から離れたことがほとんどないと書かれていますし、周囲の一般的な大人たちからは若干能力的に劣っているとみられているような節もある。にもかかわらず、というか、だからこそ、というか、人に与え続ける生き方を貫いている。彼女の生き方が七歳の「僕」に影響を与え、やがて受け継がれていく構造になっているのですね。聖書に「幸福なるかな、心の貧しきもの。天国はそのひとのものなり」という言葉があります。ここでいう「心が貧しい」とは余分な知識や富を持たないという意味で、「親友」はまさに「貧しさ」ゆえの幸いを体現している人物だと言えるように思います。

さまざまな「転換」の物語

作品の細部を検討していきましょう。まずは全体の設定から見ていきます。主人公が七歳の「僕」で、「親友」は六十歳を超えている。

　彼女は僕をバディーと呼ぶ。昔バディーという名前のやはり仲良しの男の子がいたからだ。そっちのバディーは、彼女がまだ小さな子どもだった一八八〇年代に死んでしまった。もっとも彼女ときたら今でもまだ子どもみたいなものだけれど。

いま日本で六十歳というと、さすがに青春まっ盛りとは言えないまでも、そこまで年老いている感じもしないのですが、これは一九三〇年代の話なので、かなりの老人というイメージではないかと思います。そして、「親友」は「僕」をバディーと呼ぶのですが、そのバディーは、一八八〇年代に死んでしまった子どもの名前だということが明かされる。「親友」が生まれたのは一八七〇年代くらいだろうとか、バディーが死んでしまって以降、彼女には深くつきあう友人ができなかったのではないかとか、さまざまなことが推測できる部分ですね。そして、「親友」は子どもみたいなものだという言い方も出てくるので、ある種、子どもと同じような発達の具合で止まってしまった人なのかもしれない、というようにも読める。

映画を見るほかに、彼女がまだ一度も経験していないことはいろいろある。レストランで食事をしたこともなければ、家から五マイル以上離れたこともない。電報を打ったこともなければ受け取ったこともないし、新聞の漫画ページと聖書以外のものを読んだことがないし、化粧品をつけたこともないし、呪いの言葉を口にしたこともないし、誰かが痛い目にあえばいいと願ったこともないし、故意に嘘をついたこともないし、腹を減らせた犬をそのまうっちゃっておいたこともなかった。

「親友」はこんな風に、最初は能力的に少し劣ったイメージで登場するのですが、後のほうになると、意味が大きく転換してきます。ここがとても重要なところですね。「親友」は普通の大人にできることができない。でも、普通の大人にできないことができる。

次に彼女がこれまでにやったこと、あるいは今やっていることをいくつかあげる。この土地で人目に触れた中ではいちばん大きなガラガラ蛇を鋤で突いて殺したし（ガラガラが十六も付いていた）、嗅ぎ煙草をやっているし（こっそり隠れて）、ハチドリを手なずけようとして（やってごらん、むずかしいものだから）指に乗るところまでいっているし、七月でも背筋の凍りつくようなおっかないお化けの話をするし（僕らはふたりとも幽霊の存在を信じている）、独り言を言うし、雨の中を散歩するし、町でいちばん綺麗な椿を栽培しているし、昔のインディアンの薬の配合法に精通しており、魔法のいぼ取り薬だって作ることができる。

たとえば彼女はハチドリを手なずけることができる。これは、実際にやってみると難しいことが分かる、と書かれていますが、難しいというか、そもそも無理ではないでしょうか。ここにはキリスト教的なイメージが入っていると考えられます。アッシジの聖フランチェスコなどが有名ですが、キリスト教の世界では、心が極端に清い人のところには動物や鳥が寄って来るというのは一種の「あるある」なんですね。「親友」は普通の大人ではなく、むしろ「聖人」に近いということだと思います。

そして、アメリカ文学でよく出てくるのが、「インディアンの薬の配合法」とか「魔法のいぼ取り薬」のような呪術的なイメージですね。黒人の女性がアフリカから伝わった謎の薬をつくっているとか、ネイティヴ・アメリカンの人たちが自分たちの中である種の呪術的な薬を伝えているといったイメージは、マーク・トウェインやトニ・モリスンらの作品にも繰り返し登場します。「親友」は、通常の「白人」が属する、合理的な世界の外にあるものに触れることができると示されているわけです。

クリスマスにプレゼントとして送るフルーツケーキの話も、けっこう不思議です。たった一度しか会ったことのない人や、一度も会ったことのない人に、どんどんケーキを送る。どうしてかというと、「親友」は本当にシャイなので、身近な人には心を開けないけれども、「まったくの赤の他人だったり、あるいはほんのちょっとした縁しかない人たち」に対しては、逆にわりと心を開くことができる、と書かれている。

矛盾しているようですが、身近な人に自分の心の弱い部分を見せることは、その後の関係を考えると怖いことでもある。一方、会ったことのない人や、今後会う可能性のない人に対しては、そうした弱い部分をさらけ出しても攻撃されたりする可能性はないから、むしろ素直になれる。人間にはそういう部分があるのではないかと思わされる記述ではないでしょうか。

そして、このケーキのプレゼントは、一方通行ではないということも示されています。

そしてまたホワイト・ハウスのしるしの入った礼状や、時折カリフォルニアやボルネオから届く手紙や、包丁研ぎのくれた一セントの葉書なんかを保存しているスクラップ・ブックを見ていると、僕らは空のほかには何も見えないこの台所のずっと彼方にある、活気に満ちた外の世界に結びつけられたような気持ちになれるのだ。

「クリスマスの思い出」は窓から本当に空しか見えないような、取り立てて目ぼしいものの存在しない、アメリカ南部のめちゃくちゃ田舎にある村の話です。そこに、南部からは遠く離れたホワイト・ハウスや、カリフォルニア州などから礼状が届く。お互いの存在を認め合っているイメージがあるのですね。何もない田舎の村が、郵便という手段によって全米、というよりもむしろ、感覚的には「世界」に向かって開かれていく。これも非常に面白いところです。

なんというか、この物語にはさまざまな「転換」が描かれているという感じがします。周囲からは見下されている「親友」が、実は聖なる力を持っている。行動範囲が極端に狭い人こそ、世界と繋がることができる。ひとつところにしかいない人こそ、最も開かれている。そのような「転換」です。

そして、主人公の「僕」は子どもです。大人はすべてわかっていて子どもは何もわからないと思っているかもしれないけれど、実際には子どものほうがいろいろと見えているのですよ、なんで自分が両親と一緒にいられないのかもわかっていて、大人のずるさなどいろいろなものが見えているのですよ、という「転換」もある。表面的にはすごくイノセントな、ある種童話っぽい感じで書いてあるのですが、細かい部分に鋭いところを感じ取れるのではないでしょうか。

贈与による美しい世界

「僕」と「親友」は、フルーツケーキを焼く以外にも、クリスマス・ツリーを伐りに行ったり、親戚たちに贈り物をしたりするための準備をします。僕は、「親友」が言うこの言葉がとても好きです。

> 欲しいものがあるのにそれが手に入らないというのはまったくつらいことだよ。でもそれ以上に私がたまらないのはね、誰かにあげたいと思っているものをあげられないことだよ。

ここがすごく重要だと思うのですね。あげたい、と思うものをあげられない苦しみというのは、これはすさまじい。愛の本質みたいな感じがあります。“Pay It Forward”という言葉がありますが、この話における根本的な「転換」が表現されている。

僕たちには、資本主義的というか、大人の世界の理屈というか、「どれだけ自分が得るか」「どれだけ自分が損をしないか」が重要だという考え方がしみついています。というか、そういう考え方を身に着けていないと、普通に暮らすのが難しい世界を生きている。

そうではあるのだけれども、もっと大事なことがあるのではないか、という問いがここにあると思うのです。それは「誰かにあげたいと思っているものをあげ」ること、すなわち「贈る」ことである。究極的には、他者に「贈る」ことでしか、喜びや満足感を得ることはできない――と、こう言葉にしてしまうと説教くさい感じがしてしまうかもしれないのですが、そのことを、カポーティは物語の展開の中で素直に感じさせてくれる。そういう書き方をしていると思います。

そして、こうした贈与による美しい世界というのは、美しいけれども、やはり世の中においては裏側の原理なのですね。表の世界は、どちらかというと弱肉強食というか、強いものが弱いものから奪うことで動いている。弱い者、貧しい者、「持たざる側」の者がさらに与える世界には無理があるわけです。無理によって成り立っている美しい世界は、当然ながら続かない。

そのことの予兆は、物語のなかに少しずつ書き込まれています。たとえば、「親友」が言う次のような言葉。


「お前の手も以前はもっとずっと小さかったような気がするねえ。お前が大きくなっていくことが、私には悲しい。お前が大きくなっても、私たちはずっと友達でいられるだろうかねえ」


「僕」と「親友」はほぼ六十歳の年齢差があるので、普通に考えると友情が長続きするとは思えない。「僕」はどんどん成長していく存在、「親友」は衰えていく存在なので、二人の時間が重なる期間は短いことがあらかじめ決まっている。それでも、二人とも貴重な時間を一緒に過ごしているという意識があって、一分一秒でも長く一緒にいたいという思いが強く感じられます。

あるいは、飼っている犬のクイーニー。「僕」と「親友」がプレゼントした骨をめぐって、次のような描写があります。

「ねえバディー、風が吹いてるよ」

風が吹いている。僕らはとるものもとりあえず家の下の方の牧草地まで走っていく。クイーニーが一足先にそこに来ていて、骨を埋めるための穴を掘っている（翌年の冬にはクイーニー自身もそこに埋められることになる）。

美しい世界の崩壊や、破滅の予兆のような場面が、このように少しずつ挟まれていく。読んでいて、途中からは胸をかきむしられるような感じになる。カポーティの非常にうまいところですね。

「僕」と「親友」の世界の崩壊は、「僕」が寄宿学校に入れられるという形で現実化することになります。そのことは次のように書かれている。

人生が僕らの間を裂いてしまう。わけしり顔の連中が、僕は寄宿学校に入るべきだと決める。そして軍隊式の獄舎と、起床ラッパに支配された冷酷なサマー・キャンプを惨めにたらいまわしにされることになる。新しい家も与えられる。でもそんなものは家とは呼べない。家というのは友だちがいるところだ。なのに僕はそこから遥かに隔てられている。

家というのは本来、親しさとか、愛とかいうふうなものが存在するべき場所なのですが、「僕」は親戚の家で、この「親友」以外から愛情を感じることができなかったのですね。寄宿学校に行くようになると、軍隊式の学校なので、そこには規律訓練があって、目上の人に従うといった関係は存在しており、「僕」は新しい「家」を与えられるけれども、愛情をもってゆったりとお互いを尊重するというようなところはまるでない。だからこそ、失われてしまった「親友」との関係を、より貴重なものとして思い出す。

「僕」と「親友」が二人で過ごした最後のクリスマスに、互いに贈り合った凧をあげているとき、「親友」が次のように言う場面があります。

「私はこれまでいつもこう思っていたんだよ。神様のお姿を見るには、私たちはまず病気になって死ななくちゃならない。そして神様がおみえになる時はきっと、バプティスト教会の窓を見てるような感じなんだろうってね。太陽が差し込んでいる色つきガラスみたいに綺麗でさ、とても明るいから、日が沈んできてもそれに気がつかないんだ。なんだか怖いくらいでさ。でもそれは正真正銘のおおまちがいだった。誓ってもいいけれどね、最後の最後に私たちははっと悟るんだよ、神様は前々から私たちの前にそのお姿を現わしておられたんだということを。物事のあるがままの姿」——彼女の手はぐるりと輪を描く。雲や凧や草や、骨を埋めた地面を前脚で掻いているクイーニーなんかを残らず指し示すように——「人がこれまで常に目にしてきたもの、それがまさに神様のお姿だったんだよ。私はね、今日という日を目に焼きつけたまま、今ここでぽっくりと死んでしまってもかまわないよ」

この場面は決定的ですね。「親友」は、最後の審判のときに神が姿を現すということは、自分が死んでから神と出会うのだというふうに考えていたのだけれども、実は違った。この世界自体が神そのもので、私たちの人生の毎秒、毎秒に神が姿を現していたのだ。自分はそのことにずっと気づけないまま生きてきたけれども、「僕」と出会うことで、そうしたことに目がひらかれた――。これは、キリスト教の正統な信仰というよりは、スピノザが『エチカ』で書いている、世界がそのまま神であるみたいな話になっていて、グッとくる部分ですね。

「僕」がこの話をされたのは七歳のときですから、当時はまったく理解できなかったと思います。しかし、理解できないにもかかわらず、重要なことが話されたということ自体は、子どもながらによく理解しているんですね。それを、大人になってから書かれたという設定の本作において、この重要な場面を思い出し、当時よりはるかに厚みのある理解とともに書きつけるという構造になっている。こうした部分もカポーティのすごいところですね。

「親友」が亡くなってしまう最後の場面にも、「親友」のことをあまりにもずっと考えていたことにより二人が無意識的に繋がって、どんな空間も時間も超えてわかってしまうというような、なかなか不思議なことが書かれています。

まさにそのとき、それが起こったことが僕にはわかる。電報の文面も、僕の秘密の水脈がすでに受け取っていた知らせを裏づけたに過ぎない。その知らせは僕という人間のかけがえのない一部を切り落とし、糸の切れた凧のように空に放ってしまう。だからこそ僕はこの十二月のとくべつな日の朝に学校の校庭を歩き、空を見わたしているのだ。心臓のかたちに似たふたつの迷い凧が、足早に天国に向かう姿が見えるのではないかという気がして。

幻想味のあるマジックリアリズムのような書き方ではなく、ごく普通のことのなかに、このように不思議なことが少しずつ入ってくる。こうした部分もカポーティの読みどころだと思います。カポーティの作品については、経歴のところでもお話しした「ミリアム」や『ティファニーで朝食を』も含めて、子どもが出てくる作品が個人的に気になります。子どもだけに見えている真実、子どもだけが持っているずるさ、意地悪さ、それから美しさみたいなものを描くのが本当にうまいというか、心の奥底に入ってくる作品を書いた人だと思います。どの作品もめちゃくちゃに素晴らしいので、興味を持った方にはぜひいろいろと読んでいただきたい作家です。

〔読書リスト〕

プリンプトン／野中邦子訳『トルーマン・カポーティ』（新潮社、一九九九）

越智博美『カポーティ――人と文学』（勉誠出版、二〇〇五）

近内悠太『世界は贈与でできている』（News Picks パブリッシング、二〇二〇）

國分功一郎『はじめてのスピノザ――自由へのエチカ』（講談社現代新書、二〇二〇）

第10講

救いなき人生と、噴出する愛

——オコナー「善人はなかなかいない」

フラナリー・オコナー／横山貞子訳『フラナリー・オコナー全短篇【上】』（ちくま文庫、二〇〇九）

家族旅行の衝撃の結末

今回はフラナリー・オコナーの「善人はなかなかいない」という作品についてお話しします。オコナーには長篇二本と、この「善人はなかなかいない」を表題作とした有名な短篇集があり、あとはエッセイ集といった感じで、それほどたくさん作品がある人ではないのですが、アメリカで大学の英文科に行ったら必ず読む、重要な作家です。

まずはストーリーを概観しておきましょう。「善人はなかなかいない」の舞台は、ジョージア州のアトランタ。アメリカ合衆国南部の、もともと歴史があって豊かなところで、なおかつ、作中でもコカ・コーラの話題が出てくるように、工業も発展しつつある場所です。

そのアトランタにいる六人家族が、フロリダ旅行を計画するところから話が始まります。家族構成は、おばあちゃんと、おばあちゃんの息子ベイリー夫妻、そしてその子どもたち。ベイリー夫妻の子どもは、八歳の男の子ジョン・ウェズリーとその妹ジューン・スター、それから名前の出てこない赤ん坊の三人。この六人で家族旅行に行こうとしている。

しかし、おばあちゃんは「フロリダは行きたくない、テネシーに行きたい」と言う。息子のベイリーに新聞を見せながら、「自分からはみ出しものを名のってる男が、連邦監獄を脱走してフロリダに向かったたって。ほら、そいつがどんなことをしでかしたか、読んでごらん。こういう犯罪者がうろついてるところに子供たちをつれていくなんて、とんでもない。そんなことしたら、良心が許さないよ。」と言ったりする。どうやらテネシーに何か思い入れがあるようです。

息子のベイリーに押し切られ、結局フロリダに向かうのですが、おばあちゃんは道中もなかなか思い切れない。車で道を走っているとき、かつて訪れたことのある立派な屋敷が、脇道を入ったところにあったのを思い出します。「この角を曲がると、古き良き大邸宅に行けるよ」と言い出す。そして、その家の壁には財宝のようなもの、銀の食器が隠されていると嘘までついて気を引こうとする。子どもたちは「行きたい、行きたい」と暴れ出す。そんなに言うのであれば、ということで、運転している息子と「まだかね。そんなら、おれはもう引き返すからな」「もうちょっとだから」のように言い合いながら、舗装もされていない道を入っていく。おばあちゃんが途中で、昔はこうした道を一日に五十キロメートルくらい進むのが精一杯だったという話をしますが、最近誰かが通ったという感じが全然しないような、本当に道なき道を進む。

その道中でおばあちゃんは気づくわけです。「ここじゃなかった」。そもそも、おばあちゃんの記憶にあった邸宅は、ジョージア州ですらなくて、テネシー州だったことを思い出す。自分のあまりの勘違いに動転して、おばあちゃんは横に置いてあったかばんをひっくり返してしまいます。実は、息子のベイリーに絶対連れてきてはダメだと言われていた猫を籠に入れて、こっそり連れてきていたんですね。籠の上に新聞紙をかぶせ、さらにその上にかばんを置いてかくしていた。しかし、かばんがひっくり返ったはずみで猫がピョンと飛び出して、車を運転しているベイリーの肩に乗る。ベイリーはたまらずハンドル操作を誤る。このとき走っていた場所が堤防の上だったので、回転しながら谷底まで何メートルか落ちてしまう。ちょうど一回転だったので屋根が上になって、そこは不幸中の幸いだったのですが、おいそれと車を動かすことのできない状況になってしまったわけです。だから、そのままフロリダまで行っていれば何の問題もなかったのに、おばあちゃんが寄り道しろというから変な道に入って、しかも猫を連れてきていたから事故になってしまう。悪魔のようなおばあちゃんですね。

こんなところに助けの車が来てくれるのかと思っていると、少し離れた丘の上に車が見えて、近づいてくる。それは霊柩車みたいな、黒くて古い、大きな車でした。もう不吉ですよね。降りてきた男たちは、明らかにサイズの合っていない、変な服を着ている。上半身裸の男もいる。おばあちゃんは、上半身裸の、眼鏡をかけた男に見覚えがあるような気がするんですが、はっきりとは思い出せない。「こんにちは。ちょっとひっくりかえったようだね」と一見なごやかに近づいてくるんですが、全員、拳銃を持っている。しばらくやり取りしていて、おばあちゃんはついに気づくんですね。「あんた、あの〈はみ出しもの〉ね！　ひとめでわかった。」と、大きな声で宣言する。新聞に出ていた脱獄囚だったのです。気づかれてしまった段階で、彼らは目撃者を残しておけないので、一家皆殺しが確定します。もう、おばあちゃんの負の大活躍がすごい。

「しかしね奥さんよ、おれだと気づかないほうが一家の身のためだったのにな。」と〈はみ出しもの〉が言います。そして〈はみ出しもの〉以外の二人の脱獄囚が、家族を二人ずつ呼び出しては、森のほうへ行って射殺する。

その間、残されたおばあちゃんと〈はみ出しもの〉が何をするかというと、謎の宗教問答が始まるのですね。〈はみ出しもの〉は本当に罪を犯したのかとか、犯した罪とそれに対する罰というのは、この世で釣り合いが取れているのかとか、キリストが死者をよみがえらせたことによって、この世の矛盾がすべて解消したというのは本当かといった対話が行われる。〈はみ出しもの〉がなぜ投獄されたのかという話に及び、おばあちゃんが「なにか盗んだんでしょう。」と言うと、彼は次のように反論します。

「人のものなんかほしくないよ。刑務所の精神科医の説明だと、おれのやったのは父親殺しだってさ。そんなのは嘘だとわかってる。おれのおやじは一九一九年にインフルエンザで死んだんで、全然おれのせいじゃない。おやじの墓はマウント・ホープウェルのバプティスト教会にあるんだから、そこへ行ってみりゃわかる。」

〈はみ出しもの〉は父親殺しの罪に問われた。しかし、自分の理解では一九一九年に流行したインフルエンザ、いわゆる「スペイン風邪」で父親は死んだのだ、という。この年号自体は事実に即していて正確です。父親は病気で死んだのに、誰かにはめられて自分が殺人者にさせられたのだ、と〈はみ出しもの〉は主張している。少しあとで「いや、奥さん。犯罪のほうは問題じゃないんだ、人殺しでも、タイヤをはずして盗んでも、なにをしようとね。どうせおそかれ早かれ、自分のしたことは忘れてしまって、ただ罰を受けるだけになるんだ。」と言っているので、〈はみ出しもの〉の記憶はあてにならない。というか、精神科医も出てくるので、〈はみ出しもの〉は実際に父親を殺していて、何らかの理由でそのことを忘れてしまっているのかもしれない。しかし、本人は、自分が殺したのではないと確信しているような節もあって、そこが非常に怖い。

〈はみ出しもの〉は、たとえ父親を殺しているとしても、自分はもともと悲惨な状況に生まれていて、仕事もうまくいかず、追いこまれたからこそ囚人になったのだ、と言う。それなのに独房に入れられて、おそらくは終身刑か死刑を待つしかないという罰は、あまりにひどすぎる。一方には自分のように悲惨な環境に生まれて、犯罪者になるところまで追いこまれて、ひどい罰を受ける人間がいて、一方には、いい環境に生まれて、特に犯罪者になることもなく、周囲から「いい人だ」「立派な人だ」と称賛される人間がいる。本当に神がいるのだったら、こんな状況を放置しておくはずがないだろう。いったいどうなっているのだ——。

おばあちゃんは「お祈りをすれば、イエスさまが助けてくれますよ。」と、わりと良いことを言っています。〈はみ出しもの〉は「おれに助けはいらないよ。自分でちゃんとやっていく。」と答えているのですが、どうも本心では、「自分も心から神に祈ることができるようになって、イエスに助けてほしい」と思っている節があるのですね。言ってみれば、おばあちゃんとちょっと気持ちが通じあってしまうのです。通じあうけれども、結局、家族全員ほぼ殺されて、最後はおばあちゃんが一人になった。そのとき、どうするかとなって、究極の状況まで追いこまれたおばあちゃんは、〈はみ出しもの〉に対して、「まあ、あんたは私の赤ちゃんだよ。私の実の子供だよ!」と宣言して手を伸ばし、肩に触れるのです。そうすると、〈はみ出しもの〉が「蛇にかまれたみたいに後ろに飛びのいて」、必死におばあちゃんの胸に三発の銃弾を撃ちこんで殺す。これで一家全員死んでしまった。おばあちゃんの様子は次のように描写されます。

血だまりの中に、子供がするようなあぐらをかいて、すわるとも横たわるともつかないかっこうで、その顔は雲ひとつない空を見上げてほほえんでいる。

一家はみんな死んでしまったし、〈はみ出しもの〉の一味も脱獄したあと殺人もしているので、ほぼ捕まるだろうし、もうみんな不幸確定という感じなのですけれども、おばあちゃんだけは、満足した状態で、歓喜に包まれて死ぬのですね。

この結末をどう解釈したらよいかというのは、おそらく誰にもわからない。オコナーの作品には、通常のというか、世俗的なというか、論理ではわからないところが必ず出てくる。そうした部分について考えてみると、とても面白く読める作家だと思います。

南部ゴシックの継承者

まずはオコナーの経歴を見ておきましょう。彼女は一九二五年、ジョージア州のサバンナという町で生まれました。出自はアイルランド系で、宗教的にはカトリックです。

これは、アメリカ南部ではマイノリティであることを意味します。キリスト教徒でない我々からすると、カトリックもプロテスタントもそれほど変わらないと思うかもしれないのですが、ヨーロッパで宗教改革以降何百年も殺し合っていたのを見ればわかるように、当事者にとってはお互い異教徒くらい違う存在なのです。オコナーは、その中でキリスト教と本当に向かい合うためにはどうしたらよいか、ということについてずっと考え続け、書き続けた。

彼女はジョージア州立大学を一九四五年に出たあと、アイオワ大学ライターズ・ワークショップで創作を学んだ。初期から充実して作品を書いているのですが、大きな問題がある。何かというと、全身性エリテマトーデス（紅斑性狼瘡）という、難病を抱えていたのです。全身の皮膚に狼に噛まれた傷跡のような発疹ができ、歩くことすら難しくなっていく。免疫系の疾患で、彼女の父も同じ病気だったようです。作家として活躍したオコナーは、都会に出たり大学で教えたりしたかったと思うのですが、身体の自由が利かず、実現できませんでした。彼女は母親の故郷であるミレッジヴィルという土地の農場に住んで、孔雀などの動物を飼いながら、松葉杖にすがって暮らします。田舎に引きこもって、ほとんど家族としか会えないような状況で、ずっと宗教的な作品を書き続ける。その間も病状は悪化して、紅斑性狼瘡が原因で三十九歳で亡くなってしまいます。作品の数も少ないですし、テーマ的にも狭いといえば狭い。しかしながら、実際に読んでいくと、いちいち強く印象に残る場面や言葉がたくさんあり、会話の描き方や展開のつくり方もうまい。こういった内容の作品を面白いというと若干、不謹慎な感じもしてしまうのですが、とにかくめちゃくちゃ面白いのです。

そういったこともあり、生前も、亡くなってからも非常に評価の高い作家です。特にアメリカ南部で、ちょっとグロテスクな登場人物を出す、ゴシック・ロマンスの流れに位置づけられる人でもあります。本書で扱っている作家だと、ポー、フォークナーやカポーティの流れですね。そのなかでも個性的な作品を書いている。日本でももっと読まれていい作家だと思います。

南部におけるカトリックの立ち位置

オコナーの作品の特徴についてはいろいろなことが言われますが、先ほど触れたように大学の創作コース出身というのがひとつのポイントです。アイオワ大学ライターズ・ワークショップはクリエイティヴ・ライティングの嚆矢ともいえる場所で、オコナーはこの創作コースにきっちり二年通い、MFA（Master of Fine Arts）という、芸術に関する大学院レベルの修士号を取ります。それまでは作家になると言っても、アマチュアの人がまずは好きに書いて、それをどうにか本にしてもらえないか考える、という流れだったものが、オコナー以降、大学で小説の書き方を学んだ創作科出身の作家が増えていくことになり、それは今でも続いています。

「善人はなかなかいない」の舞台はジョージア州で、南部のバイブル・ベルトという、トランプ元大統領の支持層が多く住んでいる、保守的で宗教色の強い地域です。ニューヨークやボストン、あるいはサンフランシスコ、ロサンゼルス等、アメリカ合衆国の東海岸や西海岸の海岸部は工業化・商業化が進んでいて、宗教色がそこまで強くない場所ですが、南部は文化がまったく違う。オコナーの作品は基本的に南部が舞台なので、教会に熱心に通うような、キリスト教の信仰の篤い、寄付やボランティアに熱心に取り組む人たちがよく出てくることになります。

ここでポイントになるのは、アメリカ合衆国において保守的、かつ宗教色が強い場所を舞台にしているということは、登場人物は典型的にはプロテスタントだということです。しかし、南部出身ではあるものの、少数派のカトリックに属している作者オコナーの側から見ると、違う宗教を信じているというぐらい考え方が違う人たちの話を書くことになる。ですから、「南部の敬虔なキリスト教徒は優れている」という話にはならない。オコナーは南部の普通の人たちを、「これが敬虔ということだ」「これが正しい」「これが常識だ、正解だ」と言われていることを形式的になぞっているだけで、人が生きるとか、死ぬとか、神とどう関係していくかということについて突き詰めていないと思っているのですね。オコナーの作品では、老人や身体に障害を負っている人、精神疾患のある人などが主人公になって、異常な状況のなかでめちゃくちゃに追いこまれ、そのときはじめて物事を自分の頭で考えるようになる、という展開がよく見られます。

今回の作品でも、非常に「敬虔な」信仰を持っているおばあちゃんが、「もしかすると、イエス様は死人をよみがえらせなかったかも。」と、急に激しいことを言いだす。追い込まれたときに人がどう変容を遂げるのかが描かれる。もっと言ってしまうと、その究極的な変化の瞬間は、死の瞬間とだいたい一緒になります。これがオコナーの作品の特徴です。わりとどの作品も構造は似ていますが、細部は異なります。したがって個別の作品について考える際はそこで何が起こったのかを具体的に見ていくという手順になります。

この作品において、敬虔な信仰を持っているように見える人が、実際にはあまり自分の頭で考えていなくて、ただ慣習上「正しい」とされていることをやっているだけだ、というオコナーの考え方が表現されているのは、自分では宗教心が強くて、正しく生きていると思い込んでいるおばあちゃんが、バリバリの人種差別をする部分です。たとえば「あ、見てごらん、あそこにかわいらしい黒い坊やがいる！」という部分は、原文では pickaninny というわりと激しい差別用語を使っている。おばあちゃんは「昔はよかった」とか言うのですが、昔の南部といえば女性差別はきついし、黒人差別も信じられないほどひどかったわけで、客観的にはよかったわけがない。でも彼女は何も考えずに「昔はよかった」と言っている。そのような人が、極限状況に置かれたとき、初めて、人と人の関係、神と人との関係、生きることの意味のようなものに直面する。

アメリカ南部のプロテスタントとカトリックの違いとか、人種差別の問題のようなものを絡めながら、人間が生きる意味について考えるというのは、日本の読者からすると遠いイメージがあるかもしれません。ですが丁寧に読んでいくと、ごく普通の人が追い込まれていくときのサスペンスのつくり方であったり、常識では対応できない状況になったとき何を考えるのかといった部分に関しては、「ああ、心ってそういうふうに動くものなのかな」と、共感まではいかなくとも、ある種、説得されるというか、リアリティをもって体験できるように書かれていると思います。「善人はなかなかいない」は一家皆殺しという衝撃の結末で、日本の純文学ではまず見ない激しい展開だと思います。物語の展開という点では、カナダのマーガレット・アトウッドの作品も非常に激しいですが、オコナーはそれに輪をかけて激しい。主人公が急に牛の角に刺されて死んだり、水中に突然引っ張り込まれて溺れたり、さまざまな死にかたをする。だからストーリーだけでも読んでいて持っていかれる印象があります。

社会の外側で考える人物たち

では「善人はなかなかいない」の印象的な場面を具体的に見ていきましょう。三人の脱獄囚のうちリーダー格の〈はみ出しもの〉、彼がなぜこう呼ばれているのかということをまず考えてみたい。原文ではMisfitで、うまく社会に適応できないという意味ももちろんあると思うのですが、おばあちゃんに「あんたは善人だとわかっていますよ。」と言われた時に〈はみ出しもの〉自身が語る、幼い頃の父との会話が重要だと思います。

「いいや、おれは善人じゃないよ。」〈はみ出しもの〉はおばあちゃんの言葉をじっくり考えるように、しばらく間をおいてから言った。「それでも、世界一の極悪人てこともない。おやじはおれのことを、子供たちの中でもひとりだけ別だって言ってたな。『人生に疑問をもたずに一生すごす人もいれば、なぜ人生がこうなのか、わけを知りたがる人もいるもんだ。この子は知りたがるほうの仲間だな。なんにでも首を突っこみたがる。』そう言われたよ。」

世の中には二種類の人間がいる。常識をそのまま受け容れることができる人と、ものごとの本当のところ——人間が生きるとか死ぬとかという、根源的な問題——がどうなっているのかというところが気になっていちいち考えてしまう人。〈はみ出しもの〉は、考えてしまう方の人間だ、と、彼の父は言っている。これはわりとその通りなのではないか。〈はみ出しもの〉は貧しい家庭で育っているし、犯罪者でもあるのだけれど、同時に賢い人だと思うのですね。見た目も、「髪が半白になりかけ、銀ぶちの眼鏡をかけているのが、学者ふうの感じを与える」と、かなり知的な印象が強調されています。環境には恵まれず、ちゃんとした教育も受けられなかったけれども、さまざまなことについて自分なりに考えて、それを深めていっている人。

　この〈はみ出しもの〉の対話の相手となるおばあちゃんも、いろいろと大ボケをかますことで社会の外側に行ってしまう人です。宗教的なこととか、人生についてとか、社会の矛盾について、〈はみ出しもの〉は深く考えている。彼の言葉をおばあちゃんがどのくらい理解できているのか分からないところはあります。でも二人の問答によって、読者もまた、自分が常識だとして受け容れていたことについてあらためて考えることを迫られる。人間は悪いことをしてはいけないが、環境によって追い込まれていった場合、悪いことをした責任は本人だけにあるのか。犯罪に手を染めた人間は、どうしようもないと切り捨てるしかないのか。仏教の世界には親鸞の「善人なおもて往生を遂ぐ、況《いわ》んや悪人をや」という言葉がありますが、〈はみ出しもの〉のような境遇に追い込まれた人には全然希望がないのかという問いかけには、善人さえ救われるのだったら、悪人はより救われやすいだろうという逆説的な考え方に通じるところがあるようにも感じます。

「善人はなかなかいない」は文学作品なので、ここに問いかけはあるけれども、答えはありません。〈はみ出しもの〉の話は、根拠も論理もおかしいのだけれど、同時に重要な点を提示しているという気がします。環境に恵まれて、たまたま犯罪をしなくて済んだ人は、環境に恵まれず、犯罪に手を染めざるを得なかった人よりもすぐれた人間なのか。作品全体が、読者にそうした問いを投げかける構造になっていると思うのです。

　同時に、オコナー自身について考えてみたとき、彼女も〈はみ出しもの〉だといえる部分があると思います。宗教的には、南部における多数派のプロテスタントではなくカトリックの信仰を持っている。男性ではなく女性作家として小説を書いていく。難病を患っていて、家からあまり出られない。オコナーのほかの作品にも、普通に生きているときはめんどうくさくてあまり考えないこと、「生きる」とか「死ぬ」といった問いについてシリアスに問いかけてくる人物が、男性のことも女性のこともあるのですが、たいへんよく登場します。

愛すべきおばあちゃん

あらすじのところでめちゃくちゃな人だという話をしたのですが、実は、僕はこのおばあちゃんがけっこう好きです。「三日も猫を置き去りにするなど、到底できない。どんなにさびしがるかしれないし、それに、万一ガス・バーナーで爪をといだりしたら、ガスもれで窒息死してしまう」と言って猫を旅行に連れていく。すごく優しいですよね。また、出発の前にメーターを確認して「車の走行記録は五五八九〇を示していた。おばあちゃんはこの数字を書きとめておいた。帰りついた時、どれだけの距離を旅してきたかわかればおもしろいだろうと思ったのだ」とか、かわいい。それから、とても着飾っているのですね。「紺地に白のこまかい水玉もようのドレスを着ている。衿と袖口はレースで縁取りした白のオーガンジーで、えりもとには匂い袋つきのすみれの造花をつけている。もし事故があって、ハイウェイで死体をさらすことになっても、ひとめでこの人はレディーだとわかるだろう」。

おばあちゃんは、真っ赤な血だまりのなかで、紺地に白のこまかい水玉もようのドレスを着て死ぬ。色彩的にも鮮やかだし、この格好というのは、おそらくおばあちゃんが若かった頃に流行していた服装なのですね。なので、別の時代のイメージを引用しているというか、何重にもイメージが重ねられている部分ではないかと思います。

そして根強く残っている人種差別の話ですね。黒人の子どもを呼ぶ単語自体、何のためらいもなくpickaninnyという差別用語を使う。そればかりでなく、車の中でおばあちゃんの語る「笑い話」がヤバい。それはこんな話です。

おばあちゃんが若い時、エドガー・アトキンス・ティーガーデンという紳士に求婚された。彼は毎週土曜日、「E・A・T」という自分のイニシャルを刻んだ西瓜を家まで届けてくれていた。ある土曜日、みんなが留守にしていたのでエドガーは西瓜をポーチに置いて帰った。すると、黒人の男の子が「EAT（たべろ）」と書いてあるのだと思って食べてしまった――。

孫の男の子、ジョン・ウェズリーだけは大笑いしているのですが、いくらこの時代でも、「やっぱり黒人ってボケているよね、わっはっは」とはならない。おばあちゃんの差別ギャグに対して、息子夫婦はただ引いているし、孫の女の子、ジューン・スターは「私だったら西瓜しか持ってこない人とは結婚したくない」とか、まったくポイントを外した感想を言っている。家庭内でも、お互いに何を言っているか全然分からないまま、どこまでもスベり続ける。

ここも重要だと思うのですが、オコナーの作品には純粋に悪気なく差別をする人が出てくる。そういう純粋さや悪気のなさと絡み合っているからこそ人種差別は根深い、なかなか解決しない問題なのだ、ということをオコナーは見せてくれている気がするのです。「善人はなかなかいない」に出てくるおばあちゃんは、まったく人の話を聞かないし、「男はこうあるべき」「女はこう

する べき」だとか、「白人は賢い」「黒人はあまり頭がよくない」だとかを、思考に至る以前の感覚のレベルで確信していて、別のありかたなどは少しも考えない。そして、オコナーの問いかけの核心もそこにある。おばあちゃんのように、何も考えないでただ差別的に生きている人というのは、命の危機に瀕しない限り、自分で考えるということをしない。だからこそ、作品内で人がすぐ死んでしまうような、極端な事件が起こるんです。

おばあちゃんが何も考えていないことが現れている部分をいくつか見てみましょう。ドライヴの途中で、一家はガソリンスタンド兼食堂のような、レッド・サミーの店というところに立ち寄ります。アメリカの田舎では、ちょっとしたお店の横にガソリンスタンドが併設されているというのはよくあることなんですね。そこで、店主とおばあちゃんが「昔はよかった」みたいな話をする。レッド・サミーが、ちょっと前に店に来た二人組について、いい車に乗っているし、ちゃんとした連中に見えたからガソリン代をつけにしてやったのに、結局お金を払わなかった、なんで初対面の人間にそんなことをしてしまったのか、と言うと、おばあちゃんが「それは、あんたが善人だからですよ!」と返す。レッド・サミーも、「善人はなかなかいないもんだ。なにもかも悪くなる一方ですね。昔は網戸に錠をかけずに出かけたもんだが。もうそんなことはできっこないさね。」と受ける。このあたりも、すべての発言が「あるある」というか、決まり文句的で、お互いに一秒も考えずに話している。

でも、こういう牧歌的な場面にも、不協和音のようなディテールが出てくるのです。たとえば、レッド・サミーの妻は、「背が高く、髪や目の色が薄くて顔はあさぐろい」。おそらくベースは白人だと思うのですが、もしかしたら黒人の血が四分の一とか、ある程度入っているのかもしれないというほのめかしが感じられる描写です。その彼女がジューン・スターに「かわいいこと。ねえ、うちの子にならない?」と声をかける。これもお世辞というか、一種の決まり文句みたいなものなのですが、ジューン・スターは「いやですよーだ。百万ドルもらったって、こんなぼろ家に住むもんか。」と答える。この部分も、レッド・サミーの妻の肌が白かったら、ここまで強く言わないかもしれないという感じがするのです。おばあちゃんとレッド・サミーのクリシェまみれのたるい会話と、レッド・サミーの妻とジューン・スターの間の緊迫したやり取りが同時に起こっていて、そこに細かい本音というか、細かい差別がにじんでいる。

おばあちゃんとレッド・サミーの会話というのも、ちゃんと読むと実はけっこう変なことを言っています。「昔はよかった、犯罪する人もいなかった」という話をしているけれども、これはちゃんと検証したわけではなくて思い込みですよね。おばあちゃんが「昔はよかった」という理由は、明らかにおかしい。「おばあちゃんの意見では、今のようになったのは、すべてヨーロッパのせいなのだ」。おばあちゃんのような南部の人たちからすると、アメリカ北部の人たちやヨーロッパの人たちは、キリスト教的な宗教心をだいぶ忘れて、理性中心というか、もっと言うとお金中心の考え方になって、いわば世俗化している。特にその原因となっているヨーロッパはひどい——。この作品は小説で論文ではないので、おばあちゃん自身がなぜヨーロッパが悪いと思うのかをいちいち言わないのですが、おそらくはそのような反発があるのですね。なかには「そのとおり」と思う人もいるのかもしれないのですが、これもステレオタイプで表面的な捉え方という感じがします。

おばあちゃんの嘘から「地獄」が始まる

おばあちゃんは記憶力が怪しいいし、嘘を言うし、旅行の日程を変えさせるし、猫を連れてきたせいで事故も起こる。しかもおばあちゃんが〈はみ出しもの〉の顔を覚えていると言ってしまったからこそ、一家は皆殺しにされる。

たとえば、事故を起こした車を助けてくれるようにアピールしたら、やってきた車が黒くて大きくて霊柩車みたい、という場面がある。もう最悪ですよね。アメリカの霊柩車は前後にも長いしすごく大きいのです。おそらく、脱獄囚たちが脱走の途中で目についた車を奪ったのでしょう。服も奪って着替えたために、サイズが合っていないのです。実にまずい状況です。

おばあちゃんが死を呼び寄せていることについては、このようにしつこいくらい何度もほのめかされる。小説の作法からすると、これはちょっとやりすぎです。「ハイウェイで死体をさらすことになっても、ひとめでこの人はレディーだとわかるだろう」という記述があるし、その上でほとんど霊柩車みたいな車が近づいてきたら、「このあと家族は死ぬぞ、死ぬぞ」と言っているのと同じで、結末がバレバレです。ふつう、小説は次に何が起こるか分かってしまっては興ざめなので、ここまで伏線が生きるようにしてはむしろダメなのです。しかし、オコナーは限度がよく分かっていないというか、そういうことをあまり気にしない。ここまでいくとほぼコントで、どちらかというとギャグの領域に入ってしまう。では作品としてダメかというと、読後感はシリアスで、そこもおかしい。オコナーはつくづく変わった書き手だと思います。

なぜ読後感がシリアスになるのかというと、家族を襲う「地獄」の原因であるおばあちゃんに、ただのトラブルメーカーというわけでもない部分があるからです。すべての原因であると同時に、おばあちゃんでなければ到達できない、なぞの瞬間が訪れる。

ここもオコナーの作品を読むときに注目してほしいポイントのひとつです。もっともダメで、もっともヘンな人が、いちばん最初に救いに到達するという設定になっていることがけっこうあるのです。おばあちゃんも〈はみ出しもの〉に愛を与え、〈はみ出しもの〉に殺してもらうことで、ある種、人生のすべての苦悩というか、苦痛から救われる。努力した人が積み重ねて何かを達成するのではなくて、一見いちばんうしろにいるように見える人がいちばん先になっているという部分にも、キリスト教的なものを感じます。

「マタイによる福音書」二十章にはこうした一節があります。ぶどう園に人々が呼ばれて仕事をします。ある者は朝早くから働き、ある者は昼から、そしてある者は夕方から働きました。しかしながらいざ賃金が払われるとなると、全員が一デナリオンを受け取ったのです。これでは不公平ではないか、と言い出す者に対して雇い主は言いました。誰にどれほど払おうが私の自由ではないか。ここでは「後にいる者が先になり、先にいる者が後になる」と。宗教的な世界観においては、多く努力した者が多くもらう、という世俗的な世界観とは論理がちょうど反対になっていることがよくわかります。

それから、僕がちょっと考えてみたいのは猫ですね。この家族で唯一助かるのは猫です。息子の肩に飛び乗ることで事故の直接の原因になる猫。事故の直後、息子によって木に投げつけられるというひどい扱いを受けるのですが、実はこの猫だけが最後まで生き残る。最後の場面では〈はみ出しもの〉の脚にまとわりついたりしています。ポーの「黒猫」でも最終的に勝利したのは猫だったことを想起させます。

強いものが弱く、愚かなものが賢い

この作品を印象的なものにしている、〈はみ出しもの〉とおばあちゃんの関係についても考えてみたいと思います。先ほども書きましたように、〈はみ出しもの〉は見た感じインテリですし、落ち着いていて淡々としゃべる。しかし、実はそれほど強くないのではないかと思える部分があります。たとえば、「おばあちゃんは、男の帽子のうしろの肩甲骨がひどく薄いのに目をとめた」など、彼が華奢であることがわかる。「おばあちゃんは手をのばして男の肩にふれた。〈はみ出しもの〉は蛇にかまれたように後ろに飛びのいて」しまったりとか、おばあちゃんに触られただけなのにものすごくビビッている。本当はずっと不安でいっぱいなのではないか。脱獄囚のボスをやっているし、けっこうビッグマウスだし、理屈はしっかりしているし、頭もいい。だから強いのかと思うと、この物語に登場する人たちの中でいちばん弱いのは、むしろ〈はみ出しもの〉のようにも思えてきます。だから、おばあちゃんの目には、〈はみ出しもの〉は震えて苦しんでいる幼児のように見えたのではないか。それが、「まあ、あんたは私の赤ちゃんだよ。私の実の子供だよ！」という呼びかけにもつながる。

おばあちゃんははじめ、〈はみ出しもの〉が脱獄囚だということに気づいて、「あんた、あの〈はみ出しもの〉ね！　ひとめでわかった。」なんて正直に言ってしまう。しかも「ねえ、あんたはいい人ですよ。そこらの人とは全然ちがいますよ。いい家庭の生まれにちがいないわ！」と言ったりする。「善人」とか「いい人」というのはレッド・サミーの店で出てきた言葉で、そのやり取りも伏線になっています。

おばあちゃんは最初、生き残ろうとして、〈はみ出しもの〉を説得するために、ただの決まり文句として「あなたはいい人なのだから、人は殺さないですよね」と言っている。ところが、彼はこれまで完全に間違った生き方をしてきたけれども、本当はよく生きたかったのだということを対話を通して理解したり、神が本当にいて、イエスが死人を生き返らせたのなら、自分はその場に立ち会いたかった、そうすればこんなふうにならずに済んだのに、と語る〈はみ出しもの〉の心の叫びを聞いたりすることで、実は〈はみ出しもの〉のなかに本当に「善人」がいるのではないかと気づいていく。この短篇は「善人はなかなかいない」というタイトルなのに、実は善人はいて、その善人は人殺しだったという、何度もねじれた話になっているのですね。

その人殺しに対して、「祈ることはあるの？」と訊ねるおばあちゃんはものすごい根性というか、胆力だと思います。家族がガンガン殺されているのに、あなたはいまからでも祈りはじめれば人生が変わる、と言う。これも、おそらくは教会で牧師に言われていたことをただ繰り返しているだけだとは思うのですが、この時点で〈はみ出しもの〉に対してこの文句が向けられることで、それが単なるクリシェではない、本当の言葉に変わっていく感じがするのです。

一方の〈はみ出しもの〉は半分、暇つぶしでしゃべっていて、もう一方のおばあちゃんは、この瞬間にも殺されるかもしれないという命乞いでしゃべりはじめるのだけれども、いつしかそれが、「神は信じられるのか」「奇跡はあったのか」「聖書には本当のことが書かれているのか」「奇跡の場面に立ち会ったわけでもないのに神を信じることは可能なのか」という、大きな宗教問答に姿を変えていく。それまで、決まり文句やステレオタイプの偏見まみれで生きてきて、本当に自分の頭で考えたことは一度もなかったおばあちゃんが、いちばん鋭いところまで切り込む。自分の頭で考えて生きるしかなかった〈はみ出しもの〉は、いちばん賢い存在なはずなのに、愚かなはずのおばあちゃんが、この宗教問答で彼を上回ってくる。「あなたは善人だ、祈ることには意味がある、あなたは私の息子だ」と断言するところまで行くというのは、おばあちゃんが一種の悟りにまで到達しているということでしょう。

小説を日常の延長上にあるものとだけ考えていると、オコナーの作品の、このように話の質が急に転換する瞬間を、唐突で怖いだけに感じるかもしれません。しかしこうした転換はアメリカ文学ではけっこうよく見られます。アメリカ社会の価値観はキリスト教の信仰がベースになっているので、日常のなかに超越的な、神のようなものとの垂直的な関係が、突如顕現することがある。それは、神や信仰の問題を直接に扱っている作品であっても、直接には扱っていない作品であっても、どこかにある。どの書き手のどの作品にも、神と人との関係についての意識を置いておかないと、常に分からない部分が残るのがアメリカ文学だと言えるのではないかと思います。オコナーの場合は、その部分がたまたま前景化しているということですね。

それにしてもおばあちゃんと〈はみ出しもの〉の対話はすごい。〈はみ出しもの〉は、父親を殺した記憶はないと言い張っているし、自分が犯した罪と受けている罰の釣り合いが取れていない、罪より罰のほうが重いと言う。人間の社会の取り決めではこの矛盾は絶対に解消できないのだ、というようなことを言うのですが、ここで開陳される〈はみ出しもの〉の考え方というのは、おそらく、彼が独房のなかでずっと時間をかけて考えた、本人にとっては鉄壁の論理だと思うのです。自分は自分なりにこの人生に真面目に向き合ってきたのに、犯罪者になるところまで追い込まれ、不当に重い罰を受けさせられている。本当に神がいるならこんなに理不尽なことは起こらないはずだから神はいないし、神がいないのなら、何をしてもかまわないから、自分はせいぜい好き放題に暴れて人生を過ごすしかない――。この〈はみ出しもの〉の考え方というのは、犯罪に手を染めるところまではいかなくても、「本当に信じられるものがないのであれば、そこそこ好きに暮らして楽しむくらいしか人生の意味はないよね」という程度までマイルドにすれば、現代人の信条に近い、なかなか反論の難しい本音であるようには感じられないでしょうか。

しかし、この「善人はなかなかいない」という物語は、そうではないのだ、そういう考え方では本当の喜びは得られない、というところまで行くのです。おばあちゃんの愛情が、急に〈はみ出しもの〉に向かって噴出すると、これまで〈はみ出しもの〉が周到に組み立ててきた論理体系が崩れてしまう。「まあ、あんたは私の赤ちゃんだよ。私の実の子供だよ！」と言って、自分に向けて銃を構えている男の身体に触れていくことの勇気。もはやこのとき、おばあちゃんには、生死は関係ない。そして、触れられた〈はみ出しもの〉は、「蛇にかまれたように後ろに飛びのいて、胸に三発撃ちこんだ」。おばあちゃんのふるまいに恐れおののき、そして、撃つ。撃つことによって彼は自分の力を証明しているようで、その実、おばあちゃんの放出している愛の前では、拳銃の暴力は、全然通用しないのですね。ここは〈はみ出しもの〉の弱さを証明している場面だと思います。そのことによって、社会的な暴力というか、物理的な暴力を超えるものが存在していることをオコナーは示そうとしている。

最終的に、おばあちゃんの「その顔は雲ひとつない空を見上げてほほえんでいる。」実際にはおばあちゃんは殺されていて、ほほえんでいるように見えるだけなのですが、もし勝ち負けを言うのであれば、ここはおばあちゃんの勝ちですね。〈はみ出しもの〉は、「この人も善人になっていたろうよ。一生のうち、一分ごとに撃ってやる人がいたらの話だがな。」と、よくわからない負け惜しみを言うのですが、彼はおばあちゃんが最後に救われたことをよく理解していると思うのです。愚かだけれど、ちゃんと生きて、ちゃんと救われる人がいるということを目の当たりにしてしまった〈はみ出しもの〉はこのあとどうしていくのか。〈はみ出しもの〉の論理に共感してしまうところのある我々にも、同じ問いが突きつけられているように思います。

〔読書リスト〕

野口肇『フラナリー・オコナー研究』（文化書房博文社、一九九二）

ゴードン／田中浩司訳『フラナリー・オコナーのジョージア』（新評論、二〇一五）

サンデル／鬼澤忍訳『実力も運のうち――能力主義は正義か？』（早川書房、二〇二一）

第11講

言葉をもたなかった者たちの文学
――カーヴァー「足もとに流れる深い川」

レイモンド・カーヴァー／村上春樹訳『愛について語るときに我々の語ること』（中央公論新社、二〇〇六）

断片的な恐怖の連なり

今回は、レイモンド・カーヴァーの「足もとに流れる深い川」という作品のお話をさせていただきます。最初にストーリーを概観しましょう。実はこの短篇にはいくつかのヴァージョンがあるのですが、ここでは『愛について語るときに我々の語ること』という短篇集に収められた短いヴァージョンについて考えていきます。

主人公はおそらく中年にさしかかったくらいのクレアという白人女性です。夫のスチュアートと家にいるのですが、何か理由があって、たぶん二人ともピリピリしている。実は、スチュアートがあまりよくないことをしでかして、新聞に載ってしまったからです。

スチュアートは何日か前、友人たちといっしょに深い山のなかに行って、泊りがけで鱒釣りをしたんですね。この鱒釣りというのは、ふだんはなかなかまとまった休みが取れないようなアメリカの男性労働者にとって、すごく重要なレジャーです。車で行けるところまで行ったら、車を置いて、山道を何時間も歩いていく。やっと釣り場にたどり着いたところで、彼らはあるものが川面につき出た木の枝にひっかかっているのに気づきます。それが何かというと、全裸の女性の遺体だったのです。

現在なら携帯電話もありますし、山の中でも通じるところは通じますから、すぐ通報すると思いますが、当時は携帯電話などない。ということは、同じくらいの時間をかけて、人が住んでいるところまで戻る必要がある。その後また山道を歩く気にはなれないだろうし、警察が捜査に来るかもしれない。つまり、今回の休日の釣り企画が台無しになってしまう可能性はかなり高い。

そういったわけで、夫とその仲間たちが話し合うんですね。「もう女性は死んでいるわけだし、遺体さえ流れてなくなってしまわなければ、通報は一日二日遅れてもいいんじゃないの？」というノリになって、遺体を紐で河岸の木に括りつけて、予定通り釣りを楽しむことにします。遺体のある川で、水を汲んだり、煮炊きしたり、釣りをしたりしながら数日過ごす。釣りが終わって、電話のあるところまで行って通報する。男性たちは、後ろめたい気持ちはあったけれども、そんなにひどいことをしているつもりはなかった。しかし、ただでさえ女性が殺されたのは痛ましいことなのに、数日間、発見者にも放置されたということが新聞のネタになってしまう。そして、記事を読んだ人から、いたずら電話や抗議の電話が家にかかってくるようになる。スチュアート自身が電話に出て、「うるさい」とか言って、反発したりする。


彼は言う、「まったく何だって言うんだ。どうしてみんな余計なことにいちいち首を突っ込まなくちゃいられないんだ。いったい俺が何をしたって言うんだよ。あそこにいたのは俺一人じゃないんだ。俺たちはみんなで相談して決めたんだ。そのまま回れ右してもと来た道を引き返すわけにはいかなかったんだよ。車を停めた場所まで五マイルもあったんだ。しったかぶりの偉そうな意見なんて聞きたくないね。お願いだ」

「でもわかるでしょう」と私は言う。

彼は言う、「何がわかるっていうんだよ？　なあクレア、俺に何がわかるっていうんだよ。

俺にわかっていることは一つしかない」彼は私にいかにも思慮深げな顔をしてみせる。「それはあの女がもう既に死んでいたってことだ」と彼は言う。「それについちゃ誰に劣らず気の毒だと思ってるよ。でもとにかく、そのときには死んじゃっていたんだ」

「そこが問題なのよ」と私は言う。

クレアは、スチュアートに自分がやったことがどう悪いのかを理解してほしいと思っているようなんです。冷たい態度をとってみたり、「考えてみればわかるでしょう」みたいなことを言ったりするのですが、かえってスチュアートは頑なになって、「いや、別に悪いことなんてしていない。遺体もちゃんと確保して、通報もしたのに、何が悪いんだ」と開き直る。それだけでなく、クレアに唐突に性的関係を迫ったりもするのですね。

ピリピリした緊張感のなか、ふたりで外出しているとき、クレアは急に思い出したように、昔あった殺人事件の話をします。

「みんなあいつらには罪の意識はなかったって言ったのよ。あいつらは頭がおかしかったんだって」

彼は言う、「誰のことだよ?」と彼は言う、「いったい何の話をしているんだ?」

「マドックス兄弟のことよ。私の故郷の町で、彼らはアーリーン・ハブリィっていう女の子を殺したのよ。その女の子の首を切って、死体をクリー・エルム川に投げこんだの。その事件は私がまだ小さなころに起こったの」

「なんでまたそんな話をしなくちゃいけないんだ？」と彼は言う。

私はクリークを見る。私はその中にいる。目を見開いて、うつ伏せになって、川底の藻を見ているのだ。死んだまま。

「いったいどうしたっていうんだ？」と帰り道に彼は尋ねる。「なんだって俺のことをそんなにいちいちいらいらさせるんだよ？」

彼に対して言えることは何ひとつない。

夫は運転に神経を集中させようとする。でもしょっちゅうバックミラーに目をやる。

彼にはわかっているのだ。

昔、クレアの身近なところで、女性が首を切られて川に投げ捨てられるという事件が起こった。その話をしても、スチュアートはなかなかピンとこない。本当はピンときているのかもしれないのですが、クレアに言い負かされることはある種、男の沽券にかかわるという考え方なのか、少なくともピンときていないふりをするのですね。

こうした夫婦間のすれ違いを抱えたまま、クレアは、スチュアートたちが発見した、亡くなった女性に非常に強く思い入れを抱いて、彼女の葬儀に行くことにします。自分で車を運転して向かう途中、気づくと後ろから緑色のピックアップ・トラックがついてきている。「何かな、追い越してくれればいいのに」とクレアは思うのですが、タイミングが合わないのか、なかなか追い越さない。見通しのいい道に差し掛かったところで追いついて、しばらく並走したりする。並走すると、男が乗っていて視線が合う。ようやく先に行ってくれたかなと思って適当な場所に車を停めてひと息ついていると、ピックアップ・トラックが戻って来るのです。恐怖を感じたクレアは、ドアをロックする。運転していた男は、わざわざ降りてきてコンコンと窓を叩いたりする。「あんた、大丈夫?」とか「どうかしたの」などと言いながら、「窓を開けなよ」とずっと要求してくる。ものすごく怖いシーンです。男は「なあ、おねえちゃん、俺はあんたを助けようとしてるんだぜ」と、善意で声をかけていると主張するのですが、本当のところは何をされるかわからないという状況が描かれています。

クレアはなんとかその場を切り抜けて、葬儀の会場にたどり着く。そこにいた足の不自由な女性と話していると、被害者の女性との関係について、「あの子はよく家に遊びに来ました。クッキーを焼いてやったものです。そしてテレビの前で食べさせてやりました」という、謎のほのぼのエピソードを聞かされて、さらに混乱する――というストーリーです。

カーヴァーの作品は、ひとつひとつの要素が論理的に繋がるというよりも、似たようなイメージの断片が連なっていって、作品全体としてある雰囲気を作り出しているものが多くて、「足もとに流れる深い川」もそうです。読んでいて、ずっと持続して怖い感じがします。

短篇小説の地位を引き上げた作家

カーヴァーは一九三八年、オレゴン州で生まれました。オレゴン州はカリフォルニア州の北に接する州で、アメリカ合衆国全体からみると太平洋側の北部に位置します。

彼の父親は製材所で働いていました。カーヴァー本人は高校を卒業したあとすぐに結婚して、ガソリンスタンドで働いたり、薬局の配達員、病院の守衛など、さまざまな職を転々としながら、妻と子ども二人を支えます。彼はそうした生活に満足していたわけではなく、作家になりたいという気持ちをずっと抱いていた。地元の大学の創作コースにちょっと通ったりして、働きながらコツコツと作品を書き続ける。

カーヴァーは一九六七年、「頼むから静かにしてくれ」という短篇を書き、この作品が『ベスト・アメリカン・ショート・ストーリーズ一九六七』に掲載されることになります。同作を収めた『頼むから静かにしてくれ』というタイトルの短篇集を一九七六年に刊行すると、非常に注目されて、一躍人気が出ていきました。

このようにして作家としての評価は上向くのですが、カーヴァーの私生活には大きな問題がありました。もともと最初の妻もカーヴァーも、かなりの量、酒を飲む人だったのですが、本格的に小説を書くようになってからは、酒に溺れるような状況になっていく。アルコール依存症の症状がはっきり現れてきて、七〇年代を通じて入退院を繰り返すことになります。この頃のことは本人の言葉でも語られているのですが、ほとんど生死の境をさまようぐらいまで行っていたようです。一時期はこのままだと若くして死んでしまうのではないかというくらい激しく飲んでいて、アルコール依存症患者のリハビリ施設にも入っていた。このときの経験をもとに書かれたとされる「ぼくが電話をかけている場所」については、ポー「黒猫」の回でお話ししました。

幸いなことに、七〇年代末にはカーヴァーはアルコール依存症を克服し、その後一切酒を飲まなくなります。作家としての名声もどんどん高まっていき、複数の大学で創作科の講師として多くの学生を指導する。そこから著名な作家が何人も生まれています。

カーヴァーは基本的には、自身が所属している白人の労働者階級、高校を出たあと進学せずに一般的な仕事に従事している人たちの世界を描いています。先ほど触れた「ぼくが電話をかけている場所」や「大聖堂」などは後期の作品と位置付けられており、評価が高いです。

ヘミングウェイの回で、ハードボイルドというか、飾り気のない文体についての話をしましたが、カーヴァーの文体はそれをさらに削ぎ落したような簡素なものです。しかも、ヘミングウェイほどスタイリッシュではない。平易で透明なイメージの文体で、これによって英語圏における短篇小説の地位を引き上げた。皆が「短篇小説は素晴らしい」と思うように変わっていった、そのきっかけになった作家がカーヴァーです。一時期はどの大学の創作科の学生も、皆カーヴァーの真似をしていたと言われるくらい、その影響力は絶大でした。

カーヴァーは一九八八年、五十歳のとき肺がんで亡くなってしまいます。その数週間前にテス・ギャラガーという詩人の女性と再婚したのですが、カーヴァーの死後発表された作品のほとんどは、草稿を彼女が編集して本にしたものです。

「忘れられたマイノリティ」の声

カーヴァー作品の背景となるのは、地域的には少しばらけたりもしますが、主にアメリカ北西部、太平洋岸のワシントン州やオレゴン州あたりで暮らす、中流の白人の世界です。
アメリカ合衆国はかつてそれほど学歴を重視する社会ではなかったので、高校を出て普通に仕事をしていれば、ある程度の家を買って、子どもをきちんと育てられるという時代がありました。しかしながら、不況が続いたり、産業構造が変化して、高学歴な人のほうがよい待遇を受けられる社会になっていくと、かつて中流だった人たちの社会的・経済的地位が相対的に落ちていくことになります。失業率や離婚率が上昇して、人生がうまくいかないという理由で、アルコールやドラッグに溺れる人もたくさん出てくる。

二〇一六年の大統領選、ドナルド・トランプ現象について考える際に言及される、忘れられたマイノリティとか隠れたマイノリティと呼ばれるのが、こうした人々です。黒人やアジア系、ネイティヴ・アメリカンといったあきらかなマイノリティに対して、元中流で貧困層に下降していった、アメリカの地方に暮らす白人たち。彼らは経済的になかなか上昇できず、希望を失って宗教にすがったり、アルコールやドラッグで健康を害して中年での死亡率がめちゃくちゃに高くなったりしている。こうした人たちがトランプを支持したのではないかという分析がありますが、カーヴァーの時代にも、すでに隠れたマイノリティとしての白人は存在したのです。

このような隠れたマイノリティの世界が、カーヴァーにおいて積極的に、意識的に書かれるようになったという点は、アメリカ文学にとってかなり大きな転換点だったのではないかと思います。ニューヨーク、ボストン、サンフランシスコ、ロサンゼルスのような大都市に住む、知識人階級の白人たちの暮らしは、文学作品には比較的反映されやすい。しかし、高等教育を受ける機会に恵まれず、作家になるような人もあまりいない、地方の中流白人の物語は、これまであまり描かれてこなかった。

カーヴァーの功績を一言でいえば、それまで言葉をもたなかった人たちに言葉を与えたということかもしれません。彼の作品でこれでもか、と描かれるのは、中流白人たちの失業、経済的な破滅、婚姻関係の破綻などです。題材が題材なので暗いだけのように思える作品も多いのですが、初期の作品には独特の鋭さがありますし、後期の作品には何か光を見いだせないかと模索するようなニュアンスが感じられる。ちょっと優しくて明るい感じに変わるのですが、それでも、単純なハッピーエンドにはならないのがカーヴァーの面白いところです。

命なき身体は人かモノか

それでは、作品の細かいところを見ていきましょう。カーヴァーは同一のイメージの断片を連ねる書き方をしていると申し上げました。この作品においては、ポルノグラフィ的な話にもなるのかもしれませんが、それは女性の身体をモノ扱いする男たちのイメージだと思うのですね。

主人公のクレアとスチュアートの夫婦が対立するポイントは、言葉にすると、「すでに亡くなっている女性の身体は人なのかモノなのか」ということです。妻のクレアは、亡くなっていようが女性は女性だし、人間なのだから、生きているときと同じように尊厳を与えられるべきだと考えている。だからこそ、「死んでいた」からという理由で放置されるのはおかしい。そして「釣った鱒の身が固いのは水がものすごく冷たいせいだ」という記述があるくらい、非常に冷たい川に女性の身体を放置するなんて、人間としてやってはいけないことだ、と思っている。

それに対して、夫のスチュアートは、亡くなってしまえばもう魂はないのだから、その身体はモノでしかないと考えている。モノでしかない場合、重要なのは、証拠品としての死体が腐らずに保たれることだ。幸いなことに川の水が冷たいので、腐敗することもなく、きれいに保存することができた。だから自分たちの行為は正しい、と、おそらくはそのように思っています。

理屈で言えばスチュアートの考え方は間違っていないかもしれない。それでも、感覚的にはクレアの考え方に説得力があるように思います。しかしここで問題なのは、どちらが正しいかということよりも、男女で見解が分かれてしまった場合に、すり合わせることができない点です。高等教育を受けていないという設定なのか、この夫婦は、自分がどのような思想的根拠に基づいて語り、態度を決定しているかをきちんと言葉でつかむことができない。だから、妻が「なんか嫌だ」という態度をとると、夫は「『なんか嫌だ』と言ってくるお前が嫌だ」と対応するしかない。

この夫婦は、おそらく普段から言葉で繋がることが極端に少ないのですね。生活を共にする――一緒に食べる、寝る、子どもを育てる、それから性的な関係を持つ――ことでしか繋がっていない。だから、深い思想的な対立が生じると、それを言葉によって解決できない。

この短篇の最後の場面は、夫婦のキッチンでのやり取りです。被害者の女性の葬儀から帰ってきたクレアは、スチュアートがテーブルに一人で座っているのを見て、混乱します。一緒にいるはずの息子、ディーンの姿が見えないからです。スチュアートは、外にいるから心配ないと言う。

彼はグラスの酒を飲み干し、席を立つ。彼は言う、「お前が何を必要としているか俺にはわかってるんだから」

彼は私の腰に腕を回し、もう一方の手で私のジャケットのボタンを外しはじめる。それからブラウスのボタンにとりかかる。

「やるべきことをまずやらなくちゃな」と彼は言う。

それから何かを口にする。でも私には耳を傾ける必要はない。こんなにたくさんの水が流れているんだもの、何も聞こえはしない。

「たしかにそうね」と私は言う。そして自分の手でブラウスの最後のボタンを外す。「ディーンの帰ってくる前にね。急いでね」

言葉で対立を解決できない夫は、性的な関係によってなんとか解決しようとする。過去にこうすることでうまくいったことがあるのでしょうね。けれども、性的な関係の強要というのは、まさに女性の身体をモノ化することですから、この場合いちばんやってはいけないことのはずなんです。でもスチュアートは、それ以外のやり方が全然わからないので、突然抱きついたりする。しかも、二人がものすごくすれ違っているときに、「おまえも結局はこうしてほしいのだろう」などと、無神経極まりないことを言ってしまう。

ここでおそろしいのは、スチュアートを含む、一緒に釣りをしていた男たち全員が、コミュニティにおいては、ちゃんと仕事もしているし子どもも育てている、他人に失礼なことも全然しない、立派な社会人だということなんですね。そうした立派な人たちであっても、亡くなった女性の身体をモノ扱いして、あたりまえのような顔をしている。そうしたことが明確になっている。つまり、普通に見える社会であっても、その裏側には語られない暴力が常にあるということを、少ない言葉できっちり描いている作品だと言えると思います。

この短篇において重要なポイントになるのは、釣りに行った男たちの共感力の欠如です。亡くなった女性がどういう気持ちで死んでいるかを考えない。亡くなっているのだから気持ちなんかないだろうという即物的な考え方もあるかもしれないのですが、「もし自分だったら」とか「自分の家族だったら」とは、誰も一秒も考えないんです。

結局、そのままキャンプを張った。焚き火を起こして、ウィスキーを飲んだ。月が昇ると、彼らは娘の話をした。誰かが言った。死体が流されないようにしておいたほうがいいんじゃないかな、と。彼らは懐中電灯を持って川に戻った。一人が——それはスチュアートかもしれない——水の中に入って死体を運んできた。彼は死体の指をつかんで、彼女を岸まで引っぱってきた。ナイロンの紐を持ってきて、女の手首を縛り、その紐を木に巻きつけた。

何をするかというと、計画通りキャンプの準備をはじめるのですね。その間、遺体が流されないように確保する手際のよさが、読んでいてとても気持ちが悪いところです。しかも、遺体のすぐ横がちょうど食器を洗うのにいい位置だったので、自分たちが使った調理器具や食器をそこで何度も洗う。「なんか、気持ち悪いよね」という感覚も全然ない。もし日本の話だったら、「遺体もある意味、生きているのだ」と考える人が多いのではないかとも思うのですが、ここは日本とアメリカが感覚的にかなり違うところかもしれません。

その一方で、先ほどもちょっと触れたのですが、仲間の一人のゴードン・ジョンソンという男が「釣った鱒の身が固いのは水がものすごく冷たいせいだ」と言うんですね。どうやら冷たい水の中でさらされると新鮮なまま保てるということを言っているのですが、これは女性の遺体も動物の身体だから、やっぱり固くなっていることを暗示している。すさまじいですよね。そして男たちは、できるだけ遺体の話をしないように努めながらも、魚の話をすることで間接的にはその話題に何度も触れるのです。自分たちでは気にしていないつもりでいながら、実はめちゃくちゃ女性の遺体のことが気になっている。ここは非常に興味深いポイントだと思います。

家からすぐのところに、ちゃんとこんな水場があるのだ

この作品のタイトル「足もとに流れる深い川」は、原文では"So Much Water So Close To Home"で、作中に出てくる表現です。その部分は次のようになっています。

私たちは何も言わずに町を抜ける。道路沿いのマーケットに車を停めて、彼はビールを買う。入り口を入ったすぐのところに新聞が積み上げてあるのが目につく。階段のいちばん上の段では、プリントのドレスを着た太った女が小さな女の子に甘草キャンディーをあげよ

うとしている。すこしあとで我々はエヴァーソン・クリークを渡って、ピクニック場に行く。クリークは橋の下を抜けて、数百ヤード先で大きな池を作っている。そこには男たちの姿が見える。釣り糸を垂れている男たちの姿が見える。

家からすぐのところに、ちゃんとこんな水場があるのだ。

私は尋ねる、「どうしてわざわざ遠くに出かけなくちゃならなかったの？」

「くだらんこと言うなよ」と彼は言う。

「家からすぐのところに、ちゃんとこんな水場があるのだ」という部分をタイトルにしているのですが、村上春樹訳はタイトルを文中の表現と変えているので、読者は対応関係に気づきにくくなっています。家の近くに魚釣りができる場所がちゃんとあるのだから、わざわざ山の中に行って、殺人事件に巻き込まれる必要はなかったのに――と、クレアは思っている。しかし、スチュアートからしたら、近所で釣りをするのと、キャンプして釣りをするのとでは、釣れるものも楽しさも、意味もまったく違うので、「何をバカなことを言っているのだ」と思う。

妻に言わせれば、楽しければいいのか、ということになると思うのですが、とにかく、ここまで言っても分かってくれない夫に対して、なんとか分かってほしいと思って、かつて自分の身近で起こった殺人事件の話をするのです。女性が首を切られ、川に捨てられた事件。ここでクレアは、「あなたは身近な人がそういうふうにされたらどう思う？」ということを問いかけているのですが、その問いを直接言葉にはしない。ただエピソードを話して、反応を待っている。スチュアートは「なんでまたそんな話をしなくちゃいけないんだ?」と言ってイラつく。何かニュアンスはつかんでいる感じもあるのですが、彼もそれを明確に言葉にすることはないのです。

ここまで読んでくると、実はこの短篇のテーマは、殺人や遺体の問題ではなくて、夫婦の間で共通の言語がないまま生きていることの苦痛である、ということが明確になってくるように思います。お互いの意見とか、感覚とか、感情とかをきちんと言葉にすることができないまま、断片的な言葉をぶつけあう、中途半端なケンカみたいな感じになってしまう。これは程度の問題ですが、実はどんな人にも思い当たる節のあることではないでしょうか。

妻のクレアが、あまりにも夫と理解し合えないことを認識する。なぜそうなってしまったのか分からないけれども、よく考えてみると、そもそもこの世界は女性に対する無理解と暴力に満ちていて、安心して暮らすことができない——。そういった感覚が高まってきたとき、彼女のなかの、それまであたりまえだったことがすべて崩壊してしまうのです。しかし、カーヴァーはそれを「あたりまえのことが崩壊してしまった」とは書かない。被害者の女性の葬儀に向かう準備をするクレアのエピソードに託して描く。

私は注意深く服を着る。帽子をかぶって、鏡の前に立つ。そしてディーンに置き手紙をする。

「今日はご用があるので出かけてきます。でも遅くならないうちにもどります。おとうさんかおかあさんが帰るまで、家の中にいるか、うら庭で遊んでいるかしておいてください。

じゃあね。おかあさんより」

私は「じゃあね《ラブ》」という言葉を眺め、そこにアンダーラインを引く。それから「うら庭《バックヤード》」という言葉に目をやる。バックヤードというのは一語だっけ、それとも二語だっけ？

「バックヤード」という単語を、backyardと続けて一語で書くのか、back yardと二語として書くのか、とっさに思い出せなくなってしまう。普通の状態であれば難なく思い出せるだろうし、もしどちらか分からなくても特に気に留めないでやり過ごしてしまうようなことなのですが、クレアにとってはあたりまえの日常が崩壊してきているので、「バックヤード」が一語か二語か分からないことでものすごく混乱してしまう。

カーヴァーはこのように、言葉が何か異物のように感じられる場面をよく描きます。たとえば、「ダンスしないか？」という短篇では、自宅の前でヤードセールをしている男が、売りに出しているベッドに興味を示した若いカップルに話しかける。「君たちダンスすればいいのに、と言ってみようかなと男は思った。そしてそう口に出した。『君たちダンスすればいいのに』」という場面。あるいは、「ささやかだけれど、役にたつこと」という短篇では、息子を交通事故で亡くした母親が「駄目よ。あの子をここに残してはいけない」という言葉を口にしたあと、「自分の口から唯一出てくる言葉がこんなテレビ・ドラマみたいな言葉だなんて」、と思う場面。

つまり、言葉とか、心とか、身体とか、そうした「自分」を構成するものがずれてしまった人たちが、言葉に対して強く意識的になる瞬間を、ほんのちょっとしたエピソードで描く。人間が精神的に追いこまれていることの表現が、カーヴァーは実にうまいと思います。

一行に込められた感情を読む

そしてなんと、葬儀に向かう途中で、クレアも襲われかける。実は、彼女がほんとうに襲われかけているのかどうか、読んでいてもわかりません。並走して自分の車を追い越していったはずのピックアップ・トラックの男が戻ってきた場面は次のように書かれています。


私はドアをロックし、窓を閉める。

「あんた、大丈夫?」と男が尋ねる。彼はガラスをとんとんと叩く。「どうかしたの?」彼は両腕をドアに置いてかがみこみ、窓に顔をつける。

(中略)

彼は私の胸を見て、私の脚を見る。そういう視線を私はありありと感じる。

「なあ、おねえちゃん、俺はあんたを助けようとしてるんだぜ」と彼は言う。


「そういう視線を私はありありと感じる」(傍点引用者)という部分がポイントです。この時クレアは、世界は暴力に満ちているとか、男性はみんな女性をモノ扱いしていて、興味がないか、興味を持ったときは性的な目でしか見ないんだと強く思っている。だから、男が胸や脚をいやらしい目で見ていると「私はありありと感じる」。

アメリカはとても広いですから、人里離れたところで車が故障して、助けを呼べなかったら死んでしまいます。だから、ピックアップ・トラックの男は、本当に心配して助けに来たのかもしれない。でも、女性が一人でいるのをいいことに性的に攻撃しようとして近づいてきたのかもしれない。男が本当はどういうつもりなのか、これは読んでいてどちらとも決められないところです。しかし、クレアの感覚としては、限りなく襲われかけているという描写になっている。

男どうしでも、同じような状況に置かれたら相当怖いと思います。一般の人が普通に銃を持っている社会ですから、一人きりになったら、何があるか全然分からないのがアメリカです。なので、これはクレアの思い過ごしだという解釈も、ピックアップ・トラックの男は実際に彼女を襲おうとしているのだという解釈もできるだろうと思うのですが、文学作品としては、川で見つかった遺体の女性、それから故郷で殺されて川に捨てられた女性に、クレアが感情的に一体化していることの表れだと読むのがいいのではないかと思います。

なぜそうした一体化が起こったのか。クレア自身、夫婦関係において、夫のスチュアートが自分をモノ扱いしているというか、感情や思考を持った人間としての自分を受け止めてくれていないといった感覚が、日常的にあったことが理由ではないか。

夫が妻を愛していないのかといえば、愛しているとは思うのです。しかし、それを表現する言葉を持たない。スチュアートとクレアのすれ違いを見ていると、相手の感じたり考えたりしていることをきちんと受け止めて、自分も変わっていくような部分がまるでない。ある種のマッチョ的な枠というか、夫に性的に誘われたら妻は応じるべきだ、というような「夫はこうあるべきだ」「妻は従うべきだ」という「男らしさ」の枠の中でしか動いていない。いろいろな「べき論」に縛られていて、クレアという一人の人間に心を開き、その言葉に耳を傾けることができない、そういう状況が続いていることが伝わってきます。妻の苦悩に焦点が当たっていますが、夫の側も十分につらいのではないかということが作品を読んでいると、よく分かる書き方になっている。

以上のようなことを、評論とか論文のように理屈で語るのではなく、言葉のすれ違いや描写のニュアンスで感じさせるところが、カーヴァーの作家として素晴らしいところだと思います。

彼の作品は、最初は分かりにくいかもしれないのですが、分かってくると、だんだん一行一行にたくさんの感情や思考が込められているのを読み取れるようになって、とても面白くなってきます。よい作品がたくさんあるので、いろいろと読んでいただけるとよいかと思います。

〔読書リスト〕

スクレナカ／星野真理訳『レイモンド・カーヴァー――作家としての人生』（中央公論新社、二〇一三）

ゲスト／吉田徹・西山隆行・石神圭子・河村真実訳『新たなマイノリティの誕生――声を奪われた白人労働者たち』（弘文堂、二〇一九）

金成隆一『ルポ　トランプ王国』（岩波新書、二〇一七）

平石貴樹・宮脇俊文編著『レイ、ぼくらと話そう――レイモンド・カーヴァー論集』（南雲堂、二〇〇四）

第12講

ヴェトナム戦争というトラウマ

——オブライエン「レイニー河で」

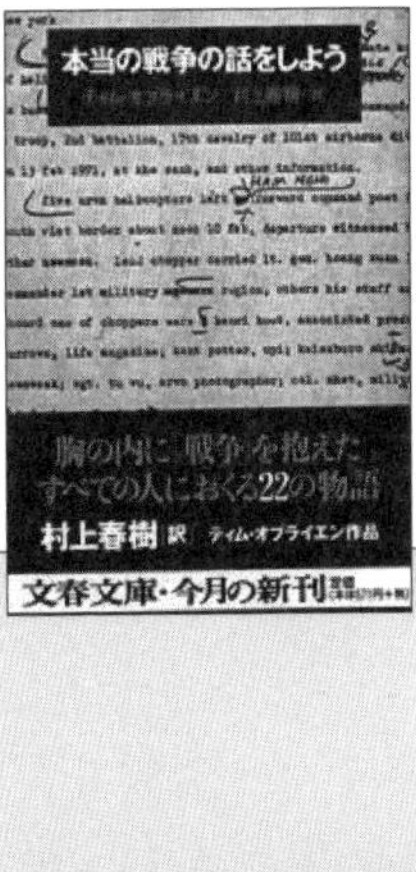

ティム・オブライエン／村上春樹訳『本当の戦争の話をしよう』（文春文庫、一九九八）

戦争に行くべきか、行かざるべきか、それが問題だ

今回はティム・オブライエンの「レイニー河で」というタイトルの短篇小説についてお話ししていきたいと思います。

オブライエンはヴェトナム戦争を扱った作品で広く知られた作家で、「レイニー河で」もヴェトナム戦争に関係はしています。しかし、主に戦争に行く前、徴兵を受けてから戦地に行くことを決意するまでの話になっていて、ほかの作品とはひと味違う短篇になっています。

まずはあらすじを見ておきましょう。「レイニー河で」は、ティム・オブライエンのほかの多くの作品と同じように、フィクションとノンフィクションの間くらいに位置する内容です。主人公の名前もティム・オブライエンで、作者オブライエンと多くの共通点を持っています。ティムは大学を一九六八年の六月に卒業し、ハーヴァード大学の大学院へ進学が決まっている。学業成績は優秀だし、その他の点でも学内で評価が高いということがうかがえます。

ところが、卒業の一か月後に、ヴェトナム戦争への徴兵通知が届く。ティムはもともとインテリなので、ある程度リベラルな考えを持っていました。ヴェトナム戦争についても、正当性のない間違った戦争だと感じていて、かなり穏健な形ではあるものの反戦運動にも参加していた。

しかし、当時、戦争に行かない方法というのは限られていたのですね。たとえば宗教的な理由、プロテスタントのなかでも、戦争に絶対反対の教義をもつクェーカー教徒であるとか、そうでなくても絶対的兵役拒否の思想があれば行かないことも考えられますが、ティムにはそこまで確固

たる思想的背景はない。すると、残された数少ない手段は外国に亡命することです。具体的には、アメリカ合衆国とカナダの国境線を越えて、アメリカを捨てるくらいしか選択肢がない。

ティムの理性は、「こんな大義のない戦争に参加する必要はない、逃げてしまえ」と言うのですが、感情が頑強に抵抗する。なぜか。彼は中西部の保守的な町で育ったので、徴兵を逃れるのは腰抜けという価値観がしみついている。故郷を、あるいはアメリカの人たちを裏切って逃げたように見られてしまうだろう、と思う。すると、リベラルな理性があるからこのまま戦争に行くこともできないし、かといって、すべてを捨てて果敢に戦争から逃れることもできない状況に追い込まれる。

彼はその頃、食肉工場で「血糊取り」という仕事を担当していました。豚の死体にこびりついている固まった血液をウォーター・ガンのようなもので吹き飛ばす作業の途中で、もう心が折れてしまう。作中にも「ある朝仕事場に行って、食肉処理のラインの前に立っているときに、私は自分の胸の中で何かがばりっと折れて開いてしまったのを感じた」という記述があります。「それは肉体的破断だった」。

そして、カナダ国境に向かいます。ミネソタ州という、カナダと接する州に住んでいて、国境までは「車なら八時間で着く」。日本だと八時間はけっこう遠い感じですけれども、アメリカではこのくらいなら近いという感覚です。ティムは車を走らせ、カナダとアメリカ合衆国の間にあるレイニー河にたどり着く。その河岸に、ボロボロのホテルというか民宿というか、釣り宿、ロッジがあって、そこに逗留する。

ティムはそのロッジである男と出会います。八月とはいえ、カナダ国境のあたりは涼しい季節なので釣りはもうオフシーズンになっており、客などいません。なのである男とは、ロッジを運営しているエルロイ・バーダールという、八十歳を超えていると思われる人物です。エルロイは最初にティムと会ったとき、鋭い目でティムを見て、おそらくは事情をすべて察知してしまう。しかし何も言わない。「どうするんだ」「どういう気持ちだ」とか、いろいろ根掘り葉掘り訊きたい気持ちもあるのでしょうが、グッと抑えて何も質問しない。

ロッジに逗留をはじめてから六日間、日常会話をしたり、あるいは、ティムに「ちょっと薪を割ってくれないか」と頼んだりして、何気ない日々を過ごす。その間、何も訊かずに、ただティムを受け容れるだけなのです。

そして最後の日、「釣りに行こう」という話になります。小舟というかボートに二人で乗り込んで、釣りに行く。すると、レイニー河の真ん中を通っている、アメリカ合衆国とカナダの国境を、エルロイが素知らぬ顔でスッと越えてしまう。もうちょっと、あと十メートルか二十メートル進むとカナダ側の河岸だというところでボートを停めて、ずっと釣りをする。するとティムは現実と向き合って、選択を迫られることになるわけです。このまま河に飛び込んでカナダに逃げるのか、それともここに留まるのか。

そのときティムは悟る。自分はどうしても逃げることができない。どれほど格好いい理屈をつけても、あるいは、間違った戦争からは逃げることが英雄的なのだと自分に言い聞かせてみても、結局、自分は世間体がいちばん大事で、そこから逃れることができない人間なのだ、と気づく。

つまり、自分は自分で思っていたような英雄的な人間ではないし、理性で動く人間でもないということを突きつけられてしまうんですね。ティムはボートの上で泣きじゃくります。その間、エルロイは静かに釣りをしている。

しばらく経ったところでロッジに戻り、ティムはもう自分は戦争に行くしかないと悟り、戦地に向かいます。それは、若いティムにとって敗北と言えば敗北なのですけれども、自分自身と向き合う非常に重要な経験であったし、そのとき、「ああしろ、こうしろ」とか「どうなんだ」とか余計なことを言わずに、ただその場に立ち会ってくれたエルロイという存在が、まるで神のような得難い存在、「私の生涯のヒーロー」だったのだ、と考える。

結局、ティムはヴェトナムで死ぬことはなく、でも相手の兵士を殺して戻って来る。自分は英雄になれたのかといえば、むしろ無残な存在だと気づいただけなんだ、というようなことを最後に言う。そういう物語です。

二十世紀後半の戦争文学を代表する存在

ティム・オブライエンは一九四六年、ミネソタ州の生まれです。「レイニー河で」の設定と同様、カナダに近い場所ですね。マカレスタ大学で政治を学び、一九六八年の卒業と同時に徴兵されて陸軍に入隊し、ヴェトナム戦争に参加して二年を過ごします。復員後、ハーヴァード大学で学んだり、あるいは「ワシントン・ポスト」という新聞社で記者の見習いのようなことをしたり、さまざまな経験をする。そして作家になり、ずっとヴェトナム戦争関連の作品を書いていきます。

彼は『カチアートを追跡して』という作品で有名になり、全米図書賞を獲得します。どんな内容の小説かと言いますと、カチアートというのは主人公の名前で、まったく役立たずみたいな感じの兵士なのですが、ある日姿を消す。所属している部隊がカチアートを追いかけるけれども、全然追いつけない。「もう少しで追いつけるかな」というところで、いつも逃げられる。そうこうしているうちに、ユーラシア大陸を西に横断して、最後はパリまで行ってしまう——。という話なのですが、こうした内容自体が、歩哨、つまり夜警をしている兵士の妄想なのか、現実なのか、いまいちよく分からないように書かれている。よく分からないというか、わりとすぐに徒歩でパリに着いてしまうので、おそらく現実ではない。現実とファンタジーが混ざった形で書かれていて、文庫本で五〇〇頁くらい、けっこう長い作品なのですが、笑いあり、戦争の悲惨さについての話もありという、非常に面白い作品です。日本語訳が文庫本でも出ていたのですが、いまは入手困難になっています。

その後も戦争の話、核戦争がらみの物語など、いろいろな作品を発表して今に至ります。二十世紀後半のアメリカの、戦争文学を代表する存在として知られる作家ですね。

ヴェトナム戦争という葛藤

今回の作品に関しては、ヴェトナム戦争について理解しておくことがひとつのポイントになります。これまで南北戦争や第一次世界大戦など、いくつかの戦争に関する話をしてきましたが、ヴェトナム戦争がどんな戦争だったかということについて簡単にお話ししておきたいと思います。

ヴェトナムは十九世紀末よりフランスの支配下にあり、「レイニー河で」にも名前が出てくるホー・チ・ミンによるものをはじめ、独立運動が盛んでした。しかし、なかなかフランスの支配から脱することができない。その状況を変えたのが、第二次世界大戦時の日本軍だったのですね。いったんフランスの支配が終わり、戦後、ヴェトナム民主共和国が樹立される。しかしフランスが戻ってきて、やはり独立させないということで、解放軍とフランス植民地軍の間で戦争になる。これがインドシナ戦争です。

フランス軍はだんだんと追い詰められ、一九五四年には敗退して、ジュネーヴ会議の結果、北にヴェトナム民主共和国、南にヴェトナム共和国ができる。名前が似ていて紛らわしいので、それぞれ北ヴェトナム、南ヴェトナムと呼ぶのが一般的です。北が独立側の勢力で、ソ連・中国の共産主義に影響を受けています。南がフランス側の勢力で、アメリカもこちらを支援する立場になります。ヴェトナムの人々はやはり国を統一したいので、南ヴェトナム政府を打倒すべく、「南ヴェトナム解放戦線」という組織ができて、北ヴェトナムと協力して戦っていきます。

第二次世界大戦の戦勝国であるアメリカは、南ヴェトナム側と密接に関係していて、ある種、東南アジアを共産主義勢力から守るための盾のように考えていた部分がある。「ドミノ理論」などと言っていましたが、一つの国が共産主義になってしまうと、その隣、その隣という具合にどんどん世界が共産主義に支配されてしまうのではないかと危惧していたアメリカは、このヴェトナムでの戦闘に直接介入していくことになります。この介入がどんどん激しくなる。ピーク時には年間二〇〇億ドル以上を投入し、約五十五万人を派兵しました。しかも核兵器以外のあらゆる最新の兵器やテクノロジーを投入する。その結果どうなるかというと、アメリカが協力していた南ヴェトナム側が負けるんですね。

アメリカが負けるというのはかなり衝撃的なことなんですが、理由はいくつか考えられて、いちばん大きいのは、思想的な部分に大義がなかったことだと思うんですね。共産主義から世界を守る、自由を保つという抽象的な「正義」を掲げていたわりには、南ヴェトナムでアメリカがやっていたことは民衆の自由を守るというきれいごととは程遠い、激しい暴力行為でした。一方、北ヴェトナムと南ヴェトナム解放戦線のほうには、民族自決、民族主義、自分たちの手にヴェトナムを取り戻すというシンプルでわかりやすい大義があった。実際、この差は大きかったのだと思います。アメリカは、「負けたわけではないが、勝てないと思った」みたいなことを言って、一九七三年にヴェトナムから撤退する。「名誉ある撤退」などと言っていましたが、事実上敗退して出ていく。アメリカの後ろ盾を失った南ヴェトナムは一九七五年に崩壊し、翌年、南北ヴェトナムが統一されるという流れになります。

ヴェトナム戦争での敗北は、アメリカ合衆国にとっての大きな転換点になります。それまでは経済的にも軍事的にも世界一で、「アメリカの意思は世界の意思だ」とでも言うように、自分たちこそが自由と正義を体現しているのだ、と考えていたアメリカが、自信を失っていく。その失った自信を取り戻すべく、中東の湾岸戦争や、アフガニスタン紛争等、さまざまな戦争に介入するのですが、これ以降あまりうまくいっていないですね。

ヴェトナム戦争の時代は、反戦運動がかなり広がって、この動きが、黒人を含めたマイノリティの解放運動、あるいは女性解放運動のような、現在まで続くさまざまな社会改革運動に繋がっていくことになります。一九五〇年代までの社会はとても保守的だったと言われますが、このヴェトナム戦争の六〇年代、その後の七〇年代を通じて、アメリカの社会は大きく変わっていくのです。

「レイニー河で」という作品の中でも、主人公のティムはヴェトナム反戦運動に加担していたわけなので、そうしたある種リベラルな運動を支持する理性と、保守的な田舎町で育った実感が衝突して、ものすごく追いこまれることになるわけですね。

分裂する「レイニー河で」の「正義」の感覚

では「レイニー河で」という作品を、もうちょっと細かく見ていきましょう。ティムはもともと反戦派だという話を何度もしていますが、戦争に絶対反対という信念を持っていたわけではない。

そのうえ、私は原則としてどのような戦争も一切認めないと主張することはできなかった。時には国が目的を達するために軍隊を使用せざるを得ない場合だってあると私は信じていた。たとえばヒットラーや、あるいはそれに匹敵する悪をおしとどめるために。

第二次大戦におけるヒットラーのような悪に対抗するために国家が戦争を起こすのは致し方な

いことだ、と言っています。戦争自体を完全に否定していたわけではない。しかしながら、ヴェトナム戦争に関しては、第二次大戦とは違って分が悪いというか、やるべきではない戦争だと思っていた。

当時大学で私は穏健な反戦的立場をとっていた。全然ラディカルじゃないし、性急な意見にも飛びつかなかった。ジーン・マッカーシーのために戸別訪問みたいなことをちょっとやったり、凡庸にして退屈な論説を大学新聞のためにいくつか書いたりしただけだった。でも奇妙と言えば奇妙なのだが、私にとってそれは純粋な知的作業だった。私はけっこう夢中になってとりくんだのだが、しかしそれはどのような抽象的傾注にも見受けられるエネルギーであった。私は自分の身が危険にさらされるなんて思ってもみなかったのだ。自らの人生の岐路がすぐそこに迫っていることにも思いいたらなかったのだ。

そのときは一生懸命反戦運動をやっていたけれども、あとから考えれば、理屈だけというか、抽象的なものだったと気づく。「自分の身が危険にさらされるなんて思ってもみなかった」というのは、もっと具体的に言ってしまうと、自分がヴェトナム戦争に兵士として行くかどうかを、リアルな問題として考えていなかったということです。その状態で、別の角度から見ればきれいごとに過ぎないような、論理の上での正義として反戦運動に参加していたのがティムだったのです。

これは、必ずしも奇妙な態度というわけではありません。アメリカでは歴史的に、貧しい人たちや、人種的にマイノリティの人たちが兵士にされることが多かった。そのことを踏まえると、白人で、なおかつ成績優秀で、大学院進学も決まっている自分が後回しにされると考えてもそれほどおかしくはない。実際に大学院生に対しては徴兵猶予もありました。しかし、この作品の時代は一九六八年で、アメリカがヴェトナムへの関与を強めていく「エスカレーション」と呼ばれる段階にあり、短期間に多くの兵士を集めなければならなくなっていた。そういうリアルな状況の変化に、ティムの頭はなかなかついていけていなかった。

結局、自分のところに徴兵通知が来てしまう。ティムは「封筒を開けて、最初の数行にさっと目を通したところで、目の奥のあたりで血液が急にどろりと重くなったことを覚えている」。そして、「なんで俺のような立派な人間がこんな戦争に行かなくちゃならないんだ」と考えるようになる。軍隊のような権威主義的な集団は嫌いだし、血を見るのもあまり好きではない。そして徴兵通知というのは、自分が死ぬ可能性がかなりあるという意味で死刑宣告みたいな部分もあるし、逆に自分が人を殺すことになる可能性も高い。そんなものが自分のところに来たことが理解できないし、受け容れられない。あるときは怒りを覚えるし、あるときはすごく気分が沈んでしまう。こうした感情の動きを繰り返しながら、ティムはどんどん追い込まれていく。

このころ、ティムは食肉工場でアルバイトをしています。ウォーター・ガンのようなもので水を吹き付けて、豚の死体から血の塊を洗い落とす仕事です。

それは決して心楽しい仕事ではなかった。ゴーグルは必需品だった。ゴムのエプロンも。でもそういう格好をしたところでやはり、私としては一日に八時間生温かい血のシャワーを浴びているような気分だった。

何が起こるかというと、一日中豚の血しぶきを浴び続けることによって、血のにおいが体にこびりつく。これもうまい設定だと思うのですが、ヴェトナムに行く前から死を身近に感じ、なおかつ、血を身近に感じるという状況がある。なぜそういう仕事をしているのかという部分は、ちょっとよく分からないのですけれども、死を身近に感じ、自分の中に死が侵入してくるような状況が描写されるわけです。

ここで一つ重要なのは、ティムが、悪に対抗するという理由があれば戦争をしてもいいのではないかと考えていたという部分です。彼が「正義の戦争はあり得る」と考えているとして、正義というのはある種、相対的なものというか、人により立場により変わってくるものです。現実的には一〇〇パーセントの正義も、一〇〇パーセントの不正義もないわけですから、ティムの「正義の戦争はあり得る」という考え方はそもそも不安定です。ヴェトナム戦争にも、一定程度の正義はあるわけですから。一方、ティムが一〇〇パーセントの正義だと考えている、純粋な悪であるヒットラーに対抗するための戦争にしたところで、空襲作戦などを実行すれば、何の罪もない民間人を巻き込んでしまう。そのように厳密に考えていくと、どんどん正義と不正義の境界はあやふやになっていく。「正義の戦争はあり得る」と考えるなら、結局は戦争に行くほうに押し流される。

境界があやふやになるとなぜ戦争に行く方に押し流されるのかと言えば、近代の国民国家においては、軍に参加して国の意思を背負って戦うものが英雄だからです。逆に言うと、軍に参加しないものは、「非国民」だとか、二級市民以下だという考え方が国の根本にある。

たとえば、フランスは世界初の国民国家と言われたりしますが、それはフランス国民軍が非常に強かったことに拠ります。ナポレオン以前のヨーロッパでは、ほかの国から傭兵を雇って戦争をしていました。傭兵というのは、ある勢力に雇われている側も、そこと敵対する勢力に雇われている側も知り合いだったりします。日中はいちおう戦争をしているふりはするものの、銃をなんとなく当たらない方向に撃ったり、夜になると嫌になってやめたり、わりといい感じに不真面目なのですね。ですから、戦争といっても激しく残虐なところまでいかないものだった。

しかし、ナポレオンがつくった国民皆兵のフランス国民軍は、金のためではなく、国家という、ある意味では宗教のような、国の魂みたいなもののために全力で戦う軍隊だった。これは本気度が違って、めちゃくちゃに強い。そのことによって、ナポレオンの時代、フランスがヨーロッパを席巻することになったのです。

国民軍をもった国民国家が軍事的には最強だということに気づいたフランスの近隣の国からだんだんと国民国家になっていく。するとそのまた周囲の国も国民国家になるという流れで、国民国家が瞬く間に世界を覆っていった歴史がある。

このような背景があるので、近代国民国家で暮らしている者は、まともな国民として認められるためには、戦争に参加するしかない。それはもう、理屈ではなくて感覚的、感情的に、そのことを内側から感じさせられるシステムの中に生きている。こうした雰囲気は次の部分に表れていると思います。

それは一種の分裂症だった。心が二つに割れてしまったのだ。決心がつかなかった。戦争は怖い。でも国外に逃げることもやはり怖かった。私は私自身の人生や、私の家族や友人たちや、私の経歴や、そういう私にとって意味のある何もかもを捨てていくということが怖かった。私は両親にがっかりされることを恐れた。私は法律を恐れた。私はあざけられたり、非難されたりすることを恐れた。私が生まれたのは大平原の中にある保守的な小さな町だった。そこでは伝統というものが重んじられていた。きっと人々はお馴染みのゴブラー・カフェのテーブルを囲んで、コーヒーカップを手に、口を開けばオブライエンの息子のことを話題にするのだろう。あの腰抜け息子は尻に帆たててカナダに逃げたんだぞ、と。

ティム・オブライエン自身、大学で政治学を専攻していますので、国民国家のメカニズムを学び、よく理解していたはずです。よく理解しているにもかかわらず、自分の内側から働きかけてくる「故郷の知り合いの人たちから後ろ指をさされるぐらいだったら、戦争に行って死んだほうがましだ」という感情に抵抗できない。理屈ではヴェトナム戦争に正義はない、この戦争はおかしいと考えていても、感情に抵抗できず、自分で自分をコントロールできないということが、ずっと描かれていく。

ティムは、判断をいったん保留してカナダとの国境まで行きます。彼が逗留したのはティップトップ・ロッジという場所なのですが、面白いのは、「少し小高くなった場所の、松の木立の中にある母屋は、ぐっと大きく片方に傾いているように見えた。まるで片脚が悪い人のように、屋根がカナダの方向にかしいでいるのだ」と書いてある。建物自体がカナダに向かって傾いているという細部がいいですよね。

そこで出会ったエルロイはどんな男だったのか。何も言わずにそばにいてくれるだけではなくて、何と言うか、自分自身とちゃんと向かい合う時間と空間をつくってくれる人なんですね。たとえば、僕が好きなのは次の場面です。

エルロイ・バーダールは無知無学な田舎者ではなかった。彼の居室に新聞や本がいっぱいに散らかっていたことを私は覚えている。彼はスクラブル・ゲームでいつも私を打ち負かした。ろくに身も入れずにだ。そして何かを言わなくてはならない場合には、彼は大きな思想を小さな簡潔な言葉にまとめて口にする術を心得ていた。ある夕暮れ、まさに太陽が没しようとしているときに、彼は西の方の、紫の光に染まった森の上空で円を描いているフクロウを指さした。

「なあオブライエン」と彼は言った。「イエス様はいなさるぞ」

これはどういうことなのでしょうか。神と向かい合うことを通じて、自分自身と向かい合う、みたいなことなのでしょうか。

ハーヴァードに入学が決まっているティムを言葉遊びでやすやすと打ち負かす。このこと一つ取っても、エルロイは非常なインテリであることが分かります。それは彼が大きな思想を短い言葉で表現することができるところからも明らかでしょう。

しかも彼はティムがどういう状況にいるかを詮索することもありません。ただ黙ってティムの存在を受け容れ、時に世界にティムの目を開いて、彼が自分の力で答えを見つける手助けをするのです。安易な答えなど存在しない状況に追い込まれたティムは、こうした受容的であり、あれこれ指図してこない存在が側にいて初めて、自分の内側をしっかりと見つめる力を得られた。言い換えれば、エルロイはまるで優しい神様のようにティムを見守っているのです。作品からは分かりませんが、ひょっとしたらエルロイにも従軍経験があるのかもしれません。そうでなければ、ティムの状況に対するここまでの共感は難しいでしょう。

そして、エルロイは、ティムがやってきて六日目に、釣りをしようと言ってレイニー河に連れていきます。

しばらくの間、私は頭をからっぽにして、何も考えなかった。ただ顔にかかる冷たいしぶきを感じているだけだった。それからふとこう思った。我々はこうしているうちにカナダの水域に入っているはずなんだなと。二つの世界を隔てる水上に引かれた点線を越えて。顔を上げて、こちらに近づいてくる対岸をじっと見つめているうちに、私の胸は突然ぎゅっと締めつけられた。これは白日夢なんかじゃないんだ。これは紛れもない現実なんだ。岸に近づくと、エルロイはエンジンを切って、岸から二十ヤードほどのところでボートがゆらゆらと軽く揺れるにまかせた。老人は私の方も見なかったし、何も言わなかった。彼は身をかがめて釣りの道具箱の蓋を開け、下を向いて鼻唄を歌いながら、熱心に浮きと針金の先に糸を結びつけていた。

彼はこれを意図的に計画していたのに違いないという考えが私の頭に浮かんだ。もちろん確証はない。でも彼は私を現実というものに直面させようとしたのだと思う。河を越えて、私をぎりぎりの縁まで連れていって、私が私の人生を選択するのにつき添っていてやろうと思ったのだろう。

二人は小さなボートに乗って、国境を越えてカナダに入ってしまうのですね。ここでティムは、体感として、自分が本当はどんな人間なのかという問題と向き合わされる。飛び込んで二十ヤード、二十メートル弱くらいの距離を泳いだらもう亡命は成功なのですが、自分は絶対に飛び込まないだろうことがわかってしまう。そのことによって、自分に失望して泣く。そして泣いた体験を抱えて、ヴェトナムに行く。

その日は曇っていた。私は名前に聞き覚えのあるいくつかの町を通り抜け、松林を抜け、平原を横切った。それから私は兵士としてヴェトナムに行った。そしてまた故郷に戻ってきた。私は生き延びることができた。でもそれはハッピー・エンディングではなかった。私は卑怯者だった。私は戦争に行ったのだ。

エルロイは何を教えたわけでもないけれども、ただその場にいることでティムの気づきを促すという点では理想的な教師という感じがします。ティムはレイニー河で、自分は勇気のない卑怯な人間なのだと気づき、そのことを背負って、やがてヴェトナム戦争を扱い続ける作家になっていくのです。

「レイニー河で」という作品を通じて、戦争や国家やヴェトナム戦争がアメリカの人々に残した傷について考えてきました。この作品は自伝的な部分も多い、衝撃的というか、すごく感情に訴えかけてくる力作だと思います。

〔読書リスト〕

オブライエン／生井英考訳『カチアートを追跡して』（新潮文庫、一九九七）

平石貴樹『アメリカ文学史』（松柏社、二〇一〇）

第13講

愛の可能性の断片

——リー「優しさ」

イーユン・リー／篠森ゆりこ訳『黄金の少年、エメラルドの少女』（河出文庫、二〇一六）

孤独という哲学

今回はイーユン・リーの「優しさ」という短篇について考えていきます。短めの長篇くらいのボリュームがあり、深い余韻の残る作品です。

まずはストーリーを概観します。主人公は末言《モーイエン》という名の女性です。「最後の言葉」というような意味ですね。北京のはずれに住んでいて、「三流の中学で数学を教えている」。彼女は結婚しておらず、子どももおらず、友人もいない。両親もすでに亡くなっていて、天涯孤独の境遇です。実は彼女はもともと孤児で、ある夫婦に引き取られて育てられた過去を持っています。

末言《モーイエン》を引き取った夫婦の事情も込み入っている。後に末言《モーイエン》の母親となる女性は、十九歳のとき、妻子のいる男性を愛して、発狂してしまう。「この人のために赤ん坊を三人堕ろした」と、妄想というか、実際にはなかったらしいことを言いふらしたりもするので、非常に厄介な存在だとみられていて、どうやら精神病院に入れられそうになる。その彼女の家族のもとに、当時五十歳で、百貨店で用務員をしている男がやってくる。周囲から「死ぬまで独身だと思われていた」彼は、精神病の施設に生涯入れられてしまうより、自分と結婚したほうがいいのではないか、と家族を説得し、彼女と結婚します。その夫婦が赤ん坊の末言《モーイエン》を引き取るのです。そして、両親は彼女の出自を本人には告げずに育てます。

末言《モーイエン》が十二歳のとき、近所に住む年配の女性、杉《シャン》教授が「ちょっとお時間あるかしら」と声をかけてくる。杉《シャン》教授は末言《モーイエン》に英語を教えようとします。なぜなのか、という部分は、読んでいても謎として残るのですが、その謎については後ほど考えてみたいと思います。

この杉《シャン》教授が、「あなたはご両親の実の娘さんじゃないって知っているわよね？」と言って、「それまで自分の血筋に疑問を抱いたことはなかった」末言《モーイエン》の出自を明らかにしてしまう。杉《シャン》教授は、自身もまた孤児だったと語る。彼女は英語を一所懸命勉強して、二十代前半で師範学校に採用されるのですが、孤児であったことが発覚し、「素性が怪しい」という理由で解雇された悲しい過去がある。その後は結婚して、子どももできる。しかし、子ども全員と夫がアメリカに移民してしまっていて、いま杉《シャン》教授はアパートでひとり暮らしをしている。英語の古い小説を読み、その世界に浸るようにして過ごしています。

その杉《シャン》教授の家に通いながら、だんだんと末言《モーイエン》も、英語の古い小説の世界に引き込まれるようになる。チャールズ・ディケンズを読み、トーマス・ハーディを読み、D・H・ロレンスを読んでいく。初めのうちは杉《シャン》教授が英語で音読し、その後に中国語訳をつけていくという方式だったのですが、途中で、末言《モーイエン》が自然なかたちで英語を習得し、英語だけで意味がわかるようになったことを悟ると、教授は訳をつけるのをやめる。そのようにして、杉《シャン》教授は少しずつ、自分の持っている英語力を末言《モーイエン》に伝授していく。

末言《モーイエン》は、杉《シャン》教授の家に通っているとき、教授と同じアパートに住むある男性に淡い恋心を抱くようになります。相手は妻子あるフルート奏者の男性です。その男性は妻と離婚するのですが、そのままどこか遠くへ行ってしまう。末言《モーイエン》と再会することもない。だいぶ時間がたってから、末言《モーイエン》は彼が中国を代表するフルート奏者になっていたことに気づくという展開です。

フルート奏者の男性が去った日、英語の授業に集中できない様子の末言《モーイエン》を見て、杉《シャン》教授は自分の根本思想を叩き込んでいきます。「心の中に誰かが入るのを許したとたん、人は愚かになってしまう。でも何も望まなければ何にも負けないの。わかった、末言《モーイエン》？」と彼女は言う。人間は人間を愛するけれども、人を愛するというのは、他人を自分の心の中に入れることで、そのことによって人は弱くなる。だから、誰も愛さない人生こそ、自分が最も強くあることができ、自由で、幸せでいられる人生なのだ――ということのようです。末言《モーイエン》はこの杉《シャン》教授の思想に惹かれます。

末言《モーイエン》は高校を出た後軍隊に入り、そこで一年間過ごすことになります。上官である魏《ウェイ》中尉という女性と出会い、互いに心惹かれる。しかし、末言《モーイエン》は杉《シャン》教授の人を愛さない人生を選べという教えに従い、魏《ウェイ》中尉の気持ちを受け容れないまま別れていく。末言《モーイエン》はその後大学に入り、杉《シャン》教授の部屋にもさらに十年以上通い続けます。

一方、末言《モーイエン》の両親がある取り決めをしていたことが明かされます。二人はもともと愛情でつながった夫婦ではなく、二十年経ったら夫婦関係を解消するという契約を結んでいた。いわばずっと夫婦のふりをしていたという設定なのですね。そしてまさに契約から二十年目のその日、末言《モー イエン》の母が自殺してしまう。そして、父も失意のなかで一年後に亡くなる。末言《モーイエン》はほんとうに天涯孤独になってしまうのですね。唯一愛していると言えるのは木々だけで、それも杉《シャン》教授から「誓って言うけど、と杉《シャン》教授は道端に並ぶ枝垂れ柳を指さした。ここに並ぶどの木も、これから出会う人たちより値打ちがあるわよ。人にうんざりしても、まだ見ていられる木があるっていうのはいいことじゃない?」と言われたことがきっかけになっています。

孤児である末言《モーイェン》は、孤児である杉《シャン》教授と出会って、一緒に孤独の哲学みたいなものをつくっていくのだけれど、末言《モーイェン》の人生には、どうにも耐え難い瞬間が何度か訪れる。そのような物語です。

移民の英語作家たち

アメリカ文学の比較的新しい流れとして、アメリカ合衆国以外の国で生まれ、アメリカに移民してきて英語で書くようになった作家がたくさんいて、特に最近注目を集めています。イーユン・リーもその中の一人です。

彼女は一九七二年、北京で生まれます。もともとは北京大学で生物学を専攻していた科学者でした。一九九六年、アメリカ合衆国に移住し、アイオワ大学大学院修士課程で免疫学を研究します。そのまま博士課程に進むのですが、たまたま創作の授業に出たところ、本当にハマって創作科の修士課程に編入する。オコナーと同じアイオワ大学ライターズ・ワークショップでクリエイティヴ・ライティングの修士号を取る。そして二〇〇五年に『千年の祈り』という短篇集を出して、フランク・オコナー国際短篇賞を受賞します。現在では無くなってしまっていますが、世界を代表する短篇小説作家に与えられていた賞で、ジュンパ・ラヒリなど、著名な作家が何人も受賞しています。リーもこの受賞で一躍注目を浴びることになります。

作家として順調なキャリアを歩むリーは、大学のクリエイティヴ・ライティングのコースで創作を教える立場になります。カリフォルニア大学などいくつかの大学を経て、二〇一七年からはプリンストン大学で教えるようになって現在に至ります。トニ・モリスンもプリンストン大学で教えていましたので、その意味でモリスンの後継者と言えるかもしれません。

英語で語るときリーの語ること

次に、作品の背景について考えていきます。イーユン・リーは中国とアメリカ合衆国を舞台とする作品を多く書いています。「優しさ」は基本的に北京が舞台で、中国人しか出てこない。そうした内容を英語で書いた作品を、アメリカ文学と呼ぶのか、中国文学と呼ぶのか、微妙なところかもしれませんが、ある程度アメリカ文学の枠内で理解されている作品です。

リーがインタヴューで語っているところによれば、「優しさ」という作品は、二〇一六年に亡くなったアイルランドの有名な作家、ウィリアム・トレヴァーの『アレクサンドラでの夜 *Nights at the Alexandra*』という作品を下敷きにしています。『アレクサンドラでの夜』の主人公はアイルランドの田舎に住む、結婚を選ばなかった男です。リーはそれを、北京に住む独身の中年女性に置き換えたバージョンを書いた。なぜこのような作品を書いたのかというと、結局、人間の心の動きというのは、国が違っても性別が違っても、深いところでは共通しているのではないかと考えていて、そのことを証明したかったからだ、とリーは語っています。

彼女はもともとウィリアム・トレヴァーをものすごく尊敬しているようで、たしかにトレヴァーとリーの作品には似た手触りがある。寂しい中にちょっと鬱っぽいイメージが入っている部分などに、それを感じます。

「優しさ」のなかで、杉《シャン》教授と末言《モーイエン》はチャールズ・ディケンズやトーマス・ハーディ、D・H・ロレンスの作品を英語で読んでいきます。これらは、リー自身が中国にいたとき、英語を勉強しようと思った場合に、実際に入手しやすかった作品らしい。このような作品を英語でたくさん読むことで自分は英語を獲得したのだと言っている。また、リー自身、末言《モーイエン》と同じく一年間軍隊にいた経験があるようです。「優しさ」にはある程度自伝的な要素が入っていることが分かります。「優しさ」という作品のなかの現実においては、杉《シャン》教授にしても末言《モーイエン》にしても、つまらないというか、孤独な暮らしをしている一方、彼女らが英語の世界にいるときは――舞台は北京なので、これは頭の中だけの「世界」、つまり小説を読んでいるときには、ということですが――すごく自由な、活き活きとした人生を送ることができるという構造になっています。

このこともまた、中国語と英語の関係について、リーがインタビューで語っている部分に重なるところが多いように思います。リーは中国では、特に女性は、自分自身の感情、思い、考えを活き活きと表現するようには教えられてこなかったと言う。中国語で語るときには、「こう言ったら『みんな』はどう思うかな」「こう言ったら、怒られるかな」「こう言ったら、嫌がられるかな」ということばかり考えていたので、自分の意見や考え、感情を、言葉で自由に語ることはできないと、ずっと感じてきた。しかしアメリカ合衆国に移住して、言語も英語に変えることによって、自分の思ったことを自由に、誰にどう思われるかとか、どう言われるかということを気にしないで語ることができるようになった。これがリーの言っていることです。

普通であれば、母語は自由に使えるし、また、母語でなら自分の感情を自由に表現できるが、リーにとっての英語のように、物心ついてから獲得した言語では、あまり自由に自分の気持ちを表現できないと我々は思いがちなのですが、実は逆なんですね。

『千年の祈り』という短篇集の表題作にも、父親と娘のやり取りに同様の構造が出てきます。父親が、アメリカ合衆国に住む娘のところにやって来る。娘は、父親との中国語での会話はまったく盛り上がらないのに、恋人との英語の会話では多弁になる。まるで違う二人の人物のようだと父親は感じる。なぜ中国語ではきちんと話すことすらできず、なぜ英語ではあんなにおしゃべりなのか、と娘を問い詰める。娘は言う。中国語の世界では男性を立てて控えめで、自分の意見を言わないのがあるべき姿だという教育を受けてきた。しかし、英語の世界では、性別にかかわらず自分の意見を言えることがよしとされる。自分はもう、いまでは英語のほうが楽になってしまったのだ——。そして父親は混乱する。印象的なシーンです。

新しい言葉によっていままでと違う世界、自由な世界を獲得するというモチーフが、リーの作品には繰り返し登場する。これはリー自身の小説家としての在り方にも通じる部分がありますね。

いくつかの、愛の可能性の瞬間

「優しさ」という短篇の細かい部分について考えていきます。

まずは末言《モーイエン》の孤独についてです。彼女は中学で数学の教師をしていて、ときに生徒がすごくなついて、慕ってくれたりすることもあるが、だからと言って相手に心を開くわけではない。男性であるか女性であるかに拘らず、愛する人はいない。あまりにも孤独な暮らしです。彼女は過去のさまざまな瞬間を思い出すことで、その孤独を癒している。さまざまな瞬間とは、たとえばフルート奏者に淡い恋をした体験や、従軍時代の憧れの上官との、同性愛とまではいかない、しかし友情でもない微妙な関係のなかに存在した、結局は手に入れることのできなかった愛の可能性の瞬間のようなものです。

寂しいといえば寂しい人生です。しかし、末言《モーイェン》の前から消えて、後に国を代表する音楽家になったフルート奏者のことを思い浮かべながら、「本当に成功した人は現在のことだけ考えていればば十分かもしれないけれど、私みたいな人生をたどった人間には、過去の素晴らしい瞬間を数え上げて生きていくことがどうしても必要なのだ」と彼女が考える場面は、なかなか沁みます。このあたりの考え方は、きらびやかな、成功した人生を送る人間ばかりではないので、末言《モーイェン》の独自の「哲学」のなかでも共感を得られやすい部分なのではないかと思います。

末言《モーイェン》はできるだけ他人と関わらず、心を開かずに生きようとしますが、彼女にもどうしようもなく関わらなければならなかった人たちがいます。そうした人たちとの関係を見ていきましょう。

まずは母親です。母は精神的に病んでいて、多少よくなったり悪くなったりはするけれども、基本的にずっと体調が悪い。食欲もなく、非常に弱っている状態です。しかも、別に年上の夫のことを愛していたわけでもないことが判明する。

「でも、母はいちばんおかしくなっていた時期ですら、私の実母だというふりをやめなかった」と末言《モーイェン》は言います。母は、末言《モーイェン》が孤児であったこと、他所から連れてこられた子どもであったことを決して口にしなかった。母自身、ずっと満たされない気持ちを抱えた人生だったかもしれないけれど、それでも、末言《モーイエン》が自分の実の子どもであるふりをし続けた。末言《モーイエン》は母に対してなかなかポジティヴな気持ちを抱くことはできないけれど、いま思えば、母は自分のことを愛してくれていたのだとわかるし、そのことに感謝している。そんな末言《モーイエン》の感情が見えてくる気がします。

父親のほうはどうかというと、娘に少し気を遣いすぎているような感じがあります。しかし、妻を亡くした彼が、「おまえは、本当はもっといい暮らしができたはずの人間だ。でも、これがお父さんとお母さんにできる精一杯だったんだよ」と言う場面は、末言《モーイエン》が実の娘ではないことを、なんとなく娘に気づかせようとしているのかもしれないと思わせる。しかし、決定的な言葉を口にすることはありません。

末言《モーイエン》が孤児であったと分かるのは、ストーリー紹介の部分でも触れましたが、近所に住む杉教《シャン》授の発言による。これは現在の観点から言えば一種のハラスメントだと思うのですが、杉《シャン》教授がどんな考え方に基づいてその発言に至ったかは書かれていません。出自にまつわる秘密というのは、いつかわかるものだから、きちんと知って向き合うべきだと言うわけです。

もちろんそれだけではないと思います。杉《シャン》教授は、夫にも子どもたちにも（おそらく）裏切られてしまっているし、いったん師範学校に採用されたのに出自が怪しいという理由で追い出されてしまったので、学問上の、というか、芸術上の弟子がいない。先ほど、杉《シャン》教授が末言《モーイエン》に声をかけた理由は謎だと書きましたが、おそらくは、見込んだ末言《モーイエン》を、自分の人生観というか、芸術観や文学観を引き継いでもらう弟子にしようと考えたのではないかと思います。そのために、「私もあなたも孤児なのだ」という秘密を開示してしまって、完全に自分の支配下というか、同じ領域に置こうという気持ちがあるのですね。それは、一面では邪悪なものなのですが、同時に、本当に自分の時間をたくさん使って、手塩にかけて、弟子として末言《モーイエン》を育て上げるわけですから、もしかしたら末言《モーイエン》にとってプラスと言えばプラスかもしれない。実際、末言《モーイエン》は杉《シャン》教授と非常に近い価値観を持つようになります。英語と数学という専攻の違いはあれど、教師になるという面でも杉《シャン》教授の意思を継いでいるし、これは悪い意味でかもしれませんが、孤独で誰も愛さない人生を送るという面でも、後継者になってしまっている。そして、末言《モーイエン》が現在暮らしている家は古い書物でいっぱいなのですが、この出どころはどこかというと、杉《シャン》教授です。彼女がくれた古い英語の本に囲まれて末言《モーイエン》が暮らしているというのも象徴的ですね。

杉《シャン》教授と末言《モーイエン》の母親についても考えてみたいと思います。末言《モーイエン》の母親は、身体的にも精神的にも弱っていて、家事も満足にできないし、もちろん仕事もできない。何をして暮らしているかというと、中国の古い詩歌や小説を読んだりしている。本の世界に生きている人なので、その意味では、古いイギリス文学の世界に生きている杉《シャン》教授とパラレルな存在ともいえるのです。

末言《モーイエン》の母親はとても美しい人だったと描写されます。そして、杉《シャン》教授について説明していると ころで、末言《モーイエン》が、実は教授はかつて美人だったのではないかと考える場面があるのですね。いまでも美しいのですが、若いころは、もしかしたら末言《モーイエン》の母より美人だったのかもしれないと思う。特に、顔つきなどから西洋人との混血なのではないかと思う、という描写もあります。これも面白いところで、「混血ではないか」と考えるのは、半分は現実かもしれないのですが、半分は妄想なのではないかという感じがするのですね。杉《シャン》教授が、外国とかほかの言語のような「外の世界」に生きていることを直観し、彼女に何か自分とは違ったものを感じる末言《モーイェン》の心情を反映している部分ではないかと思います。

杉《シャン》教授については、英語の教え方も変わっています。末言《モーイェン》が使っている英語の教科書を小馬鹿にし、かつて教授自身が使ったのだろう教材を読むように言うのですが、特に進み具合を調べたりしません。むしろ、細かいことを言わずに、ディケンズの『デイヴィッド・コパフィールド』をずっと読み聞かせる。そして訳もつけるというのが、杉《シャン》教授の教え方です。

ここで不思議なことが起きます。いくらよい教材でも、ちょっと参考書で学んだくらいで英語がわかるようになるとは思えません。でも末言《モーイェン》が、まず英語を耳で聞く。どういう意味かと考える。そして、杉《シャン》教授が訳を言う。この繰り返しで、意味を推測する訓練に延々と取り組んでいるうちに、あまり苦労した感覚もなく、まるで赤ん坊が言葉を覚えるときのように、自然な形でだんだんと、なんとなく意味が分かるようになってくる。直後に杉《シャン》教授が訳を言うので、それを聴くと、「あ、だいぶ合っているな」ということも分かる。そんなふうにしているうちに、一冊の本を途中まで読んだところで、本当にある程度英語が分かるようになってしまう。末言《モーイェン》は、「もちろん切れ切れにではあれ、内容を理解できるようになったのだが、それはいつからなのか記憶にない。きっと子供が初めて世界を言葉で理解した瞬間に似ているのだろう」と言っています。

これは、実は外国語習得の真髄をついた描写ではないかと思います。言語を習得していく過程で、耳で聞いて推測していくうちにだんだんと推測が当たるようになるというのは、おそらく人間の脳の機能にそういう部分はもともとあるのですね。この末言《モーイェン》のような状況をつくるのが難しいだけで、実は単語や文法を無理に勉強するよりも、習得が早くて正確な学習法だと思います。

杉教授の過ちとは何だったのか

杉《シャン》教授は、末言《モーイエン》が両親の実の娘ではないと勝手にバラしてしまったり、あるいは自分が孤児であることにまつわる悲しい過去の話をしたり、さまざまなことを話して、末言《モーイエン》に直接的な影響を与えていきます。こうした杉《シャン》教授の行動のなかで、最も大きな罪だと思うのは、末言《モーイエン》に対して、他人には何も期待すべきでない、人を心の中に入れない、人を愛さないことによって初めて人間は独立して強く生きていけるのだ、と語る部分です。

杉《シャン》教授の言葉は、ある面では真実です。しかし人生の喜びというのは、自分の心が弱ったときに支え合ったり、人を受け容れて自分の弱い面をさらけ出したりすることによって広がっていくものだと思うのですね。彼女の言葉は、杉《シャン》教授自身が他人とかかわることでたくさん傷ついて、これ以上傷つきたくないということで編み出した一種の人生哲学だと思うのですが、これから自分の人生を生きようとする、まだ若い末言《モーイエン》にそれを叩き込むのは、やはり間違っているのではないかと僕は思います。それが彼女の罪です。しかし末言《モーイエン》はこの杉《シャン》教授の考え方の間違いに気づくことができず、多くの愛の機会を失ってしまうのですね。

「優しさ」という作品は、現在の末言《モーイエン》の暮らしの中に、魏《ウェイ》中尉が亡くなったという電報が来るところから始まります。魏《ウェイ》中尉との関係が非常に重要なテーマの一つであると言えると思いますので、この関係についても考えてみたい。

魏《ウェイ》中尉は四十六歳で亡くなります。この時点で末言《モーイエン》は四十一歳で、まだ若いと思うのですが、この作品における彼女の語りからは、もう人生もいいところは終わってしまって、あとは死を待つのみ、みたいな雰囲気が感じられる。

魏《ウェイ》中尉は、おそらく比較的恵まれた家庭で育ち、幸せに生きた人で、しかも自分は人と関わって、相手を幸せにし、自分ももっと幸せになれる力を持った人間だと、ほとんど確信している。ある意味で末言《モーイエン》とは対極の存在なのです。対極であるからこそ二人は惹かれあう。けれども、魏《ウェイ》中尉は上官で、末言《モーイエン》はヒラの兵士なのですね。そうした階級を越えた愛というのは貫くのが難しい。お互いに素直になれない。魏《ウェイ》中尉は、「あなた、そんなに英語が得意だったら、英語を教えて」とか、いろいろな手段でアプローチみたいなことをするのですけれども、結局、本当に心を開くことはできず、お互い惹かれ合っていることには気づいているのに、全然仲良くなれないのです。あまりにも淡くて、それが同性愛的なものなのか、友情なのかもはっきりとはわからないのですが、同性愛的な要素も若干あったのではないかという印象を僕は持ちました。

末言《モーイエン》が恋をする場面はほかにもあり、その相手がフルート奏者の男性です。彼も孤児という設定で、師匠について中国南部を回っていたのですが、師匠は途中で亡くなってしまい、ほとんど浮浪者同然の暮らしをしている。不幸な恵まれない暮らしの中で、たまたま結婚はできて子どももできたけれど、離婚してしまう。もう音楽をあきらめようかな、と考えはじめる。そのとき末言《モーイエン》が、作品のなかで唯一と言っていいくらい熱い言葉を彼にかけるのですね。

私は懸命に、あきらめちゃだめ、と言い、昔のことわざを引き合いに出した。運命はなるようにしかならないとはいえ、その前に人は欲しい物を求めて闘わねばならない、と。

あきらめては絶対にダメだと強く言う。それまでずっと平静でクールに見えた末言《モーイエン》のなかに、ものすごく熱い気持ちがたぎっている。それが唯一と言っていいくらい、言葉になって外に出ている。非常にぐっとくるシーンです。

フルート奏者の男性とのエピソードも、魏《ウェイ》中尉と同じで、おそらくお互いに愛情のようなものを抱いていることには気づいているのだけれども、やはり周囲の事情が許さない。あるいは互いに心を開けないということで別れていく。後に、男性が国中に名を知られる演奏家になったのを知って、末言《モーイエン》は次のように考える。

ときおり、私のことを覚えているかな、と思うけれど、思ったとたんにそんな自分を笑ってしまう。屈辱の日々を思い出させる人間のことを、どうして考えたりするだろう。心のどこかに過去の人間を宿しているのは、過去に生きる者だけだ。彼はいまだけを楽しみたくなるほど成功をおさめ、心は多くの人たちに占拠されている。もしかすると多すぎるぐらいの人たちに。

末言《モーイエン》と周囲の人々の関係を検討してきましたが、おそらく最も重要なのは、見知らぬ人に親切にされるエピソードです。それは、軍隊にいた時期の出来事でした。末言《モーイェン》に、母親が亡くなったことを知らせる電報が届く。これは自殺だったことが後で分かるのですが、葬儀に間に合わせるためには、知らせを受け取ったその日のうちに列車に乗って帰らなければいけない。軍のジープで駅に行くのですが、目の前で列車が出てしまう。すると、運転手が次の駅まで車を飛ばして、列車の先回りをしてくれる。それでなんとか間に合うのですね。しかも、追いついて末言《モーイェン》が列車に乗り込むと、それをずっと見送り、敬礼をしてくれる。

私は彼に手を振った。夜で暗かったし窓は煤けていたので、彼に私のことが見えたかどうかわからない。それでも彼は直立不動で、汽車が出ていくのを見守っていた。姿が見えなくなると、私は冷たい金属の扉にもたれた。ずっと孤独を背負って生きることを覚えてきたのに、その孤独が突然、耐えがたくなった。運転手の名前は知らないし、顔をよく見たわけでもない――でもその後何年にもわたって、彼の敬礼を思い出すことになった。見知らぬ人の優しさはいつも記憶に残る。それは見知らぬ人の優しさが、結局はまさに時のごとく心の傷を癒してくれるからだ。

これは倒錯した話かもしれないのですが、でも真実の一面を衝いているようにも思います。ふとした時によみがえる優しさとか、愛の可能性の断片とか、うまくいったものだけではなくて、消え去ったものも含めて、小さな心のふれあいの集積が我々をつくっている。どんな人の人生も困難だけれども、過去のさまざまな瞬間が、心を慰め、癒してくれるのだと末言《モーイェン》は言うのです。彼女の人生が孤独なものであればあるほど、何かすごく説得力があるように思えてきます。

イントロダクションでも申し上げたように、アメリカ文学ではすぐに人が移動してしまい、なかなか人間関係が深まっていかない傾向が強いです。たとえばレイモンド・カーヴァーの作品を読めば、そのことでアメリカの人たちがどれほどの孤独感を味わっているかがよく分かります。そしてその裏側には、他人との心の触れ合いをとても強く求める気持ちが潜んでいるのでしょう。

中国出身でアイルランド文学に強い影響を受けた作家であるイーユン・リーが書いたアメリカ文学、と言われるとなにやら複雑な感じがします。けれども、アメリカでこそ彼女が作家になれたことを思えば、こうした他者への欲望は、けっこうアメリカ的なものなのかもしれません。『クリスマスの思い出』に出てきたように、身近な人には心が開けない、でも人生でたった一度だけ会った人には心のうちを開ける。そういった弱さや切なさを、イーユン・リー作品の登場人物たちもまた共有しているのではないでしょうか。そしてまた、我々の中にもそういった不器用さがありはしないでしょうか。だからこそ、我々にとって遠い世界を綴っているアメリカ文学がなぜか我々の心に寄り添ってくれる瞬間があるのかもしれません。

〔読書リスト〕

リー／篠森ゆりこ訳『千年の祈り』（新潮社、二〇〇七）

諏訪部浩一責任編集『アメリカ文学入門』（三修社、二〇一三）

おわりに

すべては一通のメールから始まった。二〇一九年のことだ。ある日突然、ＮＨＫ文化センター青山教室の榎本まきさんから、アメリカ文学の講座をやってくれないかという依頼が来たのだ。なんでも、その年に訳したジャクリーヌ・ウッドソン『みんなとちがうきみだけど』（汐文社）という絵本を毎日のように娘さんに読み聞かせしていて、お母さん、こんな素敵な本を作った人に講座を頼んでよ、と言われたらしい。何か深い縁を感じて、僕は講座を引き受けた。

でも実は、最初はびびっていた。僕の仕事は大学で学生たちにアメリカ文学を教えることで、ということは十代後半から二十代の人々の前で、彼らの興味があることに引きつけながらアメリカ文学の魅力を伝えてきた。けれどもＮＨＫ文化センターには、自分の親よりも歳上の受講生までいるに違いない。そんな人たちに僕は語るべき言葉を持っているのだろうか。

結論から言えば、ＮＨＫ文化センターでの経験は僕に大きな気づきを与えてくれた。岩手から京都、宮崎まで、毎月全国からオンライン授業（コロナ禍のため講座はオンライン開催になったのだ）に集まってくる、幅広い年代の受講生たちは、僕の想像を超えたアイディアに満ちていた。ポーやヘミングウェイなど、本当にメジャーど真ん中の古典を読んでいても、ほんの小さな細部から意外なほど肯定的な未来を読み解いたり、主人公の思わぬ心情を指摘してくれたりする。大学とは別の場所で、長年地道に思考を続けてきた人々の輝きに触れて、僕は多くを学んだ。

彼らと話す中で、僕の固定観念はどんどん崩れていった。定石通りの読み方に毒されていた自分が、みんなの言葉に解放されていく。メジャー作品を読む喜びにも目覚めた。今まで自分はマイノリティ文学に特化して読んできた。でも、メジャー作品の中にも、弱さや苦しみなどのマイナーな部分は必ず存在する。問題なのはどの作品を読むかではなく、どう読むかではないか。

NHKのカルチャーラジオという番組をやってみませんか、と提案してくれたのも榎本さんだった。毎回アメリカ文学の代表的な作品について、その魅力を三十分間解説する。収録は、苦しくも楽しい経験だった。これまで身につけてきたことや気づきをすべて動員して必死に語った。

その番組を元に構成したのが、この『教養としてのアメリカ短篇小説』である。題名に合うように、放送分からアメリカの作品でない一本を削り、新たにサリンジャーとオコナーの章を加えた。本書を作る過程は、担当者である本多俊介さんとの、アメリカ古典文学を巡る旅となった。大学でアメリカ文学を専攻していた本多さんと、ともに学びながら本を作る過程は楽しかった。

だからこそ、この本はたくさんの人との合作である。本多さん、NHK文化センターの受講生の方々、早稲田大学で僕を育ててくれた学生たち。そして何より、奇跡の最初の一歩を踏み出すきっかけを与えてくれた榎本さんと娘さん。みんなと出会えなければ、この本を完成させることはできませんでした。どうもありがとうございます。

二〇二一年九月二〇日　秋の深まる寓居にて　都甲幸治

＊本書はＮＨＫ文化センター青山教室で行われ、ＮＨＫラジオ第二「カルチャーラジオ　文学の世界」で放送された「文庫で味わうアメリカ短編小説」の講座をもとに加筆・再構成し、サリンジャー「エズメに」、およびオコナー「善人はなかなかいない」についての書き下ろしを加えたものです。

［校正］髙松完子
［編集協力］桜庭夕子・桜庭久美子、小坂克枝
［本文ＤＴＰ］天龍社
［協力］ＮＨＫ文化センター
［ブックデザイン］コバヤシタケシ

都甲幸治（とこう・こうじ）
1969年、福岡県生まれ。翻訳家・アメリカ文学研究者、早稲田大学文学学術院教授。東京大学大学院総合文化研究科表象文化論専攻修士課程修了。翻訳家を経て、同大学大学院総合文化研究科地域文化研究専攻（北米）博士課程修了。主著に『21世紀の世界文学30冊を読む』（新潮社）、『狂喜の読み屋』（共和国）、『「街小説」読みくらべ』（立東舍）、『世界文学の21世紀』（Pヴァイン）、訳書にチャールズ・ブコウスキー『勝手に生きろ！』（河出文庫）、ジュノ・ディアス『オスカー・ワオの短く凄まじい人生』（新潮社）、共著に『ノーベル文学賞のすべて』（立東舍）、『引き裂かれた世界の文学案内——境界から響く声たち』（大修館書店）など。

教養としてのアメリカ短篇小説

2021年10月15日 第1刷発行

著者　都甲幸治　

発行者　土井成紀
発行所　NHK出版
〒150-8081　東京都渋谷区宇田川町41-1
電話　0570-009-321（問い合わせ）
0570-000-321（注文）
ホームページ　https://www.nhk-book.co.jp
振替　00110-1-49701
印刷　啓文堂／大熊整美堂
製本　藤田製本

Printed in Japan　ISBN978-4-14-081871-8 C0098